U0448070

DIANA
FRANCES
SPENCER
DIANA
CLOSELY
GUARDED
SECRET

玫瑰自有芬芳
戴安娜王妃
的 惊 艳 时 光

[英] 肯·沃尔夫
[英] 罗伯特·贾布森 著
陈拔萃 任小红 朱鸿飞 译

Ken Wharfe
Robert Jobson

北京联合出版公司

图书在版编目（CIP）数据

玫瑰自有芬芳：戴安娜王妃的惊艳时光 /（英）肯·沃尔夫，（英）罗伯特·贾布森著；陈拔萃，任小红，朱鸿飞译 . -- 北京：北京联合出版公司，2023.6
ISBN 978-7-5596-6732-8

Ⅰ.①玫… Ⅱ.①肯… ②罗… ③陈… ④任… ⑤朱… Ⅲ.①传记文学—英国—现代 Ⅳ.① I561.55

中国国家版本馆 CIP 数据核字 (2023) 第 038442 号

北京市版权局著作合同登记号：图字 01-2022-7181

DIANA: A CLOSELY GUARDED SECRET by KEN WHARFE AND ROBERT JOBSON
Text copyright © KEN WHARFE AND ROBERT JOBSON 2002, 2015, 2016
Originally published in the English language in the UK by John Blake Publishing, an imprint of Bonnier Books UK Limited, London.
This edition arranged through BIG APPLE AGENCY, LABUAN, MALAYSIA.
Simplified Chinese edition copyright © 2023 China Pioneer Publishing Technology Co., Ltd
All rights reserved.

玫瑰自有芬芳：戴安娜王妃的惊艳时光

作　　者：［英］肯·沃尔夫　［英］罗伯特·贾布森
译　　者：陈拔萃　任小红　朱鸿飞
出 品 人：赵红仕
责任编辑：徐　樟
封面设计：吴黛君

北京联合出版公司出版
（北京市西城区德外大街83号楼9层 100088）
北京新华先锋出版科技有限公司发行
涿州汇美亿浓印刷有限公司印刷　新华书店经销
字数270千字　787毫米×1092毫米　1/16　17印张
2023年6月第1版　2023年6月第1次印刷
ISBN 978-7-5596-6732-8
定价：69.00元

版权所有，侵权必究
未经许可，不得以任何方式复制或抄袭本书部分或全部内容
本书若有质量问题，请与本社图书销售中心联系调换。电话：（010）88876681-8026

目录
CONTENTS

自　序（新版）_ 01

自　序（旧版）_ 05

引　子 _ 06

Part 01　戴安娜的坚强与柔软

01　时光深处的优雅 _ 002

02　穿上水晶鞋的少女 _ 007

03　世上最迷人的妈妈 _ 012

04　爱冒险的母子 _ 016

05　心照不宣的秘恋 _ 022

06　我们会成为好搭档 _ 027

07　忧伤的蓝眼睛 _ 031

08　在音乐中乐观 _ 037

Part 02　每个人都需要被关怀

09　陷入热恋的女神 _ 042
10　在不安中寻找慰藉 _ 048
11　我是人道主义者 _ 053
12　奉献者与开创者 _ 059
13　燃烧的芭蕾舞之梦 _ 062
14　"超级祖母"的世外桃源 _ 068

CONTENTS

Part 03 激情与危机

15　手机引发的危机 _ 074

16　离开王宫的勇气 _ 078

17　王妃的"纵容日" _ 082

18　内克岛之行 _ 086

19　镜头下的率性绽放 _ 091

20　风暴后的愉快假期 _ 096

21　与王室的复杂关系 _ 100

Part 04　人民的王妃

22　做回真正的自己 _ 106
23　小而快乐的恶作剧 _ 110
24　"威尔士战争" _ 114
25　明智的抉择 _ 118
26　所有人的王妃 _ 121
27　单飞的决心 _ 125
28　孤独与悲悯同行 _ 128

Part 05　在泥泞中前行

29　滑雪胜地的悲欢 _ 136
30　在悲痛中坚强 _ 140
31　遇险的王妃 _ 146
32　暴风雨来临前的平静 _ 151
33　第二次"爱的航行" _ 158
34　"温香软玉门"事件 _ 163
35　再次陷入爱河 _ 166

CONTENTS

Part 06　大放异彩的新生

36　我将要展翅高飞 _ 172

37　我需要看到明媚的阳光 _ 176

38　假期、媒体与自信 _ 182

39　胜利与重生 _ 187

40　光彩照人的外交大使 _ 190

41　大获全胜的王妃 _ 194

Part 07　永远追求自由

42　渴望自由的"莱赫之跃"_ 200
43　愉快的巴黎之行 _ 205
44　王室生涯的至高点 _ 209
45　迪士尼之行 _ 212
46　拿索之旅 _ 217

Part 08　别了，英格兰玫瑰

47　离开戴安娜 _ 222
48　凌晨 4 点的坏消息 _ 227
49　魂归阿尔玛隧道 _ 230
50　关于死亡的阴谋论 _ 236

后　记 _ 239

我希望我的孩子们都能够理解人们的情感，理解他们的不安，他们的痛苦和不幸，还有他们的希望和梦想。

——戴安娜王妃

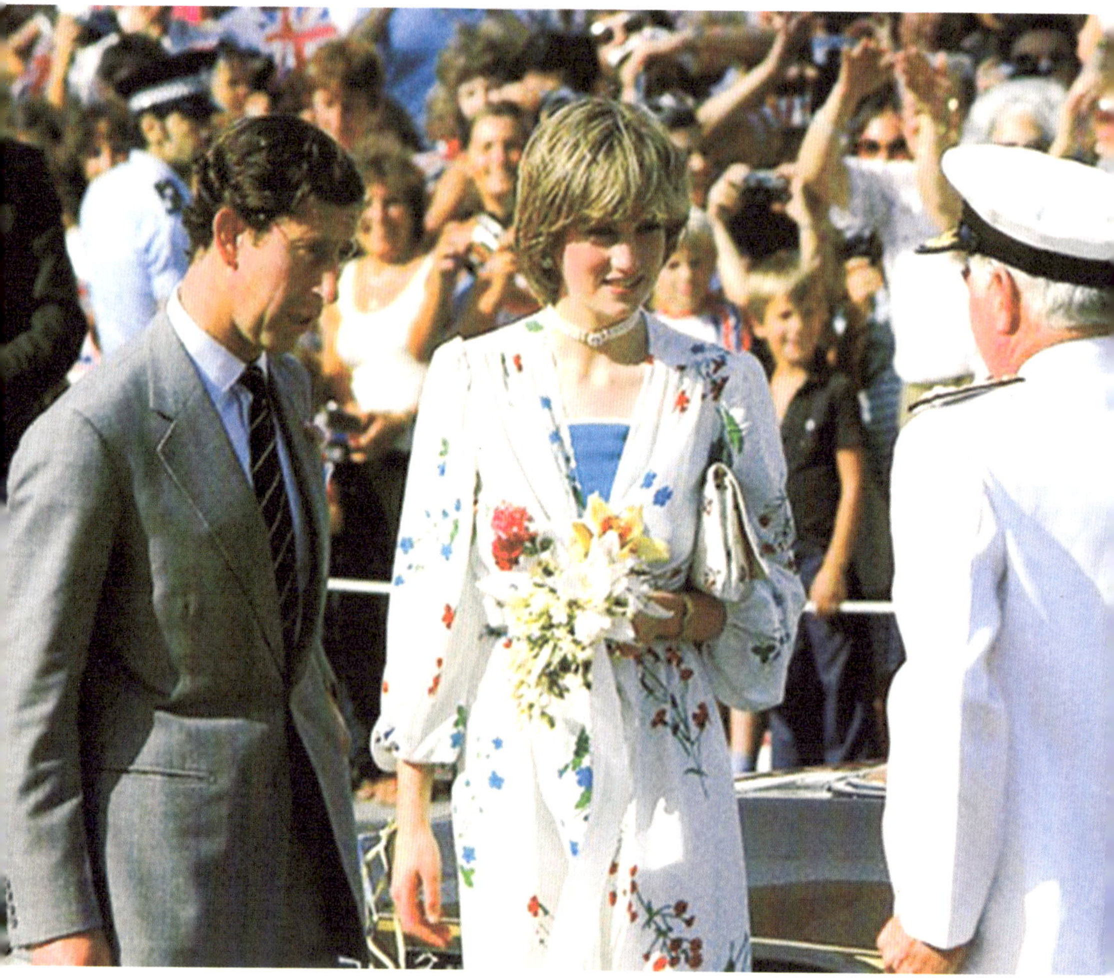

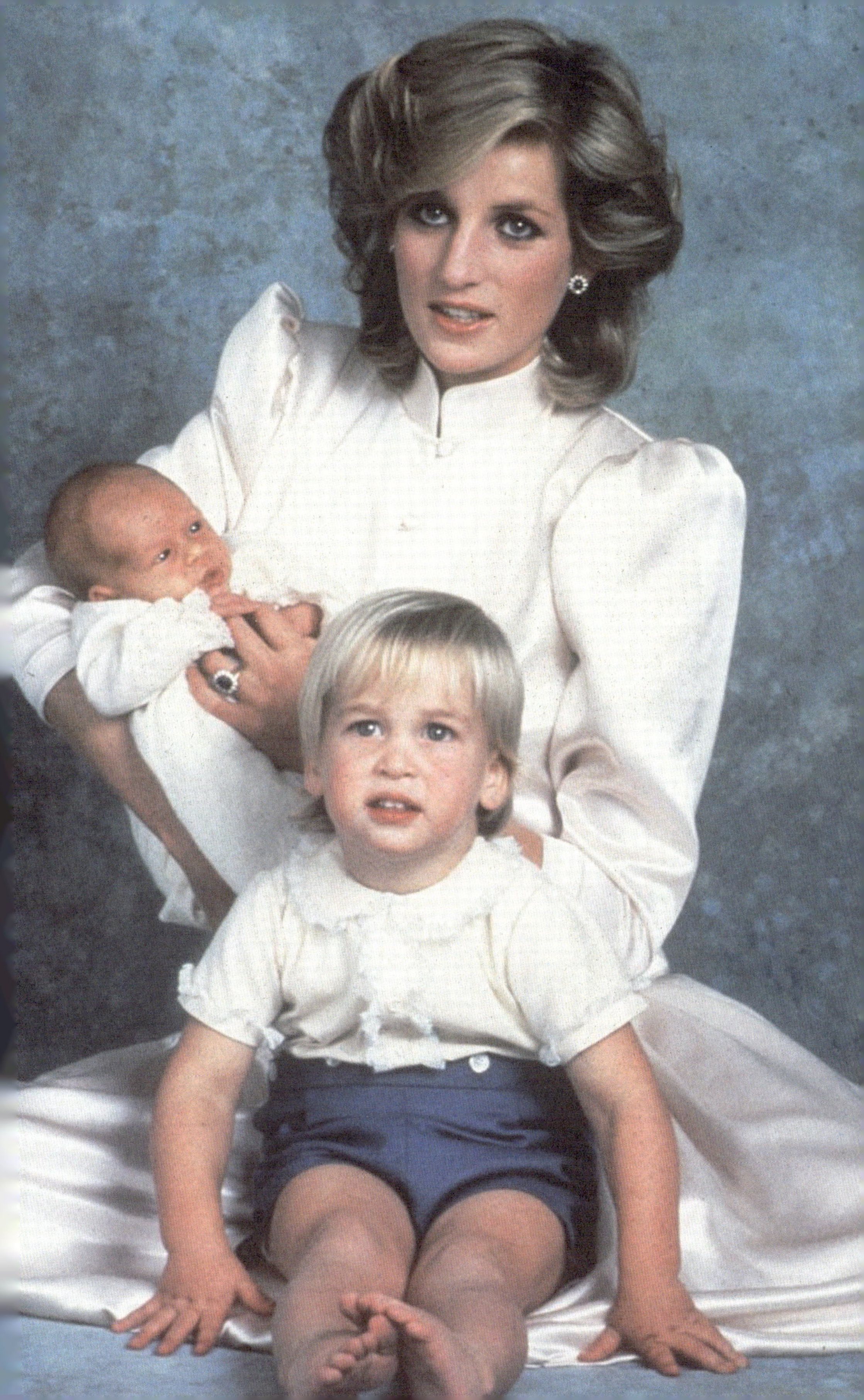

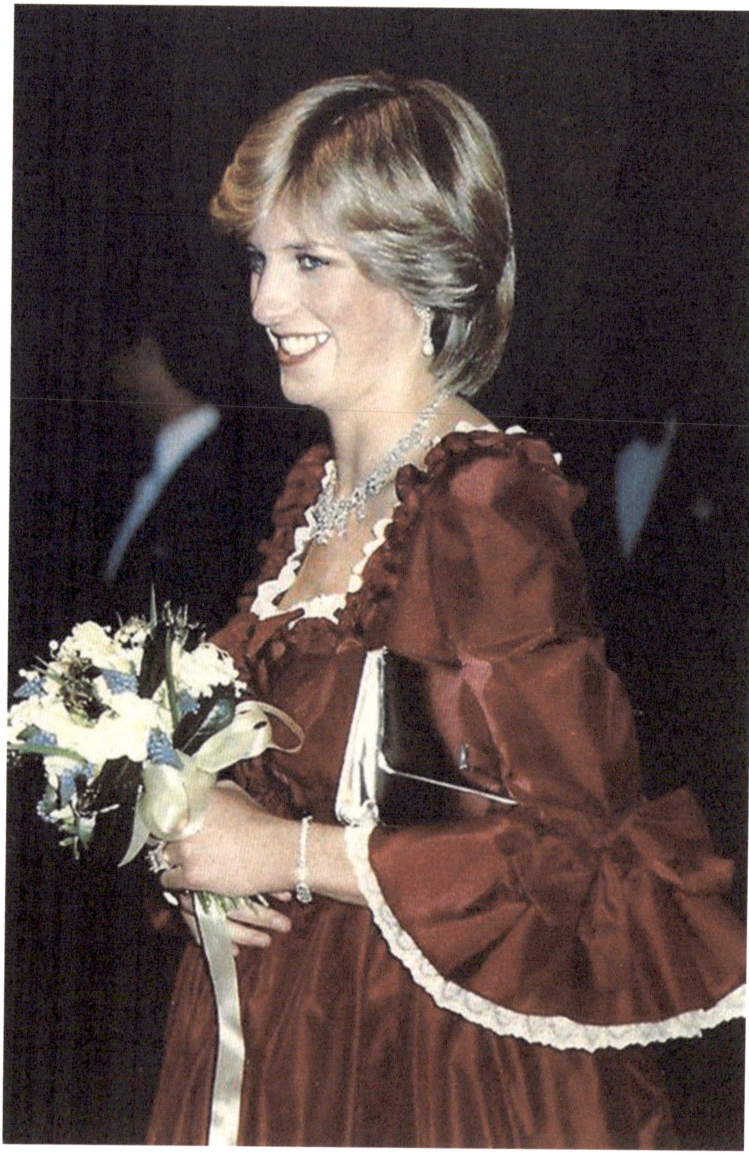

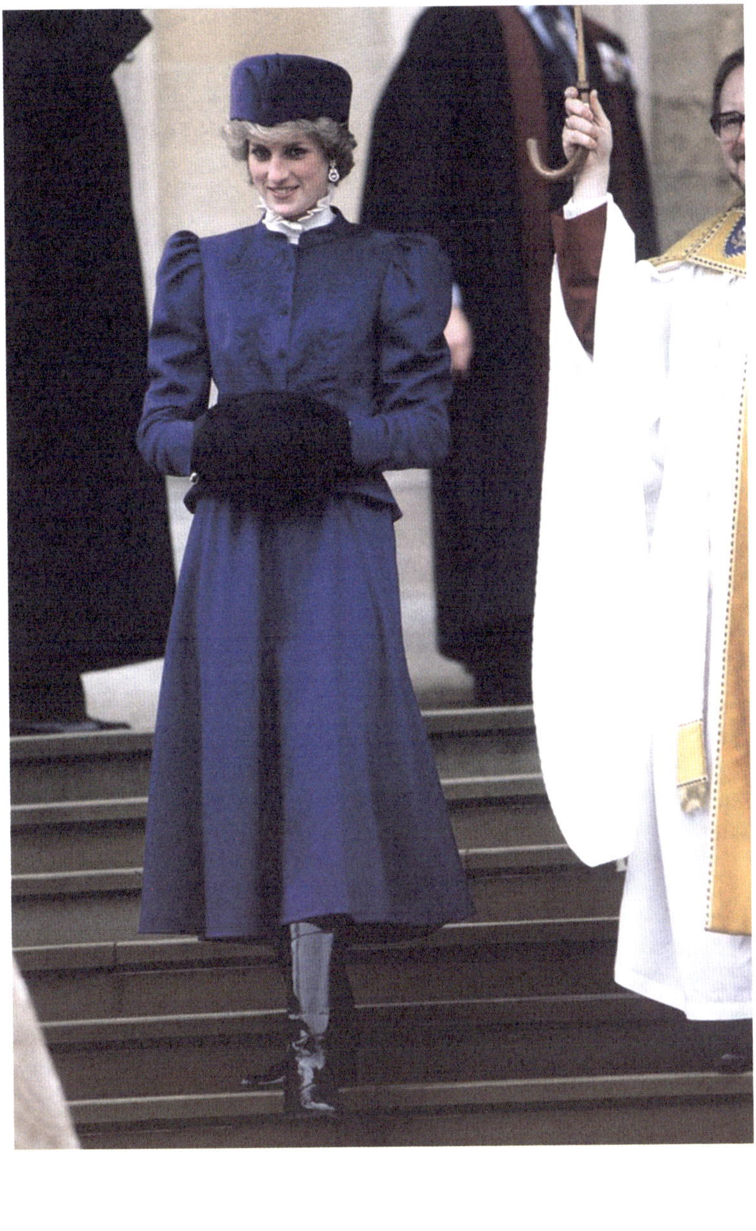

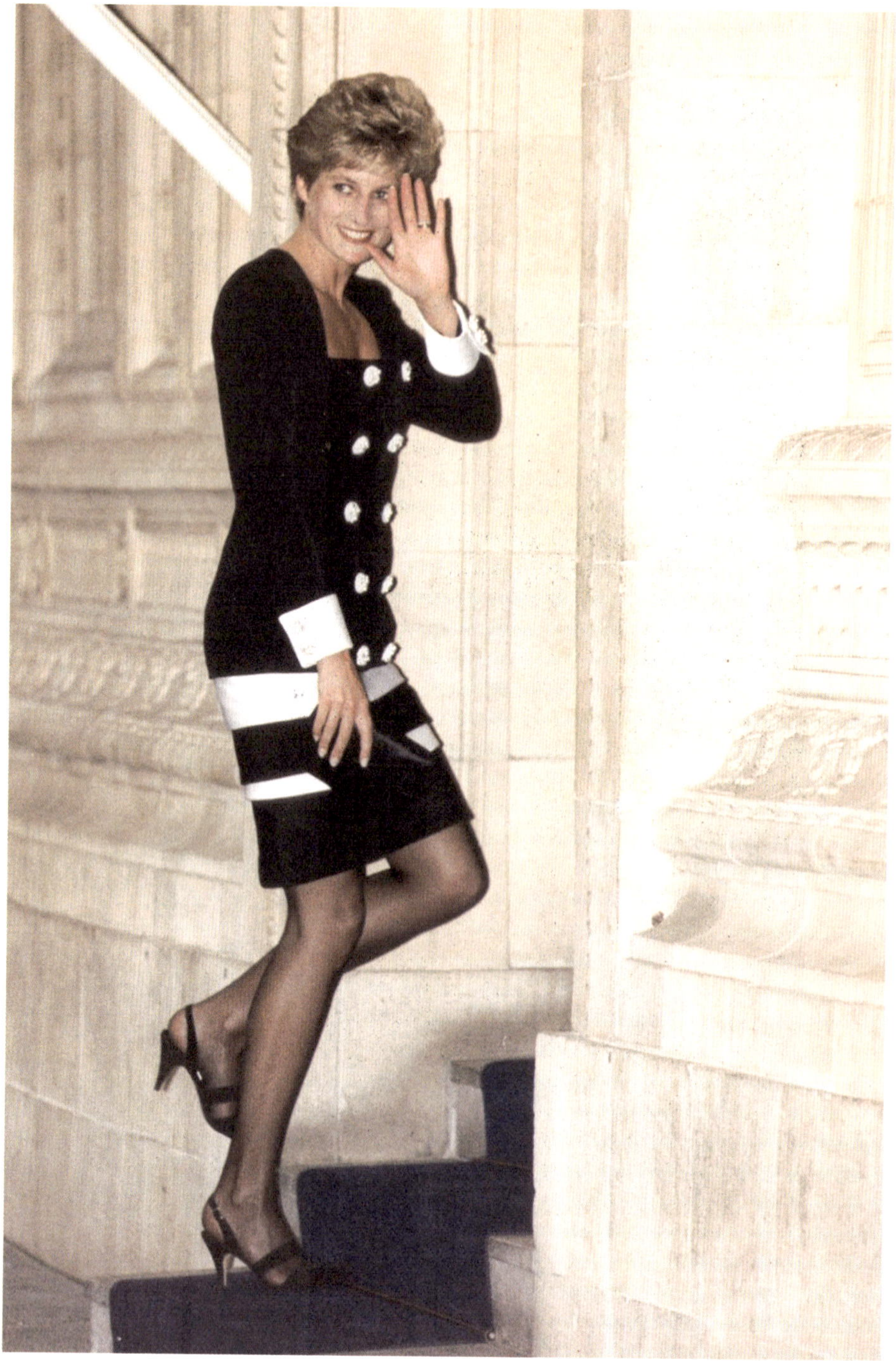

自序

/ 新版 /

2016年是女王90岁诞辰，这场盛事掀起了公众对君主制度的支持浪潮。事实上，王室常常与大众疏离，很少像现在这样备受瞩目，这很大程度上得益于戴安娜王妃的两个儿子——威廉王子和哈里王子——的完美表现。哈里的伤残军人扶持工作和其他慈善事业都做得非常出色，剑桥公爵威廉王子和他的妻子凯瑟琳也成为令人敬仰的慈善大使。两位王子总是被称为"戴安娜的儿子"，一直以来都是全球媒体关注的焦点。

2017年是王室的另一座里程碑——戴安娜王妃逝世20周年。离世多年的她至今仍焕发着魅力，她的死亡之谜也是媒体炒作的热点。可以说，这位与众不同的王妃，冲破了王室的藩篱，永远改变了君主政体。但令人扼腕的是，1997年，她的生命过早地结束于巴黎一条隧道里的一场悲惨的车祸中，而那场车祸本可以避免，也应当避免。

我曾被选派为她的护卫官，24小时保护她的人身安全。本书首次出版于2002年，曾引起媒体的轰动。书中讲述了我和戴安娜王妃在王宫内外共同工作的时光，全部是我的亲身经历。无论是在公开场合还是在私下，我们都一同经历了一段疯狂而喧闹的旅程。

戴安娜时代无疑是精彩的，间或有媒体负面的炒作，充满了速度与激情。她不仅是媒体追捧的宠儿，刺激着报纸和杂志的销量，还是个真实而热情的人。现在，那个狂热的时代已经汇入历史长河。媒体对王室的报道不可避免地受到了限制，这无疑是正确的。戴安娜的早逝，也使得她的两个儿子威廉和哈里得以相对自由地成长，正如她所期盼的那样，基本上避开了媒体的窥视；而这也意味着，她的孙辈乔治王子和夏洛特公主也将获得更多私人空间。

两位王子继承了她的志愿。哈里王子在2016年公开谈论了戴安娜，他透露说自己"每天"都在思念亡母,希望能"填补她留下的空白"。为了追思母亲,他成立了勿忘我慈善基金会,帮助莱索托的孤儿和弱势儿童,其中很多孩子都感染了艾滋病。这是戴安娜生前所热衷的事业,而勿忘我也是她最喜欢的鲜花之一。

哈里王子在《早安英国》(Good Morning Britain)节目中接受苏珊娜·雷德(Susanna Reid)的采访时,谈到为伤残军人发起运动会时说:"人生之初,每个人都在努力寻找自己的道路。于我而言,无论什么事业,只要能填补母亲留下的空白,哪怕只有一丁点儿,都是值得的。"当有人问他,是否意识到母亲会为他感到自豪时,他有点儿脸红,回答说:"真的很遗憾她不在。我每天都在想,要是她在会怎么样,她会说什么,会怎样逗大家开怀大笑。我努力让她感到自豪,内心也百感交集。"

戴安娜王妃去世的时候,威廉王子刚刚15岁。多年来,他一直把对妈妈的思念埋在心底,2014年,他第一次谈到少年时期失去母亲给他造成的严重影响。"再也不能说'妈妈'这个词听上去是件小事,但对包括我在内的很多人来说,这真的不仅仅是一个词——心里空荡荡的,只能激起回忆。"此外,威廉王子还坦言,母亲的死让他多么难以接受:"刚开始是深深的震惊和难以置信,不敢相信竟然会发生这样的事。到后来才慢慢感受到那种深切的悲痛,这种悲痛永远不会消失,它彻底改变了我的人生,我每天都在思念母亲中度过。但随着岁月的流逝,人们会渐渐接受已发生的事情,重新拥有珍贵的记忆。"

两位王子都认为,当前英国没有任何有分量的纪念物来纪念母亲。哈里王子说:"我们希望能有让人铭记她的东西。可现在,伦敦和其他地方都没有这样的纪念物。不仅仅是我自己,威廉和其他人也认同这点。或许,我们应该在石头上雕刻一些东西作为纪念。现在很多人还在谈论她,我们没有一天不想念她。在20周年纪念日来临之际,我们应该修建一些能够永远延续下去的东西,把她生前所做的事恰如其分地记录下来。"

她的两个儿子说得对,戴安娜确实应受到恰如其分的尊敬。尽管在我看来,她并不怎么在乎纪念碑,她更在乎的是人。她多半更希望把这项目募集到的资金全部用于生病的儿童,而不是用在自己的纪念碑上。

我时常想起戴安娜王妃,想起她灿烂的笑容和对幸福生活的向往。但目前普遍认为,戴安娜时代已经渐行渐远。甚至有不少评论家表示戴安娜传奇正在褪色,没有人会在意那些事件背后的真相。而我认识的戴安娜非常风趣,并不是现在描绘的那副自怜自艾的形象。虽然她的生活中也有阴霾,但它们很快就会消散。可历史常常扭曲这位杰出女性的形象。更糟的是,某些公关攻势甚至将矛头指向她的过去。他们污损她的名声、嘲笑她的原则、曲解她的动机,甚至质疑她的理智。至少在我看来,这是一场邪恶的、一边倒的战争,并且和任何战争一样,真相成了第一牺牲品。

在戴安娜生命中最痛苦的时期,我作为护卫官,追随她差不多有五年时间。我的职责是为她处理敏感的私人事务和公共活动,这决定了我和她之间不会保持太远的距离。但因为我所处的独特位置,我的职责永远不可能界限分明。我和她自然会自由地谈论一切影响她安全的事务,当然也会坦率地讨论她的生活,包括其中最私密的方面。因此,与她一起的这段时间,我不仅是她的警官,也是深得她信任的助手和知己。

这样说似乎有点儿自大,但这是以我的工作性质为依据的。如果我不能信任她,就不能有效地完成自己的工作,她也不会忍受一个她不信任的护卫官。我们间有一条不设防的原则,考虑到我不是直接为她,而是为苏格兰场工作,我的独立地位意味着我可以畅所欲言,这一点不同于她丈夫威尔士亲王和女王雇用的那一大堆侍臣。我相信,我的独特角色赋予我无与伦比的优势,可以了解到真正的戴安娜——这个在公众面前戴着面具的女性。

在苏格兰场精锐的王室保卫部门里,从未有警官出版过内部人士对该部门工作的描述,我是第一个。但这是一个与戴安娜有关的独特故事,其中大部分经历只有我们俩人知道。倘若王妃在世,我绝不会提笔。然而,自她去世以来,看到媒体、记者、作家等那些声称非常熟悉她的人这样那样地描绘她,我日益不安。我渐渐感觉到,如果不把她的故事如实讲述出来,大家将会对她有一个错误的印象。

我写本书的目的很简单——纠正关于一位女性的记录。她本人曾说过,我比任何人都了解她。在此过程中,我要说出关于20世纪末叶最复杂而迷人的公众人物之一的真相。

　　时代在变，这本传记首次出版时曾遭到公众的批判，但我愿意忍耐，并坚信把这些往事付诸笔端是正确的。这本书的目标是捍卫我所知道的戴安娜，是为了还原最真实的历史。此前某些公众人物对戴安娜曾发表过刻薄的言论。威尔士亲王的老朋友——温斯顿·丘吉尔（Winston Churchill）的外孙尼古拉斯·索姆斯（Nicholas Soames）议员和女王的朋友金耐德夫人（Lady Kennard）都曾公开表示，戴安娜是个有破坏性的偏执狂。这些公开言论极不公平地毁损了王妃的名誉，扭曲了她的形象。而她已经不在人世，无法为自己辩驳。坦白地讲，很少有妻子在面对丈夫搞婚外情时能坦然对待，如同威尔士亲王和卡米拉·帕克·鲍尔斯（Camilla Parker Bowles）那样。幸好威廉王子和哈里王子已经行动起来，努力捍卫关于他们母亲的记忆。

　　这些日子，我经常去演讲，讲述我在戴安娜身边工作的那些时光。她去世时，很多人还是孩子，但仍对她十分着迷。在我的书出版之前，大概有八本关于戴安娜王妃的书，此后又出版了很多。令人高兴的是这本书持续受到好评。即便没有多少前期宣传，本书仍取得了了不起的成绩，这充分说明人们依旧对戴安娜王妃念念不忘。

　　我很高兴，这本传记经受住了时间的考验。用杰出的历史学家大卫·斯塔克（David Starkey）博士的话说："这才是历史，因为这是肯·沃尔夫（Ken Wharfe）的亲身经历。"重温此书，在第一版的基础上添加新内容是一种有趣的尝试，我希望读者喜欢它。

　　命运将我安排到一位在现代王室历史上占据重要地位的女性身边工作。我不是历史学家，只能根据自己的记忆，将自己和戴安娜共同工作的时光如实记录下来。希望这能为有兴趣研究王妃生活的后人提供重要素材。毕竟，就像作家G.K.切斯特顿（G.K.Chesterton）——一个比我聪明得多的人——说的那样："我们不能确保未来是正确的，可如果对过去判断失误，那未来基本上就是错误的。"

肯·沃尔夫 皇家维多利亚勋章获得者
2016年8月

自序

/ 旧版 /

我思索良久，才决定动笔为已故的威尔士王妃戴安娜写这本传记。这并非轻率的决定，并且现在我坚定地认为，要让历史公平地评判她，这个决定是正确的。

不过，若没有我的合著者罗伯特·贾布森的奉献，没有他全心全意的支持和友谊，我也写不出这本书。他和我一样，也认为应该把这个故事说出来。

感谢我的出版人迈克尔·奥玛拉，感谢他的指导和耐心，特别是他对我和这个项目的信任。此外，还要感谢迈克尔·奥玛拉图书公司的编辑团队，感谢他们的勤奋、熟练和热情，尤其是我的编辑托比·布坎、克伦·朵兰、瑞涵·麦凯和嘉比里拉·曼德。

这本书是苏格兰场王室保卫部门的所有人一起写就的。我要感谢我所有的朋友和同事，感谢我们的友谊和这些年来一起欢笑的日子，特别要感谢的是他们的奉献精神和专业素养，在我看来，他们的奉献精神和专业素养是无与伦比的。

巡官 肯·沃尔夫 皇家维多利亚勋章获得者
2002 年 8 月

引 子

这是个何其讽刺的日子。

这些年来,我一直用生命保护着这个女人,现在却在她的葬礼上负责安保工作。1997年9月6日,我站在威斯敏斯特教堂西门观看戴安娜的葬礼,感觉就像摄像机录下的好莱坞悲剧电影的长镜头,眼前的画面像慢动作一样冗长而肃静,空气中回荡着威廉·哈里斯(William Harris)的《序曲》(*Prelude*)中的风琴声。伴随着空洞的钟声,从各路显要——亲王、首相、总理等——到普通民众,都纷纷赶来向这位杰出人士致以最后的敬意。

20世纪末是属于戴安娜王妃的时代。当时,就全世界的关注程度而言,也许只有纳尔逊·曼德拉(Nelson Mandela)可以和她相提并论。现在,36年过去了,她的卡米洛特[1]已经成了残垣断壁,她的魅力也消失不见了。当护柩人——威尔士禁卫军官兵——吃力地抬着有衬铅的灵柩时,很难想象,那个曾令世界为之倾倒的女性正静静地躺在里面。也许在她过于短暂的一生当中,这是唯一一次彻底安静下来的时刻。激情、愚蠢和人为失误扼杀了那条生命。和世界上很多人一样,我最初的愤怒渐渐变成了麻木,只觉得这是一场彻头彻尾的悲剧。

在成为戴安娜的护卫官之前,我曾经负责保护她的两个儿子。此时他们在不幸面前表现得非常坚强。小时候热衷于打架的他们,现在正面临着生命中最严峻的考验。他们身穿黑色套装,走在妈妈棺椁的后面,俨然是两个男子汉,

---

[1] 传说中英国亚瑟王宫廷所在地,象征灿烂岁月或繁荣昌盛的地方。

而不是两个男孩儿了。覆盖着皇家旗帜的灵柩上，一张手写的卡片躺在一大片百合花中，上面"妈妈"两个字似乎说出了一切。

当天上午，伦敦市中心一片宁静，上百万悼念者走上街头，站在灵车必经道路的两旁。王妃的灵柩将由一辆炮车从肯辛顿宫运到威斯敏斯特教堂。由于道路封闭，我从白金汉宫徒步走向教堂，空气中弥漫着浓郁的花香。戴安娜的棺椁昨晚已经从圣詹姆斯宫王室小教堂转移到肯辛顿宫。成千上万份纪念这一历史事件的报纸和杂志特刊，出现在街头巷尾的报摊上，随处可见她那张熟悉的脸。电视报道也纷纷涌入千家万户中，整个英国处于完全停滞的状态。全球有超过20亿人在电视机前观看报道，很多人不敢相信自己有生之年会看到这则新闻。不同于肃穆的气氛，有不少穿着牛仔裤和T恤衫的悼念者，沐浴在温暖的阳光下。送葬队伍行经的道路两旁挤满了人，威斯敏斯特教堂低沉的钟声，一直回荡在这座几近沉寂的首都。

两位王子走在队伍前面，威尔士亲王、爱丁堡公爵和王妃的弟弟斯宾塞伯爵垂着头走在他们身边。炮车行至林荫路，经过白金汉宫时，女王率王室成员站在王宫门外俯首致意，他们的头顶上方是随风飘扬的英国国旗。此前公众一直批判女王对王妃之死的漠然态度，直到葬礼前几天，女王终于做出了让步，下令降半旗。这也是英国有史以来第一次为悼念君主以外的人降半旗。

送葬队伍的后面，是500名挑选出来的送葬者。他们中有慈善工作者、护士、艺术家，还有其他来自各行各业的人士，代表了王妃生前满心挂念的那些组织和事业。这并非是这类事件的惯常做法，却完全符合我前老板的秉性，她生前也从不会对王室的盛大仪式表现出很大热情。

这座宏伟的哥特式教堂内，聚集着1900名特邀嘉宾，阳光透过巨大的窗户倾洒在地面上。10点刚过，贵宾们陆续抵达，引导他们就座仿佛是一场军事演习，需要时刻保持警惕，因为全世界恐怖分子的主要目标，大多都聚集在这座庄严的中世纪建筑里。美国第一夫人希拉里·克林顿（Hillary Clinton）——她丈夫比尔·克林顿（Bill Clinton）总统曾在王妃去世仅几小时后就公开赞扬她及其一生的成就——走过时看了看入口附近敬献的鲜花。撒切尔夫人（Baroness Thatcher）和约翰·梅杰（John Major）两位前首相也从教堂西门走进来，来到托尼·布莱尔（Tony Blair）首相和他的妻子切丽（Cherie）身边，然后四人一起前往他们的座位。

斯宾塞一家到达后不久，穆罕默德·法耶兹（Mohamed Fayed）夫妇也走进教堂。我的视线一直追随着他们，尤其是戴安娜的妈妈弗朗西斯·尚德·基德（Frances Shand Kydd）。查尔斯王子一家不久后也抵达了，最后入场的是伊丽莎白二世女王、伊丽莎白二世王太后和爱德华王子，他们在一片静默中走到离圣坛不远的位子，与斯宾塞一家只隔一条过道。这时，大本钟敲响了11点的钟声，送葬队伍到达西门。8名没戴帽子的威尔士禁卫军官兵绷着脸，吃力地抬着重达250千克的灵柩，缓缓地走过教堂中殿。哈里王子情不自禁地流下了眼泪，父亲将他拉近身边，哥哥威廉把手搭在他的肩上安慰他。

教堂里回荡着国歌的旋律，悲痛的气氛令人揪心，女王的窘迫几乎可以察觉出来。王妃意外丧生后，斯宾塞家族和温莎王室间的矛盾摆上了台面。国家媒体想引开公众的注意力,淡化他们在王妃的死亡中该负的责任。然而,无论是对哪方的指责都是毫无意义的。狗仔队虽令人生厌,但并没有蓄意谋杀,这可以说是一场本可以轻易避免的意外。

现在再说"如果怎样怎样"已经于事无补了。我所在的部门保护她长达15年,而穆罕默德·法耶兹的"保镖"团队保护她仅八个星期,她就死了,他们的失职让我无言以对。

我的思绪不断地游离在回忆和可怕的现实间,我告诉自己要振作起来。斯宾塞伯爵曾邀请我出席葬礼,但对我来说,更重要的是完成葬礼的安保工作。其中穆罕默德·法耶兹就是一大难题,他坚称自己是袭击目标,需要他那些特种空军部队训练出来的保镖在教堂里保护他,这种多疑倒是跟他在王妃及其儿子多迪之死上坚持的阴谋论一致。这可真荒谬,女王、首相和法国总统身边都没带私人保镖。葬礼前,我告诉他的保护联络官,威斯敏斯特教堂里不允许出现过多的安保人员。

葬礼上的乐曲此起彼伏。即将获得爵位的艾尔顿·约翰(Elton John)专门改编了一首催人泪下的《风中之烛》(Candle In The Wind),以"永别了,英格兰的玫瑰"为首句;现场还播放了戴安娜最喜欢的一首赞歌《祖国,我宣誓效忠》(I Vow To Thee, My Country),这首歌在她的婚礼上也曾演奏过;但最令人心潮澎湃的,还是威尔第《安魂曲》(Requiem)中的《请拯救我》(Libera Me)。与舆论不相符的是,真实的王妃喜爱古典音乐,这也是我们共同的爱好。这首乐曲的情绪弥漫在整个教堂里,感染了悼念人群里的每一个人。随着乐曲高低起伏,直至渐渐消失,查尔斯王子看上去非常痛苦。而在人群沉浸在一片悲痛中时,斯宾塞伯爵意外地发表了一段攻击性的悼词,像一把利剑直刺王子的心窝。在此之前,除了伯爵自己,没人能预料接下来会发生的事情。

斯宾塞严厉地斥责了王室对戴安娜的态度,猛烈地抨击那些骚扰她、导致她死亡的媒体。女王自始至终低着头,听着她的教子[1]向他死去的姐姐诉说,"有人迫不及待地要把你的名字加入圣徒之列——可这毫无必要。因为作为一个独具特色的人,你已经十分高大,无须被奉为神圣",他说戴安娜不需要任何王室头衔——讽刺女王决定剥夺她的"殿下"的尊称,作为戴安娜得到1700万英镑巨款的离婚协议的条件之一。他声称"戴安娜不属于任何阶层,高贵的气质与生俱来。在过去的一年里她向我们证明了,她无须王室的头衔,也依然焕发独特的魅力"。伊丽莎白二世女王统治英国这些年来,从未受到一个子民公开、严厉的指责。但处变不惊的女王没有退缩。

接下来的一幕,大概只有身处威斯敏斯特教堂内的人才能理解。斯宾塞伯爵深情而沉重的讲话后是一片死寂。突然,掌声如急促的雨点般在教堂里经久不息地回响,一波接着一波,越来越高昂。一开始,我不敢确定是什么声音,只忧心着安保工作。过了好一会儿,我才意识到这是鼓掌的声音。外面如潮的人群,从扩音器里听到了斯宾塞的讲话,也报以热烈的掌声。从没有人在葬礼上鼓掌——但戴安娜的死就和她的一生一样与众不同。伯爵坦率地讲出了他看

---

[1] 伊丽莎白二世女王是查尔斯·斯宾塞的教母。

到的真相，大家敬重他，赞同他的勇气和对姐姐的赞扬。威廉和哈里加入了鼓掌的行列，连查尔斯王子也大度地鼓起了掌，而伊丽莎白二世女王、爱丁堡公爵和伊丽莎白二世王太后继续铁青着脸，一声不响地端坐着。

葬礼以约翰·塔文纳爵士（Sir John Tavener）的《哈利路亚》（*Alleluia*）结束。那一刻起，我的麻木也消失了。王妃虽已离开，但她的悲悯之心依然活着，她的功绩也不会被遗忘。

外面的阳光下，悲恸的人潮涌动着。虽然这样说略显残酷，但我感觉这场大规模的悼念活动中带有一丝虚伪。大部分人爱她的媒体形象，爱她的魅力和人性，但他们对真正的戴安娜知之甚少。他们只是在哀悼一个媒体塑造的形象。现在，媒体被公众辱骂，但倘若报纸和摄影师要为她的死承担部分责任的话，那么公众也必然有一部分责任。毕竟，是他们购买报纸、浏览杂志、阅读图书、入迷地观看电视报道。在现场，一些辱骂记录葬礼的摄影师的人手上，甚至还拿着戴安娜特刊。他们围坐在一起不肯离开，希望借此表达他们的悲伤。尽管由于王妃的自尊心，她在意她的形象，可她并不真的需要这样的悼念。

鲜花遍地皆是，有当天摘下的花蕾，也有巨大的花束——这叫作"献花"。戴安娜生前喜欢鲜花，所以她定会喜欢公众这次体贴的赠予。从她去世那天起，鲜花不断地涌来，此时肯辛顿宫是一片花海，从各个门放眼望去全是花——数以吨计。各种鲜花的味道混杂在一起，令人无法忍受，即便有人会带走那些已经凋谢或腐败的花，但它们还是越来越多。

在回办公室的路上，我思索着，也许英格兰的玫瑰已经凋谢，但在世时

（上图）民众悼念戴安娜。

（下图）戴安娜葬礼时的人群。

的她吸引了全世界的关注。对我而言，她是一个极富魅力的人，是一位富有人性、力量、幽默、慷慨和决心的女性。但她需要引导，也需要克制时而狂躁的脾气。身边的一些人在此发挥了重要作用，也帮助她实现了最初的期望，成了"人民的王妃"。我们倾向于带着光环去看待一个死去的人。我也曾这样怀念过戴安娜。但正如她弟弟所言，她不是圣人。这样的想法只会引来她爽朗的笑声。

斯宾塞伯爵在悼词里说，戴安娜是一个简单的女人，不是什么偶像。她喜爱她的形象，如果某日没有出现在报纸上，或者某张照片展示了她不好的一面，她也会郁闷不快。她和我们大部分人一样，在意别人对自己的看法。她偶尔的自嘲，表明了她内心谦卑的一面。这也许就是她最终不希望有这么多人——尤其是她与之息息相通的"普通人"——来追悼她的原因吧。

葬礼前一天，我一个人默默地向躺在王室教堂的王妃道别。当时天很冷，她寂静地躺在棺材里，她的旗帜——威尔士王妃旗——盖在棺材上。我轻声祈祷，对她说起我们一起做过的那些事儿，到过的那些精彩地方，结识的那些不同寻常的人，还说起我们的最后一次会面。可这一次，她没有用那有点儿尖锐、含着笑意的嗓音回答我。我没有流泪，我想她也不希望我流泪。但和世界上其他人一样，我为她的逝去感到痛心。她曾真诚地希望世界变得更好，也给一个挤满垂死者的房间带来生气，甚至改变了世人对艾滋病的态度。可现在，她悄无声息地离开了，我们再也听不到她的笑声。在她身边的那些日子里，我与她心息相连。虽然生活还在继续，但那些旧日的喜悦再也不会出现。

最为讽刺的是，葬礼当天，我在公园里遇到一个曾追踪王妃的记者，而他正在失声痛哭。

玫 瑰 自 有 芬 芳

>>> part 01

戴安娜的坚强与柔软

01

时光深处的优雅

"30秒警告。"我坐在捷豹车里,用对讲机向警卫发出暗语。

"噢,肯,大家会以为是世界末日来了。"戴安娜一直觉得这种做法很滑稽,"拜托,只不过是我这个老熟人又回来了。"

几秒钟后,深绿色的捷豹XJ6驶近警卫关卡。值班警官挥手放行,汽车快速滑入肯辛顿宫。坐在后座上的是世界上最有名的女人——威尔士王妃戴安娜。我坐在前排,坐在她信任的司机——我的朋友——西蒙·索拉里(Simon Solari)旁边。车里只有我们三人。

半小时前,王妃刚刚从协和客机上下来。我们乘坐的是从华盛顿特区杜勒斯国际机场飞往伦敦希思罗机场的航班。王妃一路上都在热切地谈论这趟慈善之行,兴奋得连自己的专座都快坐不住了。出访期间,她结识了美国第一夫人芭芭拉·布什(Barbara Bush),而布什总统为了加入她们的谈话,甚至推迟了一次会议,这让她深受感动。

现在,我们回到她在伦敦的正式住所——肯辛顿宫8号和9号套房。然而,她的丈夫威尔士亲王并没有在家等她。

"啊,温暖的家。"王妃叹了一口气,没有抱怨,但带着明显的讽刺。

那是1991年秋天的一个夜晚。

我担任这份工作已经快三年了,而王妃已经做了近十年的王妃。

1964年,作为特别学员加入伦敦警察厅时,我还是个16岁的少年,从未想过有一天会追随戴安娜王妃。

一次与老友的偶然会面改变了我的一生。

1986年夏天的一个晚上，老友杰姆·比顿（Jim Beaton）告诉我，他所属的王室保卫部门正在物色一个督查，负责保护威廉王子和哈里王子。两位王子是女王的孙子，是威尔士亲王和王妃的儿子，也是查尔斯王子之后的王位继承人。

我申请了那份工作。几个月后，1986年11月，我被调到了王室保卫部门。从那时起，我负责保护英国王室的"继承人和后备军"。不久，我被引见给了威尔士亲王和王妃，那是在英格兰东部诺福克郡金斯林镇附近的桑德林汉姆女王庄园。

第一次见到查尔斯王子时，他正在外面打猎。王子风度翩翩，典型的英国地主形象，却给了我一种略微古怪的印象。他很放松——自孩提时代起，他的身边就围绕着警察——并和我打招呼。之后，我和王子的护卫官科林·特里明（Colin Trimming）警司走回了主屋，而查尔斯和枪手仍在朝从天空飞过的野鸡射击。仔细想想，我们在诺福克郡的田野里，在王子打猎的间隙完成初见，似乎有点儿怪。

与王妃的初见则是一次完全不同的体验。我和科林到达红砖结构主屋的入口大厅时，那位由内向外发散着优雅光芒的女性正在等着我们。她身材高挑，有一头美丽的金发。

王妃走上前招呼我。"你一定是肯。我听过很多你的事情，我是戴安娜。"她说，似乎觉得我不知道她是谁。

我们的见面没有任何繁文缛节，非常轻松自然。

"夫人，我认识您，也听过很多关于您的事。见到您很高兴。"我笨拙地回应着，努力发出清晰的声音。

王妃看上去兴致很高，甚至可以说有些兴奋。与查尔斯相比，她充满了活力。

那时我以为，作为两位小王子的高级护卫官，我的任期是一年，之后调回一线机构。我从没想到过我们的生活会如此紧密地交织在一起。

科林告诉王妃,我是调来主管她的两个儿子的安保工作的。

"我不羡慕你的工作,肯。"她说,"他们有时很难对付——不过记住,如果你需要,我会随时伸出援手。"

很少有工作像护卫官那样,需要那么多的专业知识和格外谨慎的工作态度。我说的不是那些保护流行乐手的彪形大汉,也不是全副武装的美国特工——戴着名牌墨镜、对着藏在翻领里的麦克风窃窃私语(至少好莱坞电影里是这样描绘的)。我说的是穿着套装的专业人士,他们既能在赫勒福德郡的特种空勤团训练,又能轻松自如地融入一场外交招待会。他们把武器巧妙地隐藏在腰后枪套里,剪裁得体的套装外看不到一点儿凸起。即使带着枪,专业的护卫官也知道,他们的根本工具是情报,以及运用这些情报的技能和经验。

出于保密的原因,我不能泄露王室保卫部门的护卫官的受训方式,但我可以说,一旦某个警员展示出适合这份工作的特质而被选中,他将经历一次全面系统的专业训练。所以要想获准参训,一个警员必须具备极高的水平。如果有潜力的警员通过了高级驾驶、急救、身体素质和枪支训练等课程,就可以进入下一阶段;在达到极高的水准后,才被邀请参加全国性的护卫官训练课程。这项课程强调的是人际交往和交流技能的重要性。

要保证两位小王子的人身安全,获得他们的信任是必不可少的,这就意味着我需要接近他们。媒体刊登了大量关于小王子与护卫官的内容,夸张地声称小王子把他们的护卫官看成某种形式的代理父亲。这当然不是真的。在威廉和哈里眼中,威尔士亲王永远是"爸爸",没人可以取代。恰当地说,在戴安娜积极的鼓励下,我与两个孩子建立了一种类似叔侄的关系。

任职的起初几个月,直到我开始起草小王子的安保行动计划之前,我与王子和王妃还没打过多少交道。这和我预想的不一样。那时,一个五岁、一个三岁的小王子,已经知道自己与众不同,尽管他们的妈妈打定主意,儿子应该像"正常"孩子那样成长。他们也是爱闹的孩子,精力充沛,言行常常出人意料。从安保方面讲,与两个孩子发展出融洽关系是必要的,因为如果我想全力保护戴安娜和查尔斯。

他们的生命，他们就必须完全信任我，准确地告知我每一分钟的行动。我从一开始就让他们记住这样做的必要性。不久后，我们变得亲近起来，他们也很积极地配合我的工作。

工作初期，我的日常活动非常规律。平时，我会陪威廉到离肯辛顿宫不远的诺丁山韦瑟比小学，在那里待上一天，直到他放学回家。周末，我通常会参与王室官邸的轮值，负责两位王子的安全。

当两位王子进入安全的肯辛顿宫大院，我的任务就交给一个定点警员（他守卫一个特定地区而非某个人）。几位其他王室成员及众多高级侍臣也获准在大院里拥有房间。这些住处由女王赐予，通常免租金或只需支付名义费用。它们常被赐给王室远亲或忠实的侍臣。

周末通常在海格洛夫庄园度过。1980年8月，在距离婚礼不到一年之际，查尔斯花费逾75万英镑买下了这座位于格洛斯特郡的庄园。庄园坐落在一片面积约348英亩的繁茂林地内，紧挨风景如画的科茨沃尔德丘陵的边缘地带，在伦敦以西约两小时车程处。查尔斯感觉在这里是最自在的，因为可以暂时忘记公共生活的压力，也有人说实际上是王妃喜欢这里。庄园在博福尔猎园区域内，这使得酷爱猎狐的查尔斯打定主意买下了它。不过或许最重要的，是这里距离卡米拉·帕克·鲍尔斯在阿灵顿的家只有17英里。

至少在英格兰的私人住宅里，海格洛夫庄园的安保防线是最严密的。当查尔斯和戴安娜不在时，海格洛夫庄园的氛围十分轻松。而平日里，整个庄园都笼罩着两人紧张关系造成的阴影，工作人员在无止境的争吵中度日如年，他们知道，雇主的婚姻已经支离破碎，虽然媒体和公众还蒙在鼓里。因此，当查尔斯和戴安娜外出时，所有的人都会把这段间隙当成一次假期。

这份快乐也感染了小王子，对于父母不在身边，他们从一开始就表现得相当宽怀，也似乎接受了我的存在。但他们依旧很想妈妈，尤其是威廉。

02

穿上水晶鞋的少女

我们应该拿出一点儿时间,回顾一下王妃在成为王妃之前的时光。这对我们认识成为王妃之后的王妃有好处。至少我是这么认为的。

戴安娜王妃本名戴安娜·弗朗西斯·斯宾塞(Diana Francis Spencer),她是斯宾塞伯爵夫妇的第三个女儿。斯宾塞家族曾是欧洲最富有的羊毛商,他们的先祖买下了伯爵之位,从此跻身贵族之列,长期进出白金汉宫,与王室关系密切。

1961年7月1日,戴安娜出生了。然而,她的出生并没有带给家庭喜悦,反而使伯爵夫妇倍感失望,甚至一定程度上成为父母离婚的导火索。

斯宾塞伯爵夫妇一直想要一个能继承爵位的男孩儿,在戴安娜出生前,伯爵夫人诞下过一个男孩儿,然而这个孩子生下来第二天便夭折了,这使得伯爵夫妇悲痛欲绝。不久,伯爵夫人又怀上了一个孩子,全家满心期待这个孩子的到来,并已经取好了名字——然而并没有取女孩儿的名字。当孩子出生时,斯宾塞伯爵发现是个女儿,不由得沮丧、失落,他称刚出生的戴安娜为"身体完美的标本"。由于他们没有取女孩儿的名字,因此,戴安娜出生一周后才有名字——戴安娜·弗朗西斯·斯宾塞。

戴安娜还有两个姐姐,由于接连生了三个女儿,唯一的一个儿子还夭折了,因此,斯宾塞伯爵的家庭要求伯爵夫人去做一系列身体检查,这使得心高气傲的伯爵夫人感到很屈辱,并下定决心离开斯宾塞伯爵,最终与他离婚。

斯宾塞伯爵夫妇离婚时,戴安娜才6岁。母亲的眼泪、父亲的沉默、经常

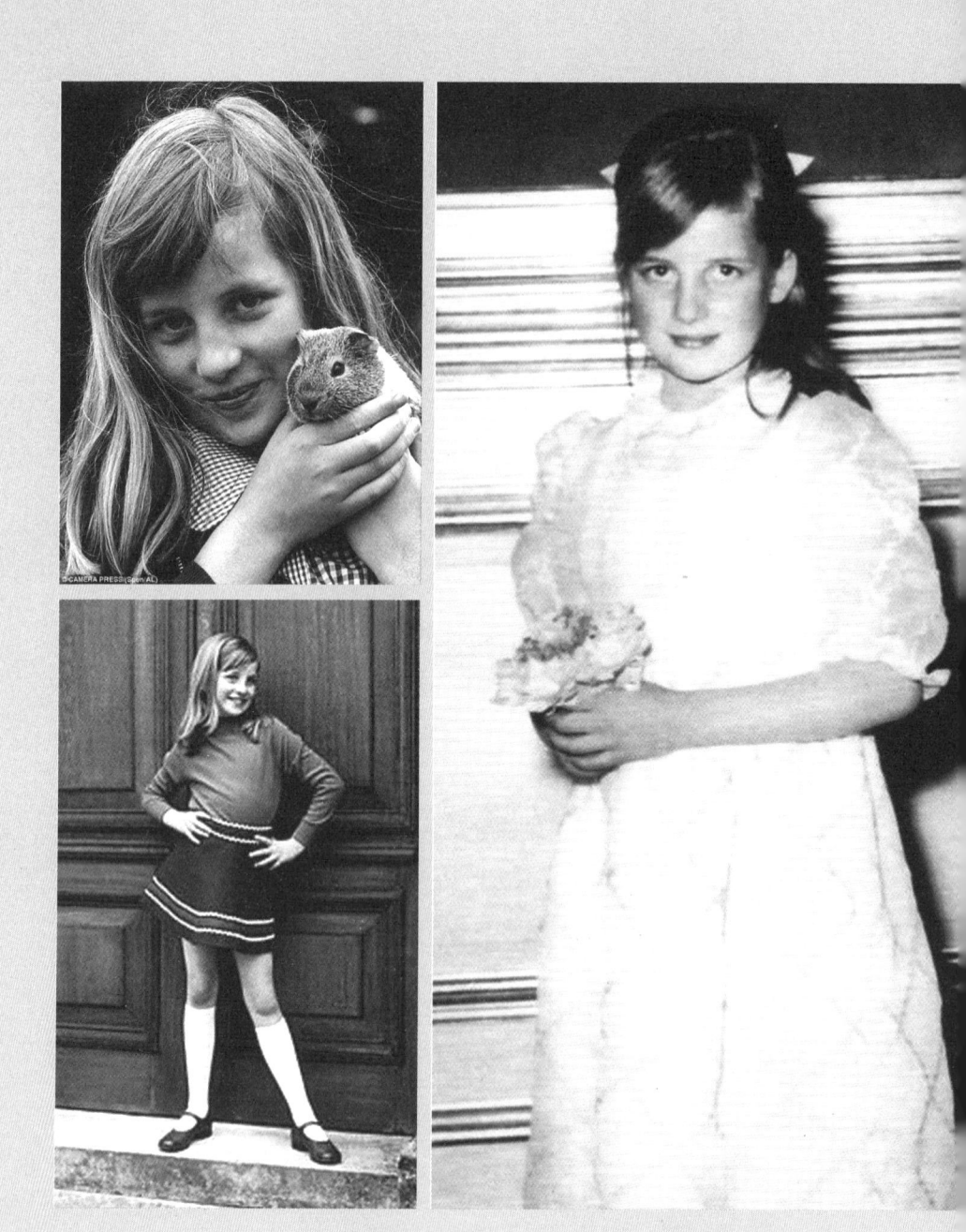

幼年的戴安娜。

发生的争吵、家庭的紧张气氛，深深地映在了她幼小、纯净、脆弱的心灵中。父母离婚给她带来了永久性的创伤，她不知道发生了什么，她还无法理解大人世界中的种种纷扰，只是隐隐觉得跟自己有关，自己有错。戴安娜觉得家人不喜欢自己，因为自己是个女孩儿，如果自己是个男孩儿的话，父母也许就不会离婚了。小小的戴安娜认为自己不受欢迎、不受重视。

父母的离异和小时候受到的忽视，使得戴安娜非常缺乏安全感，时刻感到自己是"令人讨厌的孩子"，性格变得自卑、怯懦。所以，长大后的戴安娜非常需要他人的关怀和认可，以弥补她童年心灵的缺失。

戴安娜的占星术家弗里克斯·莱尔说："她出生在特权阶层家庭，但童年却是不幸的。"

戴安娜渐渐长大了，少女时期的她很是活泼，热爱游泳和跳水，网球也打得很好，但不知是否是性格怯懦的原因，戴安娜的成绩很不好，高中补考没通过，便只好辍学了。不过戴安娜在其他方面是出色的，她尤其喜爱公益活动，经常去看望老人、病患等。她真诚、富有爱心、对他人的痛苦有着深深的同理心，这使得她与很多病患建立了亲密的关系，这给她带来了很多满足和快乐。

她特别喜欢跳舞，尤其喜爱芭蕾。她渴望当芭蕾舞演员，她跳起舞来浑然忘我。然而由于她的身材过高，很遗憾无法成为一个芭蕾舞演员。不过她终生都热爱着芭蕾。

小小的戴安娜长成了天真善良、活泼烂漫的少女，对小朋友很友好，非常喜欢小动物，看见可爱的小动物死去了，都要郑重地将小动物埋葬起来。由于父母离婚、不被家人重视，她有时极其自卑，上课从不敢举手发言，也不敢大声讲话；但有时又无拘无束，像个男孩儿一样大大咧咧。

高中辍学后，戴安娜没有文凭，也没有特殊技能，只能做一些基础性的工作。她喜欢小孩子，于是想做一些与小孩子有关的工作。母亲帮她找到了一个教二年级孩子舞蹈的工作，这使得她可以成为一名舞蹈教师。然后，好景不长，戴安娜有一次和朋友去滑雪，摔伤了脚，撕裂了左脚踝骨的肌腱，再也无法跳舞了，当舞蹈老师的路便也断了。

无法当舞蹈老师，戴安娜便在一家幼儿园当老师，教小孩儿唱歌跳舞，她的仁爱天性使她非常适合这份工作，她在这家幼儿园度过了一段愉快的时光。然而她不知道，她即将遇见传说中的王子，找到她的那只水晶鞋，只是她不知道的是，她的水晶鞋和童话里的水晶鞋完全不同。

由于斯宾塞家族与王室来往密切，戴安娜自小便见过查尔斯，然而年龄的差距使得双方都没怎么注意过对方。后来，查尔斯成了戴安娜姐姐莎拉（Sarah）的男友，他们交往了近9个月。在一次斯宾塞家族举办的聚会上，查尔斯遇见了不施粉黛、看起来笨拙质朴的戴安娜，觉得"这个16岁的小姑娘活泼有趣，挺招人爱的"。

由于莎拉天性争强好胜，喜欢在各大场合出风头，而查尔斯生性谨小慎微，因此，她和查尔斯的关系渐渐冷却了下来。而没想到的是，查尔斯与戴安娜的来往渐渐多了起来。

王室正为威尔士亲王的婚姻焦急不已，他们要寻找一个贵族出身、教养良好、容貌姣好，还有最重要的一点——处女之身的女孩儿，作为威尔士亲王的王妃。种种因缘之下，戴安娜成了王妃的首选人。

1981年7月29日，星期三，这是举国欢庆的一天。查尔斯王子与年仅20岁的戴安娜·斯宾塞小姐在这一天举行了空前绝后的世纪婚礼。英国广播电视公司用33种语言向全世界转播这一盛事，全球约7.5亿人观看了电视直播。所有人都欢呼雀跃、热烈祝贺，沉浸在这童话般的梦中。

戴安娜带着对未来的憧憬走进了王宫，她不知道，穿上水晶鞋后，每走一步都会如此艰难。她的青春与热情、天真与浪漫，渐渐被磨损。

（左上）戴安娜单人的婚纱照，如同童话里的公主。

（右上）戴安娜年少时，有点儿婴儿肥，透露着纯真的气息。

（下图）戴安娜和查尔斯的婚纱照，谁能想到，这场轰动一时的"世纪婚礼"，竟是深宫怨曲的豪华前奏。

03

世上最迷人的妈妈

对于如何抚养儿子，戴安娜的想法很明确。为此，她已经解雇了他们的第一个保姆芭芭拉·巴恩斯（Barbara Barnes）。芭芭拉是个传统主义者，她认为"王子该有不同的待遇，因为他们与众不同"，这与戴安娜的教育理念完全不同。虽然芭芭拉一心为威廉和哈里着想，但我认为，戴安娜抚养儿子的做法更应该提倡。

与王妃发生一系列矛盾后，芭芭拉离开了。在此之前，戴安娜的私人幕僚也清楚地意识到，这个保姆与雇主有冲突，与保姆结盟是很危险的。在关于孩子的抚养方式的斗争中，只能有一个胜利者，因此，芭芭拉被扫地出门只是时间问题。

戴安娜一直觉得王室的家庭教育非常奇怪。她认为查尔斯的冷漠和疏离，起因于儿时缺乏身体和情绪方面的关爱，而同样的情况不应该再发生在她的儿子身上。因此当奥尔加·鲍威尔（Olga Powell）接替芭芭拉时，戴安娜要她清楚地知道谁才是老板。换句话说，如果奥尔加的抚养方式不符合戴安娜的理念，她也得走人。

奥尔加很快就摸清了门道。私底下，她跟我说，王妃是一个容易嫉妒的妈妈，得小心应付，作为护卫，我绝对不能与芭芭拉落入同一个陷阱。当小王子和我打成一片的时候，奥尔加会提醒我"小心"。她说，不插在王妃和孩子之间是一条铁律，如果王妃觉得自己正在失去对孩子的控制，她就会跳出来主张自己的权利。奥尔加在全职担起这份工作之前，就已经完全适应了王妃的方式。

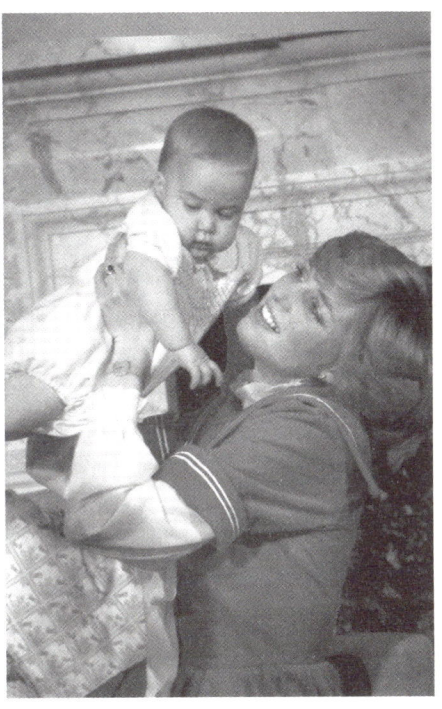

戴安娜与小王子。初为人母的戴安娜洋溢着母性的光辉。

王妃和小王子的感情确实令人动容。1987年1月，和查尔斯到瑞士度假胜地克洛斯特斯去滑雪时，她疯狂地想念孩子们。回家那天，威廉和哈里与维斯蒂男爵（Lord Vestey）的孩子们一起吃了午饭，当听说孩子们回家时，王妃欣喜若狂，美丽的脸上洋溢着爱的光芒，就像几年没见过他们似的。度过滑雪假期，戴安娜的皮肤被晒成了褐色，她站在海格洛夫庄园的台阶上，张开双臂准备拥抱孩子们，兴奋的威廉按响了汽车喇叭。那天晚上，一家人轻松地享用了一顿晚餐，席间查尔斯和戴安娜的关系是几个月来最融洽的一次。虽然她曾无数次反对滑雪之旅，但那次假期显然对两人都大有好处。

任命奥尔加的那天，威廉进了韦瑟比小学。从一开始，戴安娜就清楚地说，只要不与自己的行程冲突，她会每天开车接送威廉。这样，他们至少会以一个深情的吻开启新的一天。支离破碎的家庭在王妃心里留下了永远无法弥补的缺口，她知道陪伴对孩子的成长至关重要。

戴安娜对儿子的爱始终如一，不过也遇到了一些问题。威廉的同学的妈妈们当中，有些人富裕且极争强好胜。见到美丽优雅的戴安娜，她们一方面流露出羡慕，一方面又想超越。要想把这位世上最迷人的妈妈比下去，她们不得不付出更多努力。于是，清晨送孩子的场面成了一场时装秀，漂亮的妈妈们身穿名牌时装，打扮得花枝招展，成了一道亮丽的风景线。

记得一天下午，我站在学校台阶上等王妃来接威廉，一个身材高挑、气质出众的女人突然冒出来。她是某著名亿万富翁的小姨子。就在她准备将一个问候的亲吻印在我脸颊上时，王妃走上台阶。

"挺快活嘛，肯？"王妃揶揄道。

我很清楚，稍后免不了一顿取笑。

相比之下，和查尔斯相处不像和王妃相处这样轻松随意。查尔斯是个大忙人，他的公共活动日程排得很满，所以我与他的儿子们在一起的时间比他这个父亲还多。当小王子想找个人玩打架游戏时，毫无疑问就想起了我。他们非常调皮，滑稽的举动常常让我开怀大笑。

有一次，我对威廉的口音开了个玩笑，差点儿引发了一场与查尔斯的冲突。威廉说的是略微短促的上流社会英语，口音在许多人听来可能有点儿古怪。他坚持将"out"发成类似"ite"的音,我半开玩笑地纠正他。他坚称自己是对的,因为他的父亲一直那样说。几小时后,当我穿过海格洛夫庄园的雕塑时,查尔斯王子走近我。

"肯,我听说你给威廉上了一堂发音课。"他的语气隐含责备。

我显然过界了。王子在以绅士的方式,叫我别干预家务事。后来戴安娜听说了我受责,觉得很滑稽,但我牢牢记住了那次教训。

04

爱冒险的母子

威廉和哈里喜欢死缠烂打。我在肯辛顿宫有自己的房间，有需要时会睡在那里。他们会像时钟一样有规律地来敲门，然后用稚嫩的声音道："肯，想不想打架？"

这不是请求，而是说出了后面将要发生的事。两位小王子组成一个完美的车轮战小组，一个人攻击我的脑袋，另一人攻击我的敏感部位，拳拳对准我的胯下。这要是给他们打中了，我准会痛得趴下。这两个男孩将在妈妈去世后成为同情的焦点，但在那几分钟的混乱里，他们只是爱打闹的孩子。现在，那么多重担——尤其是君主制作为一个有威信的制度的存在——落在他们的肩上。但那时候，我很乐于和他们享受游戏时光。

他们的父母似乎也都很喜欢这样，不管我们在哪个房间，查尔斯都会从门口探头进来，脸上带着一丝歉意，问："他们没有太烦人，对吧？"

"不，先生，一点儿也不。"我从一记重拳中缓过神儿来，喘着气回答道。

于是可怜的查尔斯会如释重负。这倒不是说他不是个好父亲，他只是有时无法理解儿子们在成长过程中所需要的嬉闹。王子非常爱他的孩子们，这一点毫无疑问，但他总是想着工作，并且顾虑地位的问题，无法真正参与进来。反过来，威廉和哈里崇拜父亲，而把我当成一个可以随时打上一架的叔叔。

男孩子——不管将来是否会当国王——都无一例外地会着迷于各种安保工作。哈里更是迷上了警察履行保护职责时使用的各式装备。一天，他突然闯进我的房间。

"肯，我能用对讲机吗？我想看看它是怎么通话的。"

哈里是个讨人喜欢的小家伙，我心软了，拿给他一台警用对讲机，并示范如何使用。接着我给他一些详细的指示，叫他到几个指定地点，再用对讲机向我报告。他非常兴奋，这是他第一次用真正的警用装备尝试做一个真正的警官。随后几分钟里，哈里严格执行了我的指示，我收到了他按时打进的呼叫。后来我们说好，他可以去拜访住在马厩楼的珍妮夫人（戴安娜的姐姐）。那里离肯辛顿宫有一小段距离，但在闭路电视的监控范围内。我跟珍妮夫人通了话，确认哈里已经到达。不久，珍妮夫人来电告诉我，哈里在回家的路上。我通知了门卫巡警。但哈里始终没出现。随后我又联系了警察岗亭，值班警官也说没看到。我非常担心，正准备派出一支搜索队，这时对讲机接收到了哈里的呼叫。

"哈里，能听到吗？你到底跑哪儿去了？"我尽量保持冷静，竭力对他的失踪行为表现得无动于衷。

"肯，我在肯辛顿大街的高塔唱片店旁。"他说。

天哪！他已经完全离开肯辛顿宫区域。幸好对讲机能传这么远的距离。

"你在那里搞什么鬼？哈里，快回宫。"我叫着，飞奔出去接他。

几分钟后，他安全返回。至于肯辛顿宫大街上的购物者们看到女王的孙子独自拿着警用对讲机走在人行道上会做何感想，我就不得而知了。哈里向我道歉，保证不再犯。实际上，这件事我有责任。如果出什么事，我要负全责，也会给伦敦警察厅留下一个非常差的印象。所幸的是，王妃不知道这件事，否则她的反应一定超出所有人想象。

虽有高贵的出身和显赫的地位，但威廉和哈里骨子里只是一对喜欢冒险的兄弟。与父母一样，他们都喜欢速度，追求刺激。

哈里热衷于一切与军事有关的事物。王妃理解哈里的爱好。一天，她问我能不能带她和儿子去射击场。我联系了伦敦警察厅，请他们在劳顿镇利皮茨山的警察射击训练场安排一次私人射击活动。哈里非常兴奋。为了让孩子们玩得更开心，王妃还邀请了他们的朋友。

到达利皮茨山后，一位高级枪械教官给王妃和孩子们介绍了训练基地的概况，特别强调了安全的重要性。大家看了目前警察和犯罪分子使用的枪械，然后拿到了保护耳罩，开始了一场训练营之旅。

哈里恨不得立即赶到靶场，但每次等来的都是另一场安全训练。这次是视和两位王子们在一起的戴安娜。

频反应测试，孩子们先看一段模拟绑架的视频，接着做一次小测验，判断是否应该使用枪械。视频里，一个枪手一手抓着婴儿，一手拿枪指着来追赶的警察。哈里很快看到问题所在，说警察开枪的想法是错误的，因为形势危急，风险极大——可能打到婴儿。教官借此给孩子们讲述了绑架的危险。

接下来是一系列实景模拟。戴安娜、威廉和哈里坐在车里，没有任何预兆地经历了一场烟火制造的假爆炸。戴夫·夏普（Dave Sharp）警官和我扮演护卫官的角色。我们的身体动作非常灵活，一连串的动作也颇具观赏性。此前戴安娜一直想找机会提高孩子们的安全意识，这场模拟也确实让威廉和哈里做好了随时面对危险的准备。

比起哥哥威廉，哈里的注意力更集中。但威廉却不愿示弱，他说哈里"什么都不懂"。教官的礼貌让威廉得寸进尺，直到戴安娜打断他："闭嘴，威廉。我们一会儿就知道是谁一直在专心听讲了。"

相比其他同龄的孩子，哈里是个杰出的射手。他一直梦想着做一个真正的战士。实弹射击时，两个孩子都表现得很优秀，但焦点是哈里，因为他一次又一次击中靶心。训练结束后，教官将那只近乎完美的枪靶当作礼物送给了哈里，这更坚定了哈里成为军人的决心。

我陪戴安娜参加的早期私人活动之一是克拉彭公交停车场的一场卡丁车赛事，组织人是大卫·林利（David Linley）。那里的普莱斯盖普卡丁车赛道由马丁·豪威尔（Martin Howell）经营。在这里，男人找到了做回男孩儿的机会，男孩儿则可以梦想着成为F1方程式赛车手。

自那天以后，戴安娜成了这个赛道和斯特雷特姆（Streatham）的另一个赛道的常客。她热衷于此，是个好胜的赛车手，也很快开始带两个儿子以私人身份定期来到这些赛道，让他们体验少年卡丁车。

在两个孩子掌握了驾驶技术后，他们立即安排了一次在肯特郡巴克莫尔公园户外赛道的旅行。两位小王子都喜欢卡丁车赛道，一直缠着妈妈带他们去。终于在一个周末，戴安娜捺不住他们的软磨硬泡，叫我打电话给马丁，弄两辆时速可达40英里的卡丁车。

不久,马丁带着机器赶来,在查尔斯王子喜爱的场地周围建起一条车道。在王妃的大笑和加油的呐喊声中,威廉和哈里模仿他们崇拜的赛车英雄,开着卡丁车在花园里横冲直撞。我猜想,当查尔斯的花园被儿子们变成障碍赛道时,戴安娜一定很享受。

当然,王子对此一无所知。不仅这件事,海格洛夫庄园还有一个他至今不知道的情况,不过这对他而言未尝不是幸事。

王妃可以安心地待在她的象牙塔里,但这不是她的风格。她会游荡到员工厨房,尝尝厨师默文·威彻利(Mervyn Wycherley)的最新作品。我们三人经常喝着一瓶从她丈夫的地窖拿来拉特·卡芭叶(Montserrat Caballé)的葡萄酒,聊上几个小时。她会踢掉鞋子,有时将双脚架在大木桌上,说起当天发生的事,或是最新的闲话。她经常会为快嘴默文的一句尖刻评论而放声大笑。

关于厨房还有一个小插曲。厨房不是胆小鬼去的地方,也不适合动物出现,比如查尔斯钟爱的杰克罗素㹴[1]。一次,我在厨房与默文说话,王子最喜欢的猎狗蒂格冒冒失失闯进来。对卫生一丝不苟的默文刚做完饭,看到狗狗入侵,眉毛都立起来了。他一把抄起这只不幸的动物,塞进尚有余温的烤炉里。就在这时,查尔斯从门口探进头,问:"有人见到我的蒂格吗?"小狗在炉门上疯狂抓挠的时候,默文告诉王子,说他看到小狗奔花园那边去了。趁着查尔斯转身去找他"最好的朋友",默文赶紧打开炉子,放出那只晕头转向而且火气很大的小猎狗。

1989年,对卡丁车入迷的戴安娜建议办一场慈善卡丁车比赛,将收入捐给她钟爱的慈善组织之一——英国红十字会。英国航空公司和路虎汽车公司的车队与本地赞助商和王室保卫部门的车队组队厮杀。王室保卫部门的队伍里有一支车队属于特别护卫组,这支精英部队不仅只为戴安娜提供保护,也保护整个王室家庭。戴安娜一直很赞赏特别护卫组的工作,所以她选择加入这支车队参赛。她知道队里每个车手的名字,并且和儿子将这群人称作"单车男孩"。

那天晚上,路虎汽车公司也参与了赞助,将一辆路虎汽车捐给了英国红十字会。

---

[1] Jack Russell,杰克罗素㹴犬。

王妃的穿衣风格优雅独特，她也成了时尚界的标杆。

05

心照不宣的秘恋

对英国王室来说，地位和头衔带来了巨大的特权、财富和声誉，但这也意味着，他们的秘密绝不会真正属于他们自己。殷勤过度的仆人会偷听谈话；清理桌子的女仆会过于仔细地查看私人信件；连管家都会不恰当地过分关注衣服或床上用品，这些事情一直存在，以后还会发生。除了这些知情者，还有其他必须知情的人——大多为高级侍臣，只有他们了解实际情况，整个王族事业才能平稳运转，尽量避免丑闻的出现。因此对王室来说，连那些最值得珍视的私人时刻都必须为人所知。

王室成员的地位越高，他们的行踪就越透明。如果不这样做，保护他们几乎是不可能的。戴安娜作为威尔士亲王的妻子，自然也不例外，她需要毫无保留地把秘密分享给我。如果她计划和朋友去看戏，或者私下与某个男性仰慕者一起吃饭，我必须事先知道这些人的身份和约会地点。

1986年，加入王室保卫部门仅仅几天，我就成了戴安娜的许多私人秘密的参与者。这些信息是通过半正式的途径传给我的。

一天，在海格洛夫庄园的厨房，我和戴安娜的高级护卫官格拉厄姆·史密斯（Graham Smith）总督查一边喝咖啡一边闲谈。他说的那些一点儿都不令人意外，我已经从其他渠道听到太多关于王妃的流言了。我们主要谈论的是王妃与詹姆斯·休伊特（James Hewitt）上尉的恋情。

格拉厄姆冷静地阐明了形势，王位继承人的妻子与皇家骑兵团的一名军官有染，这不是我们——她的护卫官——尤其是我可以做出道德评判的，甚至连意见都不可以有。我们的首要工作是保证她的安全，这一点反过来意味着那份私情必须得到保密。格拉厄姆告诉我，从他的专业观点看，休伊特绝不会伤害王妃的安全，因为他愿意合作，并乐于接受护卫官的指示，甚至对于事先检查和评估约会藏身之处这种要求也完全接受。

王妃第一次见到休伊特，是在1986年夏天，也就是我加入王室保卫部门的几个月前。那天，王妃的侍女黑兹尔·韦斯特（Hazel West）在伦敦举办了一次聚会。那次聚会与休伊特的一个晚宴活动有冲突，他差点儿没来成——如果是这样，20世纪后期最有名的一桩风流韵事也许永远不会萌芽。

休伊特在谈话中告诉戴安娜，他是骑术教官。因此当戴安娜谈到长期以来对骑马的恐惧时，他提出帮她克服，于是两人约下了另一次会面。

这一时期，查尔斯还在与卡米拉幽会，虽然没人明确地说出来，但戴安娜心知肚明。或许是为了报复丈夫的背叛，王妃也随时准备开始一段婚外情。天生爱拈花惹草的休伊特感受到她内心和身体的需求，所以从一开始，他就投其所好，给予她关注和感情，后来又提供了她所渴望的激情。

戴安娜后来将他们第一次会面的情况告诉我，虽然他们最终分手的结局使这个故事变了味儿，但她一直爱慕休伊特，这一点是显而易见的。她说他们的第一次谈话非常自然、轻松，他最初吸引她的正是那一点——他让整个结识和交谈的过程变得很愉快。

查尔斯和戴安娜各自的私情在王室内部人尽皆知，但公众并不知道。当然，媒体也有捕风捉影之辞，但没人明确地揭露。事实上，早在格拉厄姆对我进行忠告之前，我就意识到王妃的婚姻已经陷入泥潭。查尔斯对他的妻子最多只能算冷漠，而戴安娜则有时情绪激动，甚至大发脾气。事后她会感到懊悔，但面对丈夫的冷漠疏远，这是她激发他反应的唯一手段。对于苛求的妻子，王子也是一步都不想退让。身为王位继承人，他相信他的出身决定了他无须退让。如果那样意味着会惹恼他美貌的王妃，那就随她去吧！

不知道有多少次了，王子在承诺与戴安娜一起用晚餐后，又改变主意去见朋友。对此，王妃会大吵大闹——"让你的朋友见鬼去吧！见他们的鬼！——他们不是我的朋友。"而王子会若无其事地赶到朋友的聚会，解释说王妃头痛，已

经休息了。

　　这是他们病态婚姻的症状，而非病因。周末他们都会待在海格洛夫庄园，但只有两人共度一个完整的周末是非常罕见的。查尔斯的前女友到访是常事。屋里总是坐满了人，不是"奇普斯"·凯瑟克（'Chips' Keswick）的妻子萨拉·凯瑟克（Sarah Keswick），就是约克公爵夫人或几个其他熟人。查尔斯似乎很喜欢带朋友来海格洛夫庄园，也许他们的存在意味着他不必长时间面对妻子。

　　夏日周末的重头戏还有王子的马球爱好，他对那项运动的热爱总是引起戴安娜的反感。她觉得马球不仅危险，而且无聊得让人昏睡。媒体有时也来添乱，王妃不得不屈于压力，带儿子去马球场看父亲比赛。事实上，只要王妃到场，摄影师就会无一例外地将镜头对准她，除非王子出现失误，从马上摔下来受伤，媒体才会对王子和马球表现出兴趣。当戴安娜被动地去看一场马球比赛，第二天又出现在新闻头条时，查尔斯会不屑地说："典型的时髦女郎。"这可怜的女人反正赢不了——她看比赛不是，不看比赛也不是。这种时候戴安娜会非常生气，查尔斯为避免冲突，通常会走开去照料他钟爱的花园。"我连你的花园都不如。去吧，跟你的花说话去！"这是王子落荒而逃后，她最喜欢的一句咒骂。

　　这些年，查尔斯为他对马球的狂热付出了代价——腰部受到了严重的损伤，疼痛有时让他几乎动弹不得。为了放松肌肉，缓解疼痛，他不得不进行一系列高难度的锻炼。他的护卫官科林总是在车上备着一个支撑背部的特殊靠垫。我无法理解他为什么要让自己遭这么大的罪。

　　善于利用对手弱点的戴安娜牢牢抓住得分点，她最喜欢的刺激丈夫的方式之一就是劝他放弃这项运动。"看在上帝的分儿上，查尔斯，为什么你不能放弃马球呢？你太老了。"考虑到她与马球高手休伊特的关系，骄傲的王子接受这个建议也许有点儿困难，所以他常常选择无视她的冷嘲热讽。

　　总之，要想在查尔斯和戴安娜的离奇世界里生存下来，必须快速适应，不然就要面临出局。许多无辜的人只因为伤害了王子或王妃的脆弱情感就惨遭解雇。戴安娜常常开口承认自己任性，并且频频为草率的判断表示歉意，这一点值得称赞。说句公道话，她反复无常的举动应该置于她失败的婚姻背景下来理解。因此，她的情绪反复就算没有道理，也是可以原谅的。

戴安娜为詹姆斯·休伊特颁奖。

当时，承担掩护戴安娜行踪这个额外责任的不是我，而是格拉厄姆。他一直负责戴安娜的安保工作，直到被癌症夺去生命。在我负责威廉和哈里王子的安保工作期间，格拉厄姆多次请我协助，我也不得不替他担任起高级护卫官的角色。对小王子的职责意味着我每天都会接触到戴安娜，所以这是一个很自然的转变。在协助格拉厄姆时，我的职责也是不固定的，从正式访问前事先勘查现场，到在各种活动伴王妃左右。这些活动有的是参加伦敦西区的电影节（有时与查尔斯王子一起），有的是到乏味的哈罗市政中心剪彩，还有的是出席朋友的婚礼。这些都是很好的经历，回过头来看，显然我是不自觉地在为下一阶段的苏格兰场护卫生涯做准备。

尽管理论上我还是威廉和哈里的护卫官，但格拉厄姆的疾病开始影响他的身体，几个星期来，他一直说喉咙疼，并剧烈咳嗽，我多次催他去看病，但他坚持说会好的，不想小题大做。这期间，我不得不频繁地代替格拉厄姆保护戴安娜。

一个人在经历磨难时，另一个人常常会得到命运的垂青。我本以为，一旦结束两位小王子的护卫任务，我就会转到伦敦警察厅的其他职位上去。然而，格拉厄姆突然病倒，并最终被查出患了喉癌，每一个人——包括他自己——都明白，他已无力继续履行行动职责，只能到总部坐办公室。震惊之余，我被推到了王室的聚光灯之下。

06

我们会成为好搭档

1988年,在命运的安排下,我成了王妃的贴身护卫官。

不知道为什么,走近肯辛顿宫时,我隐隐有些不安。我是被召来这里与王妃进行一次"舒适的炉边闲谈"的。尽管我们已经相当熟悉,但那天上午,我突然变得很紧张。

我按下庄严的黑色大门旁锃亮的黄铜门铃按钮,静静等候着。过了一会儿,身穿制服、永远波澜不惊的管家哈罗德·布朗(Harold Brown)出来了,礼貌地请我稍等。大厅里铺着深石灰绿地毯,虽然舒适,但对王宫而言,却显得格外阴沉。得到王妃的允许后,哈罗德将我引到客厅。

王妃就在客厅,她的脸上洋溢着热情的微笑,一双眼睛闪闪发亮。这个房间非常女性化。房间里摆着雅致的仿古家具,家具上放着装饰品和数张装着小王子们照片的相框;偌大的窗户正对着一个美丽的花园,花园周围是一圈围墙。后来我才知道,当她想逃离身份带来的关注时,这里是她最喜欢的藏身地之一。

壁炉两侧各放着一张粉红平纹布的沙发。戴安娜在其中一张沙发上坐下,然后礼貌地让我坐在另一张上,并叫管家去端茶。"好的,夫人。"管家轻声说着离开了房间,只留下我们两个。

戴安娜穿着凯瑟琳·沃克(Catherine Walker)裁制的一件白蓝相间的连衣裙,搭配周仰杰(Jimmy Choo)设计的双色高跟鞋,金色头发梳理得一丝不苟,浑身散发着王妃的气质。她刚刚参加完伦敦的一场正式活动。音响里放着莫扎特的C小调弥撒曲,王妃说她"凉透了"。接着她又突然轻声笑了起来,我也跟着笑了。这一直是她习以为常的方式——用这种强加的亲切气氛让人放松。在她的王室职务上工作八年后，王妃学会了如何优雅地打破坚冰。

"肯，很高兴你决定为我做事。"她说，"我知道，你们这些小伙子把我看成一杯有毒的美酒。"她指的是护卫队。

我笑得有点儿不自然，但还是一本正经地向她表示，情况并非如此。"我真的盼着我的新职，没人拿枪指着我的头，强迫我接受这个新岗位。"我说。

"你说谎的水平显然还不够，肯。"她开玩笑地说，"如果你想在这座疯人院里活下去，你需要提高说谎的能力。"

就在我试图对这个评语做出反应时，哈罗德拿着一个托盘敲门进来，给我解了围。他放下托盘，将银茶壶里的茶倒进两只精致的瓷杯。

"你要什么样的？"

"建筑工人那样的，谢谢，夫人。"我答道。

她探询地看着我。

"浓茶，夫人——你知道，就像建筑工人喝的那种一样。"哈罗德静静地退下。

随后的半小时，我们像老朋友一样聊着天，话题时不时回到她的两个儿子身上。

"你和他们在一起的时间和我差不多，但你——显然比他们的父亲多。"她说。

我才不会上当。无论如何，我都不会牵扯进威尔士夫妇的私人恩怨里，所以我没吱声。她后退了，毕竟她也知道，我们的交情还没深到她在我面前对丈夫发动全面攻击的地步。于是她改变了话题，告诉我她的儿子多争气。不过她希望他们能像普通人那样成长，尽管地位让他们与其他男孩不一样。"我知道这很难，但是让他们在成长过程中不仅有自我认知，而且能认清世界的本来面目，这对我真的非常重要。"

虽然相交不深，但我知道她这番话发自内心。她曾陪着孩子们乘过伦敦地铁，甚至带他们探访过在这座都城的街道上最穷困潦倒的人。她是个实干的女性，不是空谈家，她说到做到。

我们没有讨论实际的安保做法，尤其是对她个人的保护方式。即使不说出来，我们也都知道。时至今日，我们都是经验丰富的专家，知道各自的角色，至于我们不知道的，那需要在合作过程中学习。

理论上，我的工作很简单——不惜一切代价保护她的安全。这意味着，从她起床之际，到她睡觉那一刻，都将由我或我的队员在她身边值勤。无论国内还是国外，她走到哪里，我就跟到哪里。我将是她的影子，在她的身边寸步不离，不断在人群中搜寻可能是潜在威胁的面容。王妃和我都知道这种形式，但是，当真的谈到她的安保问题时，她开起了玩笑。

"这么说来，肯——本质上，你是我的最后一道防线？"她一边说，一边用挑剔的眼神打量我，但仍带着一丝笑意。"那是不是意味着你会替我挡子弹？"她继续道。这是戴安娜典型的半玩笑半认真的试探。还好我早有准备。

迎着她的目光，我回答道："只一颗，夫人。多了我会觉得不舒服。"

她沉默了一会儿，笑了。看来我的回答滴水不漏。我同时表示会力所能及地避免此类极端之举，做到尽善尽美。

之前我多次见过王妃，但从未有过这样的谈话。她非常迷人，不仅有同情心，而且风趣老练，敏锐的理解力也掩盖了学历的不足。即使知道新工作有它的高潮低谷，但我已经迫不及待地要与她一起登上这趟过山车。

"合作愉快。"她说，"相信我们会成为好搭档的。"

我揣着这张信任票转身道别。几天后，上面正式确定我出任王妃的护卫官。

这一时期，王妃似乎经常离开伦敦，到德文郡和康沃尔郡参加各种各样的活动。虽然休伊特妈妈名下的别墅也在西南地区，但戴安娜非常敬业，不会将公共事务与个人私事混为一谈。

王妃还热衷于另一件事情——虽然这对一个后来声称饱受贪食症折磨的女性来说，也许有点儿奇怪——但那个时候，她通常胃口很好，只要到西南地区参加正式活动，总是急于弄到一些凝脂奶油和康沃尔馅饼。我说的是真正的地道货，不是伦敦卖的蹩脚仿制品。王妃一直钟爱馅饼类的点心，也喜欢带回来与孩子们分享。一般来说，到达的当天，我会给当地保卫处的彼得·拉德（Peter Rudd）探长布置第一个任务：确保王妃有一盒康沃尔馅饼和一些凝脂奶油带回家。

有一次，拉德探长显然将这个任务看得太神圣了。他走进商店，挥舞着警徽告诉经理，王妃喜欢康沃尔馅饼和凝脂奶油，把经理唬得一愣一愣的……最后，他顺利带回了几盒两打装的馅饼和两大桶凝脂奶油。返回伦敦时，机组人员看到我们的货物吃了一惊，因为我们就像刚刚对当地超市进行一次皇家访问似的。

馅饼实在太多，回到肯辛顿宫后，王妃决定分给在门口站岗的警察。从那以后，指示警察收集当地特产的时候，我们总是特别小心。

大部分离开伦敦的行程通常在一天之内，但我们经常会在当地的远郊旅行，这样就会住宿在肯辛顿宫外。王妃将地方性访问称作"外宿"，陪她外宿时，我们通常使用皇家列车。皇家列车是除皇家游艇"不列颠尼亚"号以外最豪华的王室交通工具，它的老式普尔曼卧车和长餐车非常奢华。如果是长途旅行，列车到了晚上会在一个适当的安全地点停下。这样不管在国内哪个地方，都不会影响王室要人的睡眠。我也可以偷会儿懒，因为英国铁路警察会在列车外围提供夜间保卫。

1988年7月，对柴郡的访问就是一趟这样的旅行。为了让王妃睡上一夜好觉，列车停靠在离目的地不远处。然而第二天早上吃早饭时，她看上去面容憔悴，显然夜里没睡好。

"你还好吗？夫人？你看上去不太对劲儿。"我刚刚在这节长餐车里痛快地享用了一顿丰盛的英式早餐。

"嗯，不太好，肯，我没睡着。"

"为什么没睡，夫人？"

"嗯……我窗外有个人走来走去，走了一整夜。"她声音里的愤怒对那个梦游者可不是好兆头。

我不禁竖起耳朵，仔细听砾石路基上"嘎吱嘎吱"响的脚步声，它们很有规律从那扇窗户下经过。我好奇地走过去一看究竟，结果看到外面一个穿制服的铁路警察正沿着列车踱来踱去。

"打扰下！"我大喊，"你在搞什么鬼？"

吃惊的警察猛地刹住脚，说："唔……我在工作，长官。"

"很好，不过，为什么你非得在那该死的砾石上走？如果你必须走来走去，请到那块该死的草地上去——那里有成千英亩够你走。"我厉声说。

跟着我来到车厢门口的王妃笑出了声，而我还在继续痛责那个不幸的家伙。

接着，王妃决定为这个人说句话："肯，别太严厉——他在做事。"

07

忧伤的蓝眼睛

几周后,我第一次与王妃出访,这成为我们关系中一个关键时刻。当时是在马略卡岛的帕尔马一座景色壮观的悬崖顶上。沐浴着午后的阳光,我和王妃坐在泳池边谈话。泳池位于一座宏伟的综合建筑内的院子里。受西班牙国王胡安·卡洛斯(Juan Carlos)的邀请,王子和王妃来此做客。

在旁观者看来,我们的谈话一定很紧张。偶尔我会试着缓和一下气氛,然后王妃的笑声会打断我们的谈话,但不一会儿,她又变得严肃起来。

"哈里出生后,我们的婚姻就完了。"戴安娜压低声音说。她明亮的蓝眼睛里透着忧伤。

我同情她,但也只能点点头,什么也说不出来。

"我能怎么样?"她继续道,"我努力过,诚心诚意地努力过,他就是不要我。他只要她,只要她。我根本连机会都没有过。"

不难明白,"他"指的是查尔斯王子,"她"是他的情人卡米拉。

戴安娜穿着亮黄色的比基尼,时不时地在沙滩床上躺下,让身体沐浴在阳光里,用手指捋过一头金发。我做这份工作时间尚短,对王妃的这份随意有点儿意外。

她叹了口气,闭上眼睛,躲开刺眼的阳光。"你知道吗?我想是时候张开翅膀了。"

这话由任何一个在失败婚姻中饱受煎熬的其他女人说出来,都会引起足够的关注,更别说是从威尔士王妃口中说出来,其威力甚至会影响到英国王室的核心。

这也许是我与戴安娜关系中的决定性时刻。随着这份关系在未来的几年里不断地拉近，这样推心置腹的谈话将成为常态，但在西班牙避暑时，我们在马略卡岛玛丽温特宫泳池边的谈话却是一个里程碑。这是王妃第一次向我敞开心扉，向我透露笼罩在她生活中的乌云。我承认，那时候，当她将她的烦恼全部说出来时，我有点儿不自在，但这样无拘无束的关系不久将成为我日常生活的一部分。

当天早些时候，查尔斯王子离开玛丽温特宫去参加一个活动后，王妃便计划了这次会面。当时我住在几英里外的帕尔马。她拿起私人套房的电话，打到我下榻的酒店。

"肯，你能来看我吗？有很重要的事。"戴安娜的语气似乎很急切。

我立即问她是否在担心人身安全，她向我保证她很安全，但更想和我面谈。我告诉她我会尽快赶到。我离开酒店，几分钟后来到玛丽温特宫大门。守卫宫门的西班牙哨兵已经接到通知，知道我要来，打手势让我进去。几秒钟后，一个王室官员带我来到泳池附近，他穿着一身厚实布料制成的深色制服，显然不适合当前的天气。

王妃从沙滩床上站起来跟我打招呼："嘿，肯，你能来真是太好了。"又加上一句，"很抱歉把你拖来。"

我也向她问好，然后告诉她我不介意被"拖来"。

我担任她的护卫官时间还不长，对于她让我去那里的原因还有点儿忐忑不安。毕竟，玛丽温特宫有众多军警卫兵，它的范围之内绝对安全。我能感觉到，她需要有个人说说话，而王子的随从人员中没有任何人值得信任。在这种形势下，我可能是她最好的选择。

"真可怕。胡安·卡洛斯非常迷人，但——你知道——有点儿殷勤过度。他的举动太亲昵了。我告诉丈夫，但他说是我太傻了。"她停了一会儿，又接下去，"知道吗？肯，我认为国王喜欢我。虽然这听起来有点儿荒唐，但我确定是真的。"一丝调皮的微笑浮现在她脸上。

这一次，我真的不知道说什么好了，也完全不知道该做何反应。她是不是真的在暗示我应该跟西班牙国王谈谈他过度热情的事？我当时——甚至现在——都不能确定她是不是在开玩笑。

好在很快，谈话转到更困扰她的事情上来了，我也开始全面意识到她个人的不幸。她语气平静，话里没有怨恨，只有某种听天由命的无奈。她解释说，她之所以同意陪丈夫来马略卡岛，只是为了演一出"好戏"——她希望向世界表明，她正在与深爱的丈夫度过一个快乐的假期。特别是她希望儿子过得快乐，毕竟孩子们需要一个双亲都在的稳定生活。

她在坦诚地向我吐露心声。她伤心地承认："你知道，我不是自讨无趣，只是我丈夫根本不想好好过。我曾经埋怨过自己，认为这是我的错，认为是自己不够好。没有一个人（我相信她是指王室家庭）表扬过我，你能相信吗？哪怕我为那家人做了那么多。"

说着说着，戴安娜开始描绘一幅被孤立和排斥的画面。我知道他们的婚姻状况非常糟糕——不管是在她还是在王子身边，没有一个人看不出这一点。但她如此坦诚地谈论它让我不安。我甚至都不是受雇于她和王室，而是苏格兰场。要么就是她实在找不到一个同情她的听众，要么就是一定要向某个她信任的人倾诉，而不管他进入她圈子的时间有多短。

她继续用几乎不带感情的声音解释说，现在的她和查尔斯王子间的裂痕已经大到无法修补的地步。她告诉我，爱一个不爱她的人是令人心碎的，尤其是这个人还爱着别人。

我同情她，但没办法给她建议，这样做会显得很冒失，而且本能告诉我，她真正需要的只是倾听者。我曾听到王室里有人不屑地称她为傻丫头，但她刚刚那番话是真诚而坦率的。我能体会到她正在经历那种撕心裂肺般的痛苦。直到她说出对自己和儿子未来的恐惧、查尔斯的不忠带来的遗弃感和被婚姻囚禁的窒息感，我感觉到她如释重负。我意识到，只要有个人听听她伤心的倾诉，她就能从中得到些许安慰。

对于她在我身上寄予的信任，我感到很荣幸。与此同时，这番话也让我非常震惊，她告诉我的都是爆炸性的秘密。虽然这些痛苦没影响到她的安全，但如果传开来，威尔士亲王的婚姻真相就会大白于天下，没人知道这会给他的妻

子、孩子、女王及其家族，还有君主制度本身带来什么后果。

那天，我第一次听到她说出那句话："没人理解我。"后来我把这句话当作她的惯用语。我感觉自己已经开始理解她了。

结合时间背景来理解我们的谈话，这一点很重要。它比安德鲁·莫顿（Andrew Morton）那本爆炸性的《戴安娜：她的真实故事》（*Diana: Her True Story*）一书的出版早了四年。在1988年，虽然国内媒体已经开始怀疑亲王和王妃的婚姻状态，但还没有任何人接近其晦暗的真相。直到1992年，莫顿揭开了威尔士夫妇的关系和一些王室家庭成员及各种官僚所扮演的不那么光彩的角色，世人才了解到这些。

我们的谈话还没结束。

"你知不知道我们已经多年没有同床了，肯？"她有点儿难为情地说。

我不由自主地有一种感觉，似乎在内心深处，她相信这份疏远是她的责任。接着——在世人得知她的失落，是如何使得她尝试自杀之前很久——她列举了她企图结束自己生命的几个时刻，以及那么做的原因——它是求助的呼喊，但没人要听。

听着她的话，我深刻地感觉到，她确实非常不快乐。至于她向我敞开心扉的原因，我依然不能确定。它是不是一次试探，一个检验她可否信任我的方式？或者按我最初的想法，会不会只是她需要倾诉于某个人？再或者，在面对冷漠的丈夫、不友好的宫廷体系和那个查尔斯王子的名为"海格洛夫集团"的敌对小圈子时，她是不是迫切需要一个盟友？

我们促膝而谈整整一个小时，她不断地回到那个核心问题——她的丈夫和卡米拉的关系。他明目张胆地漠视她的感觉，她认为那是背叛，是她年轻生命中遭遇的最大背叛。渐渐地我也开始相信，这是她永远无法摆脱的背叛。

她一边述说，一边止不住地流眼泪。她的话里没有怨恨，只有满满的痛苦。坐在这个女人身边，我尴尬得手足无措，她的生活本来有无限希望，她却在静静地描述对生活的绝望。虽然拥有美貌、地位和财富，但生活显然发给她一手烂牌。

当然，我也知道，每个故事至少都有两面，但明知这样做也许不恰当，我戴安娜和西班牙国王。

还是选择偏向她。我告诉她我同情她，同时温和地提醒道，她也有许多值得欣慰的事，尤其是两个很争气的儿子。一提到他们的名字，她的忧伤似乎烟消云散，脸上又恢复了灿烂的微笑。"你说得太对了，肯。我很幸运。威廉和哈里真的很可爱，非常非常可爱。"

我意识到自己会因为她的吐露而陷入危险的境地，便尝试不着痕迹地将话题引离她问题丛生的婚姻。也许我自私地觉得，在我们专业关系的这个初期阶段，王妃告诉我的这些事情是个烫手山芋。然而，任何人——即使是那些现在坚称她患有"边缘型人格障碍"，非常客观地将她的问题归咎于精神健康状态的批评者——如果此时都不对她表示同情，我也无话可说了。最终，我巧妙地将话题转到我们对古典音乐的共同爱好上。她是个顾及别人感受的人，显然完全理解我的意图。

戴安娜的困扰和不幸成为我们在随后几年里经常讨论的话题。也许是因为在马略卡岛的那个下午，我回应了她的求助。从那时起，她开始信任我，毫无保留地向我倾吐一切，我也将更好地保护她避开危险，甚至保护她不被自己伤害。

08

在音乐中乐观

当王妃看到西班牙王后的妹妹穿过院子向这边走来时，我们的谈话突然停止了。这本是一个绝佳的机会，我可以找个借口回到酒店房间，安静地一个人待会儿，结果没有如愿。

戴安娜一看到外人，失意立刻消失了，开始客气地交谈，然后毫无预兆地把话题转到了我对音乐的爱好上。王妃笑着对索菲亚王后（Queen Sophia）的妹妹说："肯有一副美妙的歌喉。他想给我们唱支歌。"接着面向我，"来吧，肯，为我们唱支歌。"

我惊呆了。

既然鸭子被赶上了架，我别无选择，硬着头皮深吸一口气，唱起我的个人最爱——由莉萨·莱曼（Lisa Lehmann）改编的《当我自己年轻时》(*Myself When Young*)。更让我窘迫的是，在我演唱的途中，索菲亚王后来到了泳池边。因为热浪、卖力和窘迫，我已经满脸火热，最终赢得了听众礼貌的掌声。我婉拒了他们再来一首的请求，气喘吁吁地道别，准备离开这些人。这时戴安娜已经与女主人热络地聊上了，她抬头看了我一眼，微笑着对我做出"谢谢你"的口型。那天以后，我对音乐的兴趣似乎感染了王妃，她发现自己迷恋上了歌剧，但不得不承认，她对此仍是一知半解。得此鼓舞，我谈到自己对这门艺术的喜爱，并且给了她一本名为《理解歌剧》(*Understanding Opera*)的书，她很快就看完了。而早在我的表演之后，戴安娜和索菲亚王后谈起了她们对音乐的共同爱好和对歌剧演员的赞赏，王后随即决定邀请我们第二天去看何塞·卡雷拉斯

（José Carreras）的表演。这是那位歌手白血病康复后的首次公演。王妃开玩笑说，听过我的演唱后再去听另一个伟大的男高音，真是不胜荣幸。对这样的比较，我只得相当笨拙地承认，我实际上是男中音。

第二天，我和王妃、索菲亚王后、王后的妹妹以及随行人员，丢下查尔斯王子，乘国王的私人飞机来到巴塞罗那。降落后，我们的汽车汇入一个以警察为主的庞大护卫车队中。车队首先引导我们来到市郊的一个村庄。在一幢很小的房子里，我们拜访了王后的一个朋友。小房子旁边是一个美丽的广场，广场上搭建了一个色彩鲜艳、装饰华美的平台。在那个临时舞台上，著名女高音蒙特塞拉特·卡芭叶（Montserrat Caballé）[1]演唱了一系列普契尼（Puccini）的咏叹调。这是一场精彩的演出，歌手的演唱感染了戴安娜，她的眼神里流露出从未有过的愉悦。

最后，女歌唱家参加了我们的招待会，和王妃像老朋友一样聊得非常投机。

这仅仅只是个开始。招待会后，我们回到车里，随皇家车队驶向巴塞罗那的一座城堡，王妃参加了另一场招待会。招待会上，戴安娜第一次见到代表英格兰队的球员加里·莱因克尔（Gary Lineker）。尽管他一点儿也不像个典型的足球明星，但那时却是巴塞罗那队最好的前锋。

歌剧厅就在城堡范围内。招待会结束后，我们和加里一起走上我们的座位，卡雷拉斯正准备开始演唱。我从未听过如此专业的表演。如果这位伟大的男高音也会紧张的话，那他一点儿也没显露出来——别忘了，这是他勇敢地战胜一场可怕的疾病，长期停练后的首次公演。他的表演让全场为之动容。最终，他将《格拉纳达》（*Granada*）重唱了五次，狂热的观众将鲜花如雪片般抛向他，以至于最后，他陷在齐膝深的花瓣里。

表演结束后，我们被引到另一场专为卡雷拉斯举办的招待会上。在参加各种活动的过程中，戴安娜曾遇到过许多比她矮的人，这一次也一样，即使没穿标志性的高跟鞋，她依然比卡雷拉斯高出一个头。但卡雷拉斯本身的气场镇住

---

[1] 与已故皇后乐队（Queen）主唱佛莱迪·摩克瑞（Freddie Mercury）同唱那曲精彩的《巴塞罗那》（*Barcelona*）后，她的作品在普通人中间广为流传。

了整个屋子，他浑身散发的魅力像磁石一样吸引了戴安娜。戴安娜打定主意，不想在这个伟大人物面前显得无知，在研究过我前一夜给她的书后，她问了几个关于歌剧及其演唱艺术的专业问题，还表示卡雷拉斯演唱的《格拉纳达》深深地震撼了她。

返回帕尔马的飞机上，戴安娜非常高兴，前一天的阴霾一扫而光，像是完全变了一个人。虽然之前内心还无比挣扎，但她在短短几小时里就恢复了精神。

也许是我们在玛丽温特宫的谈话，或是戴安娜对婚姻问题的反复斟酌，决定了她接下来要采取的行动。那年秋天，和王子待在阿伯丁郡的巴尔莫勒尔堡时，她决定重新开始。她对之前的自己很失望，她说自己犯了许多"错误"，还说自己将更加认真地对待王室职责。

"我要全心全意地工作。"她说。

当时我正陪她沿迪伊河漫步。

"真烦人，"她继续说，"人人都说我讨厌这个地方。"

这个苏格兰乡村被绵延起伏的山包围着，树木沐浴在独属于秋天的橙色和赭色中。

"其实我讨厌的不是这个地方——我喜欢苏格兰——我讨厌的只是那些人营造出来的气氛。"她指着巨大的仿制城堡说。这是她丈夫的五世祖、维多利亚女王（Queen Victoria）的丈夫、萨克森-科堡-哥达的阿尔伯特亲王（Prince Albert）设计建造的。每次去巴尔莫勒尔堡，戴安娜都下定决心要坚强起来，却总是再次陷入低谷。她被麻烦不断的王室婚姻和家庭生活弄得疲惫不堪。

玫 瑰 自 有 芬 芳

part 02

每个人都需要被关怀

09

陷入热恋的女神

戴安娜陷入了热恋,但她依然以工作为主,有时会连续几个星期见不到休伊特。但她似乎更喜欢这样短暂的分别,因为可以维持感情的新鲜和活力。

不久,我在伦敦中心区的骑士桥兵营第一次见到了休伊特。当时我开车带着戴安娜来到兵营,侍女黑兹尔以社交女伴的身份作陪。几分钟后,一个中尉军官陪着休伊特来迎接我们。闲聊了几句骑术课程后,戴安娜指着我示意说:"这是肯。他接替格拉厄姆,以后会陪我一段时间。"休伊特给我的欢迎略显做作,热情也有些过火。

那段时间,黑兹尔总是带着一个装冷香肠的塑料盒,偶尔会拿来招待在场的男性。当时中尉礼貌地拿了一根看上去令人作呕的香肠,大口地嚼着,休伊特也跟着拿起了一根,我实在不想吃,所以回绝了。中尉不想让那可怕的东西在嘴里停留过久,囫囵吞枣地咽了下去。吃完他近乎哽咽着对王妃说:"请允许我说,夫人,这大概是我吃过的最好的香肠。"当时我很后悔刚刚没有接受那根香肠,至少它能帮我忍住笑。

随后的几个月,我饶有兴趣地关注着他们的私情发展。休伊特习惯了形影不离的王室护卫,我们在旁边时,他毫不拘束。或许他觉得,我们在场意味着他与戴安娜的关系已经得到官方认可。这一点能给他些许安慰,至少官方认可将意味着他不必担心会犯叛国罪(据说在某些情况下,企图与地位较高的王室家庭成员发生性关系的人会被控犯叛国罪)。

虽不乏骑兵军官的各种癖习,休伊特依然是个讨人喜爱的人。我们彼此间都恪守本分。只要他认识到，我关心的只有王妃的安全，那他的一切疑虑都将烟消云散。戴安娜希望自己找到一个可以信赖的人。在她最需要爱的时候，休伊特在她的生活里注入了激情和活力，这是她的丈夫无法给予的。

不过查尔斯也不是傻子，他知道妻子和休伊特在搞什么鬼，但他似乎很乐意让他们继续下去。从某种些角度来说，我能理解他的逻辑，如果有人可以让他的妻子快乐，那他就可以少些麻烦。

有了休伊特以后，戴安娜变得更成熟。对王子而言，戴安娜也会更少地干扰他与卡米拉的来往。后来他说，他是在婚姻破裂无法挽回之后才重拾那段私情的。但我相信，他从未停止过对卡米拉的爱。

起初，戴安娜不愿与我谈论她的婚外情。他们大部分约会地点是英格兰西南部的一栋小屋，那是休伊特妈妈的房子。在从那里返回伦敦的路上，气氛常常有点儿尴尬，我每次都可以感觉到王妃的窘迫。

"没什么事儿，肯。"她会红着脸说。

"当然没有，夫人。"我回答，"不管你说什么。你知道，我只关心你的安全。"

她肯定以为我不是瞎子就是傻子。毕竟，英格兰老屋里嘎吱作响的地板更坦率。

然而尽管藏着掖着，戴安娜还是差点儿闯出大祸。在返回伦敦的路上，她常常自己开车，有时情绪高涨，不经意间把车开得太快，频频超过最高限速。我屡次提醒她减速，她也只是听一听，但不上心。

一次与休伊特幽会结束后返回的路上，她以每小时100英里的速度前进。后面一辆巡逻车追上来，亮起蓝色闪光灯，鸣响警笛，于是戴安娜不得不靠边停车，羞愧得满脸通红。

"肯，你得摆平这件事儿。"车停下后，她气急败坏地说。

警车在我们后面停下，我从后视镜里看到警车驾驶员钻出汽车，戴上帽子，向我们走来。

"对不起，夫人，"我轻声说，"你自作自受。我警告过你不要超速，帮你掩盖罪行不在我的工作范围内。"

交警看到自己拦下了威尔士王妃,也非常惊讶。我从车里钻出来,表明了身份,悄悄地告诉他我不会干涉这件事儿,这在我的权限范围之外,至于他如何处理这个情况,完全取决于他。这时戴安娜睁着一双小鹿般无辜的眼睛,羞怯地歪着头走下车。交警本来完全有权上报她的行为,但只给了她一个礼貌的训诫。身为威尔士王妃自有它的好处,她只收到一份口头警告,被嘱咐以后开慢点儿。最后由我开完剩下的路。虽然用不了多久,她又会回到迷恋开快车的老路上,但至少在随后的几个星期里,我注意到她的驾驶风格有了明显的变化。

那些日子里,媒体并不了解王妃与休伊特的感情到了何种程度。我们的保密工作也做得相当好。戴安娜逐渐认识到,与我合作比与我对抗更容易。虽然关于我对她的婚外情了解多少,我们没有正式讨论过,但她也比以前更加安心。简而言之,她开始信任我。

休伊特的妈妈雪莉·休伊特(Shirley Hewitt)在德文郡有个家,即谢林舍,后来被媒体明确地称作威尔士王妃和其马术教练詹姆斯·休伊特的"爱巢"。

那天晚上,碗碟在厨房里叮当作响,我正在准备托斯卡纳大餐,舒适的小屋里弥漫着大蒜的气息。我既是厨师又是保镖。王妃和她的情人坐在沙发上,喝着从查尔斯王子的海格洛夫庄园地窖里偷来的自制的橙味伏特加。这是他们最安全的一处隐蔽所。那一整夜都在狂欢,我做的晚餐给他们打足了气,王妃把她那份吃得精光。她开心得忘乎所以,虽然只是暂时的,但这份满足似乎消除了自她成年以来——特别是结婚以来——就一直困扰她的贪食症。

午夜前后,我与休伊特打到最后一把牌时,王妃走进厨房,撸起袖子,开始清洗如山的锅碗瓢盆。洗完后,她走出厨房,宣布休息时间到了。一眨眼的工夫,她就和休伊特走上摇摇晃晃的楼梯,走进主卧,留下我和雪莉一起喝睡前饮料。我的小窝通常是一张行军床或沙发,远远没有这场家宴的其他人睡的床舒服。晚上我蜷在一块毛毯下,感慨自己的生活多像一场梦。

早上戴安娜总是最后一个醒来。8点30分左右,雪莉已经在厨房准备早餐,休伊特让王妃在他的床上安睡,然后自己过来帮忙。最终,戴安娜会披着一头乱发,穿着宽松的套衫和紧身牛仔裤出现,她的早餐只需要几口烤面包和一口滚烫的热茶。

她总是热衷于与休伊特独处,并且会迫不及待地让他带她去骑马或散步。他们最喜欢去的地方是巴德利索尔特顿的卵石海滩和伍德伯里公地的荒野。因为在那些地方,她几乎不可能被人认出来。

我可以确定,若是只待在家里,休伊特肯定会很高兴,但王妃会坚持一起出去。这是她感觉"正常"的生活方式之一。倘若是在伦敦,她不可能随心所欲地四处溜达。在德文郡乡下,只是做一些正常的事情,譬如与情人一起散步而没有我跟着,就足以让她感觉良好。当然,他们一起出去时,我们三名护卫中至少有一人会与他们保持密切联系。我能体会到戴安娜对独处的渴望,所以在不危及她安全的情况下,会最大可能地满足她。但他们需要带一台警用对讲机,随时与我保持联系,这差不多是我们退让的极限。

随着恋情的发展,王妃和休伊特越来越肆无忌惮。我常常警告戴安娜要小心谨慎,虽然我保证会尽全力遮掩她的行踪,但她必须保持前后言辞一致。如果被迫撒谎,那必须将谎话说得尽可能接近真相。她接受了我的建议,会事先打电话给休伊特的母亲,请她转接电话,或者使用某种形式的暗语,有时甚至装成伦敦东区的口音。然而,一个计划越复杂,成功的概率越小。戴安娜第一次用假名时,雪莉完全糊涂了。她拿起电话,听到有人用奇怪的声音说要休伊特接电话,显然是一个女人。雪莉问她是谁,王妃说是"朱莉亚"。从那一刻起,戴安娜变成了"朱莉亚",海格洛夫庄园成了"洛伍德"[1]。

从秘密和安全角度讲,这种方法极为成功。虽然媒体听到过流言,但从未有一张照片或其他确凿证据出现(直到休伊特本人决定说出一切),这主要归功于所有相关人员的共同努力。戴安娜一直害怕被媒体发现。她甚至警告我,如果媒体真的发现什么,我必须为她掩饰。我向她保证自己会竭尽全力。但我总是禁不住想,她表现出的是一个奇怪的双重标准:一方面私下里痛斥丈夫的婚外情,另一方面拼命掩盖自己的罪行。也许,这只是因为她不想给查尔斯占领道德高地的机会。但她也可能就此失去理智,走上一条危险的道路。

在我看来,休伊特在戴安娜的生活中扮演的角色无疑得到了查尔斯王子的

---

[1] 海格洛夫(High Grove)字面大意为"高树林",洛伍德(Low Wood)是"矮树林"的意思。

默许。1988年11月,休伊特收到王子40岁生日宴会的邀请,他此前所有的担心一扫而光。他一直害怕因为与英国王位继承人之妻有私情而被判罪,但他现在发现,王室里那些知情人就算不喜欢他,也认可了他的存在。他开始越来越放纵,戴安娜也表现得愈加满足,然而内心深处,正如她所言,她感到她和丈夫都有见不得人的关系,但为了国家——至少为了王室——他们不得不继续活在这个谎言里。

戴安娜和休伊特在他们的关系中永远不可能维持平等。休伊特似乎总是缺钱——这在一支"时髦"部队里并不是件令人惊讶的事。人们普遍认为,军官理应维持高水准的生活。有一次休伊特表示自己需要买辆新车,看中了特威尔[1],但部队薪水不够,戴安娜随即决定给他足够的钱帮他买下这辆车。我直言这样做是不对的。其实我更想表达的是,休伊特先暗示需要,再从王妃手里接受这样一笔钱,这个做法也许与一个军官身份不符。不过我感觉最重要的是提醒这场交易可能会导致的后果。如果她暴露了,不仅媒体会大做文章,王室也有了枪支弹药去支援查尔斯王子,甚至可以将此误认作王妃给情人的封口费。但戴安娜是非常固执的,她认为是我太过敏感,然后从银行里提出1.6万英镑现金,放在一只公文包里,交给了休伊特。

在我看来,戴安娜决定资助情人的日常生活的决定,不仅减少了她得到个人幸福的机会,也让他们的关系更容易被发现。

这场婚外情带来了更为严重的问题。一个流传已久的谣言——有关哈里王子的生父——在她死后多年的今天依然争论不休,戴安娜生前对此很是愤怒。与查尔斯王子分居后,她公开承认她与休伊特有染,但王子的一些朋友不断风传哈里可能是休伊特的儿子。他们应该为此感到羞愧,既为他们对这样一对没有还手之力的母子的无端指控,也为他们的数学水平。我曾和戴安娜谈过这件事,看到过她为此流下的眼泪。虽然她不在意那些人的言论,但任何人把矛头指向她儿子,都会深深地刺伤她。我现在就可以驳倒那些鬼话。首先,日期就不符,哈里生于1984年9月15日——有记录可查。戴安娜直到1986年夏才结识休

[1] TVR,英国汽车品牌。

伊特。造谣中伤者最喜欢引为"证据"的红头发当然是斯宾塞家族的特征。不管是谁,如果曾看过(比如说)戴安娜的姐姐珍妮年轻时的照片,都会一眼看出来。

在我们的谈话中,戴安娜承认:"我不知道丈夫和我到底是如何有了哈里的,虽然那时他已经回到他的女士身边,但我们确实有了孩子。"我相信她。

这段婚外情至少在一段时间内对戴安娜有所帮助,她的朋友、支持者和最忠诚的助手再次看到了王妃过去的影子。她依然恪尽职守地努力工作,却多了一种从容的气度,开始直面她的恶魔。

查尔斯和戴安娜之间有一条心照不宣的协定。工作日期间,王子很少来肯辛顿宫,周末则由两人轮流使用海格洛夫庄园,一方在时,另一方就不在。

休伊特也成为两地的常客,我们都小心翼翼地不让他的抵离被相机拍到。他会留下过夜,甚至会加入威廉、哈里与我在泳池边的打架游戏。有一次,我们将戴安娜扔进泳池,激起了巨大的水花,逗得她开怀大笑。这大概就是她渴望的快乐。平日里她的工作负担很重,一周至少三天有活动,这意味着她不能和休伊特见面,我也为此忙得不可开交,毕竟每次出访都需要一次事先安保考察,还要给王妃写一份报告和介绍。

10

在不安中寻找慰藉

查尔斯从未停止对卡米拉的爱,并为此拒绝接受戴安娜。在我成为王妃的护卫官时,厌倦了这一切的戴安娜已被推到其他男人的怀抱里。按她的说法,早在次子哈里出生前,查尔斯就已经回到了卡米拉的身边。后来,在为莫顿的图书秘密录制的谈话中,戴安娜重复了她在马略卡岛的游泳池边向我吐露的话:"哈里出生后,我们的婚姻就结束了,一切努力付诸东流……那时我知道他已经回到他的女士身边,但不知怎么回事,我们有了哈里。"在戴安娜看来,在一个已经存在致命缺陷的婚姻中,王子对她的拒绝是最后一道无法修补的裂痕。

查尔斯王子可以对他的妻子视而不见,但其他人——年轻富有、出生优越、有权有势的帅气男人——却迷上了这个天生的尤物,迫切地想代替查尔斯在她感情中的位置。戴安娜也很享受这些男人对她的追捧。随着婚姻状况的恶化,卡米拉似乎加紧了对查尔斯的控制,有些事情不可避免地需要放弃。戴安娜从未停止对爱的渴望,她一心想找到幸福,而丈夫已经清楚地表明不需要她,这也让她的出轨成为一种必然。

她转而寻找的伴侣既不是有钱人,也不是名人。那些男伴差不多出自一个模子,而且都有一个共同点——耐心。他们无一例外地英俊,公学出身,生活不一定富有,但大多为绅士。他们桥牌打得马马虎虎,喜欢陪她看电影或者在雅致的餐厅吃饭,闲聊——空谈几小时的能力——似乎是他们的专长。他们还得知道如何取悦王妃,也都给她起了绰号,吉尔贝叫她"温香软玉",不过叫得最多还是她儿时的绰号"杜赫"。

戴安娜和萨拉。

戴安娜告诉我,她婚前的早期追求者通常都是被她已婚的姐姐莎拉·麦科克代尔夫人(Lady Sarah McCorquodale)抛弃的失意者,她喜欢把他们当成孩子照料。事实上,与年轻的戴安娜约会的好处之一就是有人给你洗熨衬衫——这是单身汉求之不得的一件事。她经常和我拿此事说笑,承认她对生活要求不高,只想做个相夫教子的贤妻良母。也许这些话里有几分真诚,但是我所了解的戴安娜更沉迷于不平凡的生活带给她的刺激。

戴安娜确实喜欢照料那些男伴。她生活中的每个人都受益于她的着装品位——和她的钱包。其中一两个,比如她自己公开承认喜欢的休伊特,有幸得到她"从头到脚的装扮",这些账单也都由她支付,这一点对于永远缺钱的休伊特来说,是个莫大的好处。

这些事情产生的结果非常奇怪。一开始,他们看上去不像一个"戴安娜男",但几周之内,这个克隆过程就大功告成。我经常设想,她倾慕的这些男人,休伊特、吉尔贝、菲利普·邓恩(Philip Dunne)、大卫·沃特豪斯(David Waterhouse)、罗里·斯科特(Rory Scott)……如果排在一个犯罪嫌疑人识别组里,你将很难把他们区别开来。所有人都是大个子、体形相似、同样的衣着、同样的言谈、同样的品位、同样的朋友圈子,甚至有同样的习气。他们也许稍有不同,但有一个共同点:他们一点儿都不像她一本正经的丈夫。查尔斯王子不仅比戴安娜大12岁,而且行事举止比他的实际年龄还老。

1989年初,双方阵营间的战线已经分明,威尔士夫妇的家不再是弱者能待的地方。可能在外面的世界看来,皇家花园的一切都是玫瑰色的。但实际上,这里的鲜花已经枯萎,甚至凋落——留下的只有尖锐的荆棘。一些王室圈外的机敏的评论家已经感觉到,查尔斯和戴安娜的关系出了大问题。

虽然没指明王子和王妃各自情人的名字,但诸如《星期日泰晤士报》(Sunday Times)这类大报都登出了猜测性的文章。它们推测,与古往今来的王族妻子一样,戴安娜接受了王室对包办婚姻的传统选择。在这样的婚姻中,只要丈夫不张扬并且顾及他的王室职责,他在很大程度上可以率性而为。这些文章等于是说,她甘心接受了一个业务关系。然而实际上,他们错了。戴安娜一直受祖母芭芭拉·卡德兰(Barbara Cartland)的爱情小说的影响,从未停止过追求真爱。

她不能理解丈夫的冷漠与残酷。或许追求浪漫的戴安娜没有错，但她生活圈里的现实主义者让她相信，追求那样的理想必会导致失望和痛苦。

这一时期，她与情人休伊特的感情开始减退，与媒体的关系也开始降温，约克公爵夫人萨拉（Sarah）逐渐成为媒体新宠。事实证明这只是一段短暂的插曲，因为蜜月不可能也不会持久。不久后，戴安娜称其为"红头发"（萨拉则不屑地将戴安娜称为"黄毛"）的妯娌萨拉也失宠了。三年前，她的到来对王妃来说可谓喜忧参半。一开始，她把这个外向的萨拉当成同盟和朋友，但是当戴安娜开始将萨拉看成对自己声誉的潜在威胁时，她们最初的亲密关系结束了。两个女人都不喜欢来自对方的竞争压力，尤其是在媒体报道方面。如果一方觉得媒体更关注另一方，对另一方更友好，两人都会相当愤怒。戴安娜甚至会故意安排与萨拉有冲突的活动，与竞争对手抢风头。但一些充满恶意的媒体总是热衷于刊登王妃与查尔斯王子的关系，这让她既愤怒又困惑。她搞不明白，为什么这些记者会喜欢写这些该死的东西。

有时候，我们单独在一起时，王妃会向我倾诉她的感受。"这是他们的工作——他们靠这个挣钱。"我会向她解释。但那些记者写的实际上只是真相的一个程度略有不足的版本。如果他们刊登出真正的故事——婚外情、不和等——那才是真的热闹。对公众，对许多记者和评论员而言，她依然是王位继承人的妻子、两个乖孩子的妈妈，是除了王太后之外最受欢迎的王室家庭成员。

我很快就明白，继续掩盖真相是不可能的。但就目前来看，随着戴安娜不断地用微笑征服世界，公众依然相信这个关于王妃的美丽神话。王妃自己不断加深的痛苦也促使她从那些更可怜的人身上寻求安慰，她同情病人和穷人，一心渴望分担他们的不幸。然而，随着那些报纸专栏作家开始将注意力转向她时，戴安娜开始被看成一个不愿支持丈夫的女人，这同时意味着她不能再依赖于媒体宣传。

戴安娜本能地意识到，如果想在这场公众之战中取胜，公然反对王室，尤其是查尔斯王子和萨拉，她必须将她的公共形象从时装黑马转向慈善工作。更重要的是，她深知帮助社会底层是一个无比正确的决定。这不仅可以提升她在媒体和公众面前的形象，也能力所能及地帮助那些需要帮助的人。1989年，陪查尔斯访问印度尼西亚期间，这一转变很快显现出来。甚至早在访前考察之前，她就坚持正式的活动应包括在首都雅加达市郊斯塔娜拉一家麻风病医院的访问。

迎接戴安娜的是一幅地狱般的景象，就像《旧约全书》里15世纪的弗莱芒画派画家绘出的一幅阴郁场面。病人们病变的皮肤显得尤为恐怖，但他们依旧平静地接受了这种可怕的消耗性疾病，这让她很难抑制住自己的情绪。

其他随行人员再也看不下去，惊慌地走开了。而戴安娜似乎受到了触动，她意识到自己可以引起世界对这种疾病的关注。在大部分西方人眼中，这是一种属于圣经时代的疾病。王妃配合地与他们合照，没有任何私心，她了解与这些受害者一起拍照的效果。

这些照片确实造成了惊人的影响。她开始支持防治麻风病的事业，让这种病获得了世人的广泛关注，资金也开始涌向与麻风病有关的慈善组织。

戴安娜事业上的成功并没有体现在她的婚姻上。随着查尔斯对她的态度冷到冰点，她对慈善工作的热情也达到新高。此前，记者还将目光聚焦在她的外表和衣着上，现在，他们开始在报道中使用"热心的戴安娜"一词。

11

我是人道主义者

1989年3月,王子和王妃正式出访迪拜。

迪拜是组成阿联酋的众多小酋长国之一。在伊拉克总统萨达姆·侯赛因(Saddam Hussein)威胁要"收复"南方邻国科威特时,海湾地区的紧张局势已经开始升温。

我们出发前,首相撒切尔夫人建议查尔斯王子不要参加那场沙漠马球比赛,因为军情六处警告近期有来自伊朗极端分子的刺杀威胁。(打了八年的两伊战争已于前一年结束,但对西方国家,尤其是英、美在冲突期间给予伊拉克的支援,许多伊朗人依然耿耿于怀。)在此背景下,王室一行人全都情绪低沉,王子的护卫官科林和我都明白必须要提高警惕。最终,王子退出了比赛,整个下午都待在戒备森严的酋长宫里。那些付了200英镑来观看他打球的观众表达了他们的不满。王子的决定也惹恼了迪拜统治者拉希德·阿卢·马克图姆(Rashid al-Maktoum)酋长,他指责英国政府反应过度。迪拜礼宾大臣胡迈德·本·德拉(Humaid Bin Drai)愤怒地评论说:"你们的王子在我们这里万无一失,我们没发现对他安全的威胁。真不知道英国政府从哪里弄来的情报。"

尽管酋长有所不满,但他依然很热情。他在听说王妃的返程航班推迟了两小时后,表示实在无法忍受让她如此不便,便让自己的私人大型喷气式客机载她回国。没用多长时间,漆着红白迪拜旗标志的大型波音747客机就做好了起飞准备,我们于次日黎明回到了希思罗机场。租一架大型飞机需花费数万英镑,相比之下,一张返程头等舱机票只卖969英镑。

虽然私下里，王子和王妃形同路人，但在公开场合，他们依然上演着感情和睦的戏码。出访匈牙利亦是如此。但令人惊讶的是，媒体也心甘情愿地被王宫牵着鼻子走，着意报道查尔斯和王妃表面上的融洽相处。也许是他们也被匈牙利的浪漫氛围所感染。

作为完美的演员，戴安娜可以继续她的表演，但从个人立场出发，她绝不会容许自己活在谎言里。她甚至已经做好准备凭个人能力占据中心舞台，开始自己的独角戏。同时，她也知道她的公众形象所拥有的力量可以改变世界，帮助改善受苦受难者的处境。

对王妃的成就的任何评价中，她在帮助防治艾滋病方面发挥的作用，无疑是她最大的成就。她唤起公众对这种可怕疾病的关注，推动人们对艾滋病人的理解和同情，甚至消除了艾滋病可经一般接触而感染的错误看法。仅凭一个握手，她引起的关注远远超过了有名望的医生召开的上千场新闻发布会。戴安娜了解自己的力量，渐渐地，帮助世界各地的艾滋病人几乎成了她的信仰。她感觉自己有义务去帮助这些人，哪怕这是一场危险的运动，还会招致王室内部的高级成员的批评。

有一次，王妃在白金汉宫觐见女王后，我们驱车回肯辛顿宫。在路上，王妃突然流下了眼泪，她坦言自己在女王面前一直非常紧张，开始她还相信女王陛下是她坚定的支持者，但现在整个王室都把她看成一个巨大的麻烦，以至于菲利普亲王都认为他们需要小心应对她。实际上，此时的她已经成了王室背上的芒刺，她的光芒盖过了包括丈夫在内的王室其他人，这让查尔斯也深感不安。在这个一般公众对艾滋病还不甚了解的时代，戴安娜把消除世界对艾滋病的偏见当成她的使命。女王及其顾问们一直对此深为担心。他们觉得，所有的王室家庭成员，尤其是王室继承人的妻子，应该远离是非漩涡。也许在他们眼中，王室的职责无非是探望老人、参观学校、为工厂开工或轮船下水剪彩、在医院对着婴儿或病人微笑，或者去国外进行皇家访问，而成为艾滋病人的支持者这一步则迈得太大了。艾滋病是一个危险的领域，王宫相信，戴安娜涉身其中可能会反过来伤害到温莎王朝。

伤心的王妃需要我安慰的情况并不鲜见，她有时非常情绪化。然而这一次哭泣的理由却十分充分。会面期间，女王表示说虽然欣赏王妃在宣传艾滋病时的勇气和信念，但她认为这做法并不明智。根据自己多年的经验，她担心戴安娜有可能陷入这项事业不能自拔，再继续下去，她将只会被看成"同性恋瘟疫"的支持者。这也是当时许多人对艾滋病的观点。

与女王的会面结束后，戴安娜垂头丧气地走到白金汉宫前院，我正在那里等她。她抽噎着对我说："女王不赞同我在艾滋病问题上的做法。"然后愤怒地接下去，"那个该死的家庭，我为他们做了那么多，所有人都认为我做的是错的。"我试图说服她。毕竟，她在这个问题上的立场已经受到了某些评论家的攻击。随后她开始冷静下来，我告诉她，我，还有许多人都认为她为同性恋群体和那些感染艾滋病的人做的事儿非常了不起，但她对这个问题也许会判断失误。但她什么话也听不进去，陷入愤怒和沮丧中的王妃执意要扮演受害者的角色。

但是不管王室持什么态度，戴安娜依然带着热情继续艾滋病运动，没人能左右她前进的方向。但她执着过了头，即使是在有充足的理由需要她缓和一下的时候，也没人能让她停下来，连王室也不能。有一次，她对这项事业的热情投入差点儿伤及自身，而那正是女王可能已经预见到的反噬方式。

伦敦东区有一家已经改造为临终艾滋病人疗养院的医院，事情就发生在访问该医院的期间。

在戴安娜访问时，该医院所在的贝思纳尔格林区的地方性国民保健资源正遭到大幅削减，当地居民被激怒了，因为"普通"疾病治疗的等待名单越拉越长，而王妃却在用她履行公职的时间去安慰艾滋病人。一群愤怒的民众聚集在伯利恒医院，等待戴安娜的到来。

我们驶向医院时，我在对讲机里听到现场的警察报告说现场很紧张。从安全的角度考虑，我预料形势不会失控，但为了避免麻烦，我想到一个很不错的办法，可以缓和拿着横幅标语聚集在那里的群众的敌意。我从座位上转过身，向王妃建议说，我们可以对当地的老人院也做一次短暂访问。她的侍女安妮·贝克威思－史密斯（Anne Beckwith-Smith）此次与我们同行，她赞同这样做，但戴安娜此时牵挂的只有一件事。

"肯，"她坚定地看着我说，"疗养院里的那些可怜人身上发生的一切太可怕了。我们得做些事阻止这个疾病的传播,或者为他们找到某种疗法。"我同意她的说法,但依然恳请她为缓解敌意,与老人们也待上几分钟。但王妃显然对此有点儿恼火,一句也听不进去,好在那些抗议者表达了意见后,不久就离开了。

在与艾滋病人打交道时,王妃有着惊人的天赋。她真诚地慰问他们,从没对他们残缺的肢体和枯槁的身形皱起眉头,反而对他们的苦难深表同情。病人们感觉自己受到了重视。对他们而言,美丽可爱的威尔士王妃的一次访问是活下去的动力,我相信在有些情况下这样的事儿确实发生了,不管听上去多么令人难以置信。

不管一个人对这个问题持何观点——我得承认,在艾滋病知识尚未普及的那些日子里,我对艾滋病人也是既同情又恐惧,并且尽量避免与他们打交道——没有人会不钦佩戴安娜的勇气和坚持。她全身心地相信她所做的一切,但更重要的,她确实改变了世界。她揭开了憎恨同性恋的偏执狂的真面目,堵住了无知者的嘴。我并不完全同意她在艾滋病问题上的立场,因为我觉得,从鳏寡孤独到生病或被遗弃的儿童,世界上还有许多同样值得关注的问题。然而公正地说,尽管还没有哪个需要帮助的事业像艾滋病一样吸引了戴安娜那么多的关注,她依然尽了最大努力来确保她的时间和影响力分配到更多的事业上。

可悲的是,艾滋病依然是一个杀手。普通人现在对这种疾病的了解很大程度上要归功于戴安娜。虽然那时我还很保守,但我也得承认,在她短短的一生中,她无疑在推动对这种疾病的正确认识方面做出了巨大贡献,同时她也向许多艾滋病人表明,他们没有被遗忘。她给人以希望,在一个怀疑论者充斥的世界上,她证明了友善和同情并不是徒劳,也不会被忘却。无知对某些人是福,但面对疾病,王妃改变了成千上万人的态度。

当然,顽固不化者大有人在,并且他们总是率先发难的人之一。他们中的一些人会说,王妃支持受害者的事业,不是因为她想帮忙,而是因为她自己也是受害者。尽管这话远非全部真相,但里面依然有一些真实的成分。可她的反对者偷不走她的成就。她让世界看清了这个人间灾难,也让人们重新反思对它的态度。她不是孤军奋战,也不会这样声称——许多人都在为提高艾滋病意识的事业中不知疲倦地工作着,这样的人过去有,现在也有。但她是公开支持那项事业的第一人,并将她巨大的媒体影响力全部奉献给了它。

女王确实曾敦促王妃要平衡她的公共职责,女王也许自有她的道理。那时候,我可以清楚地看出她想让戴安娜理解什么——即她与这个疾病的联系,必然会降低王室家庭在公众眼中的声望。当时,艾滋病还被看成一种自找的瘟疫,是对滥交的男同性恋和妓女的惩罚。但我相信,王室没能理解戴安娜真正的奋斗目标,也没能预想到她能够造成的影响。戴安娜关注同性性行为造成的后果,正是因为同性恋不再安全,她希望伸出援手。除非确定双方都没有感染,否则任何没有保护措施的性活动都不安全。公众对艾滋病人的看法多半是轻率的,而戴安娜知道,她的影响力至少能让很大一部分人放弃或者重新思考这种偏见,理解无保护性行为的危险。

戴安娜经常说自己永远都不是赢家。如果她想有所作为,就会受到指责,但如果什么也不做,也会受到批评。雪上加霜的是,在那次被女王接见的同一时间,她还遭到外祖母弗莫伊夫人鲁思(Ruth, Lady Fermoy)对她衣着打扮的言辞激烈的批评。弗莫伊夫人做了一辈子侍臣,是太后的密友。那天王妃穿了一条新买的紧身裤,当弗莫伊夫人看到她走进王宫时,大为震惊,甚至当面指责她,骂她荡妇。戴安娜觉得连自己的家人都不能理解她。在回肯辛顿宫的汽车上,她哭诉着她受到的"两面夹攻"。我对她充满同情,但除了说几句能想到的安慰话以外,我什么也做不了。一个护卫,即使是那些身负王室保护职责的护卫,都没有资格质疑高级侍臣,更别提质疑君主本人了。

戴安娜对争议性问题的参与不会止步于麻风病和艾滋病。生前最后一段时期,有人指责她干涉政治,说她在反地雷问题上的立场将王室家庭拖入危险的政治领域。对戴安娜而言,地雷问题是另一个艾滋病。地雷以前是(现在还是)人类的灾难,是导致无数无辜者死亡和伤残的原因。只要她高调地公开反对它们,那么世界将会考虑禁止地雷的使用。她不在意地雷对训练不足、装备不良的军队而言,是不是一种经济高效的地面部队防御武器,也不在意既得利益集团的观点——它们都必须被清除、被禁止。她不能理解那些质疑她逻辑的人。在她看来,如果有一个孩子被地雷炸断一条腿,解决方法很简单:禁止地雷。这似乎很天真——军队、武器生产商、军火商等的公开反对就在意料之中——他们关注的是生意。而在戴安娜眼中，亿万美元的军火交易不值一提。在她去波斯尼亚和安哥拉区公开访问期间，她很困惑自己为什么遭到了所有人的反对。她宣称："我不是政客，我是人道主义者。"她希望被人记住的正是这一点。

"人道主义者"一词正是戴安娜本质的体现。她相信自己可以让人类变得更美好，并一直努力改善我们的觉悟和精神，虽然最后命运突然从我们身边夺走了她，但那并不意味着她失败了。戴安娜让我们有了片刻自省，不管那一刻多么短暂，她的生活依然是有意义的。

12

奉献者与开创者

表面上，王室要员都不赞同戴安娜那些占据媒体头条的公益活动。但实际上包括查尔斯王子在内，他们都羡慕戴安娜所引起的正面关注。自她去世以后，王室也经常效仿她生前的做法，这一点是毫无疑问的。

有些评论员指责王妃自私地利用病人和孤苦无依的人来提升她的形象，这样的指责既不公正也不真实。我非常清楚，其实许多时候，她宁愿待在家里陪儿子玩耍。之所以没有这么做，是因为她非常清楚她的职责，对那些为了见她常常等上几个小时的普通人，她有强烈的责任感，她不愿让任何人失望。戴安娜从小就希望帮助那些比她不幸的人。她是天生的奉献者，在婚后前几年，她还没有将愿望付诸实践的信心。直到80年代后期，她才真正地认识到自己的力量和潜能。

已故的巴兹尔·休姆（Basil Hume）和王妃志趣相投。他们结下了亲密的友谊，戴安娜甚至一度考虑过改信天主教[1]。她曾问我对此事的看法，我坦言，对于听她忏悔的神父，她会是个有趣的话题。也许，我这个回答太过肤浅了。但可以确定的是，她没有加入天主教会的唯一理由，是担心此举会引起王室的强烈反对。讽刺的是，王位继承人不能与天主教徒结婚的禁令很可能是查尔斯王子登基前采取的改革举措之一。

---

[1] 女王的堂弟媳肯特公爵夫人改信了天主教；公爵夫人的妯娌迈克尔王妃从小就是罗马天主教徒。

日间护理中心位于伦敦中心区维多利亚大街附近的卡莱尔大街上。1989年9月，休姆邀请戴安娜做一次私人访问。这是她第一次接触到无家可归的残酷现实。天主教会开办的这个照管中心设在一间巨大的地下室里，那里有厨房、桌子，而且有取暖炉。访问那天，我安排两名穿着破衣服的警察到下面负责安保工作。由于这是一次慰问探访，我们很难把人一个个拦下来检查。9月11日，王妃和我到达的时候，他们已经就位。大部分护理中心的景况都令人唏嘘，他们属于被社会抛弃或遗忘的人，其中有许多人沉湎于毒品或酒精，或者受到精神疾病的困扰。以前从未有王室成员做过任何类似的事，所以当王妃走下汽车，见到等在中心外人行道上的休姆和芭芭拉·史密斯（Barbara Smith）修女时，她自然有点儿忐忑不安。

戴安娜那天抛开了她的设计师服装，穿上了牛仔裤和运动衫。在护理中心结束见面的礼节后，我决定让她自由行动。她开始自在地与这些人交谈，讨论他们的生活条件、衣食住行以及各种琐碎杂事。我不知道有没有其他王室成员会考虑做这样的探访，但自那以后，查尔斯王子跟上了戴安娜的步伐，这一点值得肯定，威廉和哈里也是如此。如果没有她，王室将永远不会参与到这类事业中去，她无疑是一个勇敢的开创者。如果她只是衣着光鲜地在王室活动中展现魅力，并且对丈夫言听计从，她的生活会舒适得多——受到的批评也会少得多。但戴安娜不是这样的，她想对身边的世界产生积极影响。她在面对面的交流中学习的欲望完全弥补了正式教育的不足。

在护理中心，她直接坐在那些不幸的人中间，和他们交谈。警察和这类人打交道一向是不愉快的，但看到工作中的戴安娜，我的担心消失了。她虽然出身优越，但依然尽可能去体会这些人的处境，理解他们的难处。几分钟之后，人群中怀疑的目光也随之消失，那一刻，这些潦倒落魄的人似乎忘记了她是谁。

虽然我决定让她无拘无束地融入这个团体，但我依然跟在她身边以防不测。这是个明智的决定——有一个红脸汉子突然想要顶撞她，他对她喷着酒气，开始了自己的长篇大论："像你们这样的，来这里待上半个小时没问题。你试试住在大街上……"

我正准备把他赶走，戴安娜示意我不要插手。

"没问题，肯，我很好。"接着她毫无畏惧地直视他的眼睛，回答说，"对，我来这里就是为了看看这里到底是什么样子，这样才能尽我所能地提供帮助。"

这句话赢得了周围人的赞同。但他确实说出了一个令王妃担心的现状。回肯辛顿宫的路上，王妃依旧为那个红脸汉子的话苦恼着。

"也许，他是对的。"她反复思量后轻声说。

我努力让她心安。"夫人，你要相信自己。跟着直觉，你不会走错的。"

她想了一会儿，然后真诚地说："从今以后，这就是我想要参与的工作。如果我可以为这样或那样不幸的人做一些有益的事情，那世上就有我的一席之地。"

接下来几年里，随着她努力在世上留下人道主义标记，那句话成为一个她不断重申的主题。她很清楚，人们也许将她这样的行为误认作宣传手段。但真相远非如此，她的许多访问都是私下进行的，在没有镜头对着的时候，她投入的精力更多。后来她也曾多次回到那家日间护理中心，还带上两个儿子。她打定主意要让含着金钥匙出生的小王子们理解那些人的不幸。

1989年12月，《名利场》(*Vanity Fair*)杂志报道了王妃向"奉献"的转变，还称"一些人开始将她说成圣人"。当她私下里再一次向我描述自己的计划时，我引用了那篇刊登在《名利场》上的文章，奉劝她多加小心。虽然她形容那篇文章很"愚蠢"，但那期杂志在她的肯辛顿宫客厅咖啡桌上待的时间，无疑比其他大部分杂志都长。

13

燃烧的芭蕾舞之梦

英国皇家芭蕾舞学校每年收费两万英镑，环境优美，处处散发着历史的气息。这里的孩子们和儿时的戴安娜一样，梦想成为国际舞台上的明星。然而，戴安娜个头太高，没能实现梦想，但她还是想看看这所学校。她派我和她当时的侍臣帕特里克·杰弗森（Patrick Jephson）为两周后即将进行的访问做一次访前考察。考察是访问前对活动场所的调查和安保影响的评估——是我们工作的基本组成部分。这种时候，由于保护对象不在身边，工作要简单得多。

白屋分校位于伦敦西区，周边是风景如画的里士满公园。我们获准进入学校内厅，一个娇小而优雅的女士在那里迎接我们，她用相当夸张的口吻说："恭候诸位。请进。"

来人是白屋分校的董事梅尔·帕克夫人（Dame Merle Park），她曾是皇家芭蕾舞团的首席女演员，在弗雷德里克·阿什顿（Frederick Ashton）的《灰姑娘》（Cinderella）里扮演仙女，一直跳到20世纪70年代中期。有专家认为这个角色从未被超越过，其他舞蹈演员也羡慕她的天赋和乐感，但她显然不觉得她的天分有什么特别。她说过这样一段话："我知道这话有点儿老套——即使在罂粟地里跳舞，我也同样会感觉快乐。"这是个不屈不挠的女性，她娇小的身躯中隐藏着坚强的意志。当真切地看到她本人时，我一点儿也不怀疑她说过那样的话。

"王妃殿下来我校访问，是我们的荣幸，我非常高兴。每个人都非常激动。"她热情地说。

结束了见面礼节，我们继续考察工作，沿着王妃将要经过的路走过去，确保她到访时不会遇到一点儿意外。

"我提议首先介绍王妃认识我们学校的创办人及校长——妮内特·德瓦卢瓦（Ninette de Valois）夫人。"她说道。

又是芭蕾界一个伟大的名字，1914 年，妮内特·德瓦卢瓦首次登台，20 世纪 20 年代与佳吉列夫（Diaghilev）一起巡回演出，成为英国芭蕾舞的先驱之一，也是卓越的舞蹈设计教师。帕特里克立即开始事无巨细地记录，以便起草一份全面的报告汇报给王妃。

"我们会走过音乐厅，音乐指导布莱克福德（Blackford）先生将在那里给一年级学生上一堂实用的音乐课。"她说着，猛地推开厅门，让我们的进入显得富有戏剧性。

"接着我们走过图书馆，王妃会在那里看到孩子们跟着约翰先生阅读。然后走进巴甫洛娃排练厅，再走到四年级和五年级上课的地方，阿纳托尔·格里戈里耶夫（Anatole Grigoriev）先生教授的五年级学生将在那里参加法语口试[1]。"

这时，我和帕特里克实在忍不住笑出了声。梅尔夫人认识到这两个愚蠢的男性客人可能误解了她的话，冷冰冰地说："那么，先生们，也许我该换个说法？"

两周后，我们与王妃来到这里，顺利完成了访问。

王妃非常快乐，美丽的脸上始终带着欢愉的笑。我说的不是礼节性的那种，而是发自内心的。我仿佛看到了那个曾经渴望跳舞的女孩。

戴安娜认真对待她的所有赞助活动，对英国国家芭蕾舞团尤为热心。即便到了 1993 年 12 月，她放弃大部分事业退出公共生活，但依然是这项慈善事业的赞助人，也许因为芭蕾舞是她儿时的梦想。

1989 年 12 月某个晚上，我们离开肯辛顿宫，经过一小段车程，来到肯辛顿公园 11 号一幢正面刷得雪白的漂亮官邸。这是法国大使的住处。王妃情绪高涨，她尤为期待当晚特别安排的一场半小时的表演。

---

[1] 会引起与性有关的联想。

"我等不及了。"她激动地说,"戈林[1](Gorlin)先生告诉我,这会是一场优美的表演。"

我热爱歌剧和古典音乐,但得承认,我对芭蕾没什么感觉。王妃却对芭蕾情有独钟,她为自己是英国国家芭蕾舞团的赞助人而感到荣幸。随后在大使官邸的漂亮餐厅参加完简短的香槟招待会后,她优雅地坐回了主桌座位。

当晚的活动之一是抽奖,它将在拍卖之前进行,由高里伯爵(Earl of Gowrie)抽取。王妃很少带现金,所以我像往常一样买了几张抽奖券,一些给自己,另一些留给王妃。直到高里伯爵念到我的名字,我才注意到自己得了二等奖。我曾一心指望获得一瓶中档葡萄香槟酒,却惊讶地得知二等奖的奖品是一次免费的马来西亚豪华游,我很犹豫要不要接受这个奖品。王妃对我的好运(和要不要接受它的窘境),忍不住笑出了声,然后穿过人群来到我身边。"你可以随时带上我,肯,"她轻声说,"我不反对有一个快乐的假期。"

一阵犹豫后——唉,谁不会想一想呢?——我决定把奖品让给王妃,这样它就可以成为拍卖会上的拍品之一,从而为这场慈善活动募得更多资金。回家的路上,我们都非常开心,王妃为晚会的芭蕾表演而激动,我则沉醉在我的好运里。但几周后,我听说大使的华丽官邸被大火烧毁,那场晚会成为在那里举办的最后一场盛事。

艺术品交易商阿德里安·沃德·杰克逊(Adrian Ward Jackson)是皇家芭蕾舞团理事。他是戴安娜的老朋友,也是艾滋病应急基金副主席。他们正是通过这个慈善基金结识的。考虑到公众对艾滋病话题的禁忌,她一直努力给艾滋病"去妖魔化",并为此对这个阿德里安本人也未能幸免的疾病发起了公共意识战争。不幸的是,到1991年,阿德里安的日子已经不多了。多年来,他和戴安娜发展出特殊友谊,而且可以说,在帮助她发起那场公共意识战争上,他所做的超过了任何人。

1991年春天,他的病情开始迅速恶化,只能待在位于梅菲尔区蒙特街的公寓里。塔特画廊董事尼古拉斯·塞罗塔(Nicholas Serota)是阿德里安的密友,

---

[1] 当时的英国国家芭蕾舞团团长。

戴安娜王妃登台表演芭蕾舞的老照片，拍摄于1985年。戴安娜想成为芭蕾舞演员，无奈由于个子太高，未能遂愿。

戴安娜和芭芭拉夫人。

他的妻子安吉拉·塞罗塔（Angela Serota）也是王妃的好友，他们一直陪在阿德里安病床边。我也曾无数次陪戴安娜去探访她生命垂危的朋友。

戴安娜的工作之一就是唤醒世界对艾滋病的认识，阿德里安不断恶化的病情为她的工作提供了新的动力。7月，她请当时在伦敦的美国第一夫人芭芭拉·布什陪她去米德尔塞克斯医院访问麦克·阿德勒（Mike Adler）教授的艾滋病部门。她告诉我说，她一直想拥抱那些病人，而不仅仅是接触他们——一些怀疑论者说那只是她用来提升自己形象的手段。这是极其卑鄙的指责，因为王妃一心想尽自己所能减少他们的痛苦。

这次访问中，王妃停留在一个坐在床头哭泣的男人身边，并当着美国第一夫人的面把他抱在怀里。那个男人坦言自己只剩下几个月的生命，说他感觉到她心中的巨大愤怒。戴安娜没有反驳他，而是专心听他说话。驱车离开医院时，她看上去很难过，却一言不发。过了好一会儿，她才再次开口。

"我做到了我该做的——没人能指责我未尽全力。那个人说我愤怒。你觉得我愤怒吗？"我选择默不作声，随后她替我回答了——"刚好相反吧？我有什么不开心的？上帝呀，他才是那个活不过圣诞节的人……"

8月19日，戴安娜在巴尔莫勒尔庄园接到安吉拉·塞罗塔的来电，说阿德里安·沃德·杰克逊住在圣玛丽医院，病得很重，牧师已经给他做了临终祈祷仪式。王妃没按惯例征得女王同意，而是立即和我奔赴伦敦。因为没有足够早的航班，为了让她能够在最后时刻陪在阿德里安身边，我们连夜驱车550英里，从苏格兰东北部赶到伦敦。一路上，戴安娜基本都在睡觉，但我们到达医院后，她在朋友身边陪了几个小时。

阿德里安坚持到8月23日。他的死对王妃产生了深远的影响，她也以她的艾滋病运动来纪念这个最初激励她支持这项事业的人。

14

"超级祖母"的世外桃源

威廉和哈里一直称王太后为"祖祖",称女王为"奶奶",但我们眼中只有一个"超级祖母"——戴安娜的妈妈弗朗西斯·尚德·基德夫人。对戴安娜来说,她是妈妈,是自己在这个世界上永远可以依赖的人。很多记者对这两个女人之间的关系有过不实的报道,但那都是误解。弗朗西斯在戴安娜童年时就离开了,这当然不假,但人们很少提及,她为了争夺戴安娜和查尔斯的监护权做出了艰苦的斗争,只是在一场著名的,甚至轰动一时的诉讼中,被她自己的妈妈弗莫伊夫人鲁思出卖了——鲁思站在她的对立面,做出了对女婿,也就是第八任斯宾塞伯爵约翰有利的证词。在离婚和监护权诉讼结束后,弗朗西斯也尽可能多花时间与青春期的女儿和儿子待在一起。

戴安娜与弗朗西斯并没有不和,反而关系非常好。在戴安娜最苦恼的时候,在她真正需要建议的时候,她求助的那个人永远是妈妈。

无论是弗朗西斯来到海格洛夫庄园,还是我们去她位于苏格兰西部奥本镇附近的家,威廉和哈里都非常开心。戴安娜的妈妈是个很好的调停人,能打破横亘在王子和戴安娜之间的坚冰。记者们喜欢猜测,觉得王妃和妈妈住得太远,她们之间的联系一定很有限。实际上,她们经常联系,不管什么时候,只要戴安娜想带着儿子逃离王室,我们就会全体拔营奔向苏格兰,奔向她妈妈的世外桃源,过上一段正常的生活。

弗朗西斯住在锡尔岛上一幢刷白的农舍里。和其他访问一样,我会在到访前做一次考察,还需要确保附近的威洛本酒店有足够的房间供后备护卫官住宿。

戴安娜和母亲弗朗西斯。弗朗西斯一直是戴安娜最坚强的后盾，是戴安娜的世外桃源。

锡尔岛可以称作王妃去过的最好的度假地之一，它远远胜过了那些被媒体广为报道的、更为刺激新奇的海外旅行胜地。

1989年8月，王妃一家三口与弗朗西斯度过了为期一周的假期。两个活泼的男孩喜爱冒险，锡尔岛和周边地区拥有他们想要的一切，出门就是大海，还有开阔的乡村、小河湾和划艇，这胜过了任何冒险乐园。

我们在媒体毫无察觉的情况下抵达那里。王子们能够远离窥探的目光，远离王室生活，像普通孩子一样玩乐，这让戴安娜非常高兴。她自己也有了完全的自由，散步的时候，不需要我和后备警官作陪，一个人带着警用对讲机就可以走很远的距离。这也是我接任她的高级护卫以来做出的最大的让步。我没有按制度办事，但这确实不是坏事。王妃也珍惜我们的工作关系和由此带来的自由。

戴安娜内心是一个喜欢照顾别人的淳朴女孩儿。去看妈妈的时候，她从不带仆从。这意味着她可以真正做回自己，享受到做家务的乐趣，哪怕时间很短暂。她喜欢在饭后洗碗，也喜欢帮大家洗衣服，甚至提出要帮我熨衬衫。一开始我拒绝了，但最终还是做出了让步，交出一件衬衫，还打趣说，自己想象不出女王为某个同事熨衬衫时是什么样子。王妃也开始想象着女王陛下站在一块熨衣板旁，面前站着她的光膀保镖的情景，忍不住笑了起来。当时戴安娜站在厨房里熨衬衫，身上只裹着一块毛巾，威廉走了进来。他顽皮地调侃妈妈是不是喜欢上我了，王妃叫他别说傻话。听妈妈这么一说，淘气的威廉将她身上的毛巾拉下来。于是王妃赤身裸体地站在我面前，但她并不惊慌，而是从容地捡起毛巾，再次围在身上，接着爆发出一阵大笑。

在锡尔的这段假期一直非常快乐。对于生活在王室中的人来说，这样的机会实在难得。我帮忙做好饭菜，大家围坐在弗朗西斯的老餐桌上享用。我们一边吃，一边聊些新奇的事，直到深夜。我很高兴能够参与到这些美好的时光当中。当然，这一切也要归功于弗朗西斯。在我带着两个小王子外出游玩的时候，王妃有机会和妈妈谈谈近日的境况。

弗朗西斯一直是个完美的听众，而且在婚姻方面有着丰富的经验。她知道女儿、女婿两方的私情，但依然温和地劝她，就算为了儿子，也要努力挽救婚姻。弗朗西斯知道戴安娜依然爱着查尔斯，她比大部分人都清楚与孩子骨肉分离的痛苦。

时隔一年后，应王子邀请，弗朗西斯来海格洛夫庄园度周末。说来也怪，王子喜欢弗朗西斯，他把这次邀请的时间放在他正好外出，戴安娜当家的时候。两个小王子非常喜欢有弗朗西斯外婆做伴，当她到达的时候，两个人欢呼雀跃。弗朗西斯也一如既往地帮助情绪低落的女儿重新振作起来。这是一个美丽的周末，天气适合懒洋洋地坐在泳池边尽情畅谈，于是这两个性格外貌如出一辙的女人就这样坐着，一谈就是几个小时。分别的时候，两人都不舍得彼此，并约定好不久后见面。

我对弗朗西斯极有好感。她的智慧和经验一直是戴安娜用之不竭的资源。

玫瑰自有芬芳

part 03 激情与危机

15

手机引发的危机

考虑到查尔斯和戴安娜东奔西走的生活方式——还有他们不正当的婚外情——移动电话成了他们必备的工具。特别是王妃,在这种小巧可靠的移动电话问世前,她就沉迷于固定电话,现在几乎对手机上了瘾,不断更换到最新型号。

了解到手机通话不安全后,我建议她多加小心,最好在手机通话时使用某种类型的暗语,以防别人有意无意地偷听。可王妃把我的警告当成耳边风,说这是多疑症的早期症状。考虑到她本人经常表现出的"人人都想来伤害我"的心态,这话从她嘴里说出来真让我哭笑不得。

我个人觉得移动革命很容易抗拒(不过最近还是投降了),我宁愿用我那值得依赖的苏格兰场寻呼机。在一个通信技术日新月异的时代,寻呼机至少给了我一些由自己掌控的表象。另外,它是保密的,并且在我需要它安静的时候不会出声。

戴安娜对"通话砖头"的迷恋还影响到她的一些幕僚。迪基·阿比特(Dickie Arbiter)是她的新闻发言人,这个独立无线新闻社的前记者还陶醉在从偷猎者到守林人的角色转变中。他的手机似乎一直挂在耳朵上,尤为恼人的是他的铃声永远设置在"响亮模式"。我曾一再建议他关掉那玩意儿,但迪基却认为不需要。1989年4月的某一天,在达特茅斯的英国皇家海军学院,迪基的报应终于来了。

那天,王妃戴着一顶显眼的大红三角帽,穿着一套有巨大黄铜纽扣的同色系套装,走出主楼,登上高台。学院邀请她在那里接受舰队总司令的敬礼。这

戴安娜在达特茅斯的英国皇家海军学院,戴着一顶显眼的大红三角帽,欢快地笑着。

是皇家海军版的仪仗队检阅。检阅平台上,她站在学院院长和其他高级军官间,我和她的其他随从人员站在后面。当身穿制服的军官学员队列踩着皇家海军陆战队乐队的节奏行进通过时,欢快、轻松的王妃努力保持着镇静。

"看这威武的军容。"她一边淘气地对站在一旁的院长评说,一边上下打量着列队里的军官学员。此时他们已经停止前进,正笔直地站着。

"唔……还有与您相伴的好天气,夫人。"院长跟着说。他还不太确定该如何应付这位王室人物的轻浮举止。

"当然,院长。"她回道,"正义之人总是受到阳光的眷顾。"

我前面说过,戴安娜改不了爱笑的天性,情绪高的时候,一点儿小事都能让她爆发出抑制不住的大笑。站在王妃身后的迪基提供了这个机会。就在乐队停止演奏,在王妃对面立正停下时,他的手机响了。在音乐突然停下的那一刻,铃声听上去如小号般嘹亮。迪基窘迫得满脸通红,手忙脚乱地在口袋里摸索那个恼人的设备。这一次,他没把它架到耳朵上,王妃忍不住笑了出来。从那天起,只要出席正式活动时,迪基都会关掉电话。

迪基是得到了教训,但不幸的是,王子夫妇依赖手机的影响更大,后果也更严重。1990年初,移动通信技术尚处初级阶段,通话很容易被泄密。那时候,一台便携式定向扫描仪只需几百英镑即可买到,如果把它连接到业余的无线电爱好者使用的接收器上,任何一个无良之人都能偷听到最私密的手机对话。窃听别人谈话是违法的,但这种非法行为得不到有效管制。1989年末,两个不道德的人秘密接收和记录了两次王室成员不得体的谈话,这些内容肯定超过了每个非法偷听分子最乐观的期待。

1990年1月,无线电爱好者西里尔·瑞南(Cyril Reenan)联系《太阳报》(*The Sun*)售卖一段录音带,内容是戴安娜和一个她称作"詹姆斯"的男子的谈话。磁带很新,录于新年前夜。报社高级主管斯图尔特·希金斯(Stuart Higgins)曾经是卡米拉的密友,他同意与瑞南见面。希金斯以前见过王妃,听到录音后,他确信那个神秘的"詹姆斯"满口"亲亲""宝贝""温香软玉"所指的女人确实是威尔士王妃。谈话中,"詹姆斯"提到盼望几天后用他温暖的胳膊拥抱她,这间接地证实了两人非常亲密,王妃甚至谈到不想怀孕。这份材料非常敏感，对一份小报来说尤为如此。

和许多媒体人一样，希金斯一直在追踪戴安娜故事的最新进展，也听说过关于王妃和一个叫詹姆斯·休伊特的军官的流言。但他准确地推断出，录音里的人肯定是另一个詹姆斯，因为谈话中，戴安娜曾抱怨说她提供了休伊特"从头到脚"的衣服，而另一个"詹姆斯"说已经迷恋她三个月了，希金斯很清楚王妃与休伊特的恋情要比这久得多。据此，他派人去挖出这第二个詹姆斯的身份。

虽然《太阳报》的记者几天之内就追踪到了王妃那位痴迷的求爱者詹姆斯·吉尔贝（James Gilbey），但是这些电话录音直到1992年8月25日才浮出水面。鲁珀特·默多克（Rupert Murdoch）的新闻国际公司（包括《星期日泰晤士报》和《太阳报》）的管理层并不相信录音里的女人就是威尔士王妃，这让伦敦负责人安德鲁·奈特（Andrew Knight）总裁决定暂时搁置磁带，将它们保管在《太阳报》的保险箱里。这是一颗早早埋下的定时炸弹——两年以后的现身制造出惊人的效果。

我将在后面谈到来所谓的"温香软玉门"对王妃和包括我在内的其他人的影响，因为那时候，戴安娜、王室家庭和他们身边的人全都不知这些磁带的存在。虽然戴安娜对吉尔贝从没有像对休伊特那样亲密，但依然觉得吉尔贝是个惹人喜爱的消遣对象，尤其是他的优雅。吉尔贝虽不是王妃唯一的仰慕者，但缺爱太久的王妃发现自己很享受同时吸引几个男人的感觉。随着信心增长，王妃不再害怕让仰慕者互相竞争，于是就出现了不止一个男人同时向她献殷勤的情况。为了做到这一点，她越来越依赖可靠友人来提供"隐藏住所"。这些地方远离仆人窥探的目光，她可以在那里与一个男性仰慕者一起度过好几个小时。

16

离开王宫的勇气

尽管戴安娜自己也身陷不正当的婚外情，但她仍经常因查尔斯的私情而恼怒。在一次为卡米拉的妹妹举办的晚会上，王妃怒不可遏地当面指责了卡米拉与查尔斯的私情。

安娜贝尔·戈德史密斯夫人（Lady Annabel Goldsmith）的家位于伦敦西南郊里士满区哈姆公地内，卡米拉妹妹安娜贝尔·艾略特（Annabel Elliot）40岁的生日聚会就在那里举行。没有人想到戴安娜会去参加。但戴安娜却固执地认为，自己有责任与丈夫合演一场夫妻和谐的戏码。

戴安娜的同行让王子很不愉快。在去哈姆公地的路上，他在车里不断"刺激"戴安娜，质疑她参加聚会的意义。我默默地坐在副驾驶座上，完全不知道接下来会发生什么。出发前王妃曾告诉我，她不想在卡米拉招呼她的时候亲吻她，我赞同地表示那是她的权利。"我会伸出手，看她什么反应。"她说。这似乎不像是在问我的意见，而是想为自己打气。

王妃确实没打算与卡米拉正面冲突，但事情的发展让她——这个骄傲的女人——别无选择。我们到达时，许多客人显然对戴安娜的到场感到意外，但不久，房间里又开始充盈着社交闲谈的嗡嗡声。不一会儿，晚餐端了上来。确认了保护对象的安全后，我离开聚会现场，躲到厨房去了。为了让戴安娜放松，我经常这样做。整个晚餐期间，她都应付自如，看样子之前我对这个夜晚的担心是多余的。然而晚餐过后，她注意到丈夫和卡米拉都不见了。虽然有几个客人试图劝阻她，但她依然决心查个水落石出。

听到王妃叫我名字的时候,我已经在厨房待了一个半小时左右,我回答说我在厨房。一会儿,她含着眼泪出现在厨房门口,告诉我查尔斯王子和卡米拉一起消失很久了,她决心无论如何也要把他们找出来。

"你来帮我吗,肯?我受够了!太过分了!"她说,"我不会让他们这样羞辱我。我想跟她谈谈,就现在。"

我试着质疑她的吵闹是否明智,但并没有什么效果,她领着我走下几段楼梯,来到地下室,那里似乎是个儿童游戏室。

王子和卡米拉坐在一个光线柔和的角落正谈得入神。看到戴安娜,他们立马起身。我感到很不安,抬脚准备离开,但王妃轻声叫我留下。

"请别走,肯。"她说,似乎我的存在能给她力量。

但这毕竟是私人事务,我感觉自己夹在其中不大妥当。确定王妃不会受到任何伤害——至少不会有身体伤害——我对着三人的大致方向说,我在这里不太适当,然后别过他们,万分尴尬地跑到地下室楼梯口待着。不过我依然为戴安娜感到担心。

王妃在那里谈了几分钟,然后出来和我会合。她似乎很得意。她抓住了这个机会,直接与丈夫的情妇面对面,而且在此期间,她没有任何有失风度的举动。

她向我坦言,她先问卡米拉想不想坐下来,然后问她和查尔斯之间到底是什么关系。戴安娜亲口说出这个故事:"这不是吵架——冷静,绝对冷静。然后我对卡米拉说:'很抱歉坏了你们的好事,这肯定让你们俩很痛苦,但我确实知道是怎么回事。别拿我当傻瓜。'"过了一会儿,她冷静下来,重新回到聚会上。此时客人们开始刻意压低声音来讨论两个女人间的冲突。

王子和卡米拉在几分钟后现身,王妃勇敢的"突袭"带给两人的震惊还未退去。晚会剩下的时间里,他们四处走动,似乎什么事也没发生过。

不难想象,返回肯辛顿宫的旅程非常紧张。戴安娜对着一言不发的丈夫不断地重复着:"你怎么能这样对我?怎么能让我承受这么大的羞辱?"

戴安娜不是个情绪很稳定的人。那天夜里,她一直哭,一夜没睡。我理解她对爱的渴望,也相信她曾全心全意地爱过查尔斯。查尔斯王子不是坏人,但他对妻子的做法不可原谅。这与他的外遇没什么关系,让王妃心碎的是他的羞辱。

从那时起，卡米拉成了"罗特韦尔犬"——戴安娜给她起的绰号，从此这个绰号代替了过去的委婉说法，比如"那个女人"和"他的女士"。更重要的是，戴安娜彻底明白，自己的婚姻已经结束。她提到卡米拉的次数越来越少。"肯，有时你会对一切都失去兴趣。那个时刻已经到了。我什么都不在乎了。"她说。

从她绝对平静的语气中，我知道她是说真的。

1989年秋天，休伊特被派到德国履职两年。起初，戴安娜全力阻止休伊特接受调动，甚至表示她会把这个问题捅到他的指挥官那里。休伊特很怕这样会毁了自己的事业。他坚持不让戴安娜这么做。总之，他开始怀疑戴安娜对自己的热情正在消退，戴安娜也确实开始认真反思维持这段关系的意义和安全系数。她一直渴望关注，但这个值得信赖的男人却接受了前往德国的调动，她感觉这是对自己的背叛。他们的通话越来越少，最后，她单方面决定结束这段感情，并未告诉休伊特。

可以理解，戴安娜为此情绪低落，甚至会自怨自艾。但她毕竟是王妃，绝不会让一场即将终止的私情影响到自己的事业。她有更远大的目标。现在的她不仅开始在公共舞台上为自己争得一席之地，而且认真地考虑离开丈夫，这就意味着与王室做斗争。这一点即便在现在看来也十分不可思议，但那时，拥有强烈信念的戴安娜相信自己无所不能。

1990年初，戴安娜想到的只有逃离——逃离婚姻，逃离王室。不过我感觉，她这份逃离的热忱，与她和约克公爵夫人萨拉重新燃起的友谊有关。

就像在结婚前那样，这两位王族夫人每周共进一次午餐。在某种意义上来说，这显示了王妃最有手腕的一面。她准确地认识到，想逃离王室家庭，就需要一个"共犯"，而萨拉是她的理想帮手。萨拉轻信顺从，很少顾及后果，并且总是乐于示好，对戴安娜来说，她是完美的小白鼠。有一段时间，两个女人结成了同盟，不仅因为戴安娜鼓励萨拉与安德鲁（Andrew）王子的恋爱，安排她享受王室的财富和名声，而且因为她们都是局外人，都围困在虽有不满却无法打破的婚姻里。

即便跻身于顶级王室成员之列，两个女人都觉得她们从未真正属于那个家庭。戴安娜在这方面的感受比萨拉更为深刻，至少萨拉一开始还相信她从菲利普亲王那里得到的虚假承诺。不过戴安娜却不像丈夫和小叔子安德鲁王子那样害怕菲利普亲王，私下里，她称菲利普亲王为"斯塔夫罗斯[1]"，且常常不把他对自己的限制放在眼里。

虽然我一再警告王妃对萨拉要长个心眼儿，但这对妯娌还是好得跟一个人似的。我多次反对王妃拉上这个盟友，但她把我的怀疑当成耳边风。这倒不是因为我不喜欢萨拉，而是我知道她会给王妃带来不好的影响。萨拉不检点的私情在王宫圈子内人尽皆知，她的放肆举止经常让王室家庭下不了台。

女王宫里的高级成员也有和我一样的担心，他们相信，萨拉有自找灭亡的危险，甚至可能将王位继承人的妻子拖下水。事关重大，一个高级别的侍臣跑到女王那里说出了这担心。女王开始对他的疑虑无动于衷，但后来按捺不住，把事情告诉了菲利普亲王，亲王又和长子、次子谈了他们各自妻子的行为和态度。安德鲁王子是女王的宠儿，萨拉作为他的妻子，到那时为止还过着非常幸运的日子，与女王和王室家庭的其他成员的关系比戴安娜亲近得多。查尔斯王子常对王妃说那句话——"你怎么不能多学学菲姬[2]呢？"——非常伤人，因为他和他的家人对她的看法一致。

至于戴安娜，她知道约克公爵夫妇的婚姻关系即将破裂。安德鲁孩子气地追求高尔夫、跑车和各种聚会，而且他在海军服役，长期在外，这些表明他无力正视婚姻和作为父亲的严酷现实。萨拉曾从其他地方寻找慰藉，并且将她的不忠告诉了戴安娜。戴安娜敏锐地感觉到，火山爆发只是时间问题。即便有玛格丽特公主和安妮公主的离婚先例，但要想逃出这只王室金丝笼，她需要萨拉先打开飞向自由的笼门。终于在1992年，公爵夫人爱上了约翰·布莱恩（John Bryan），这场婚外情最终导致她离开王室家庭。

"布莱恩"这个名字后来成了法国南部那桩著名的舔脚趾事件的代名词。他也是萨拉的得克萨斯州情人史蒂夫·怀亚特（Steve Wyatt）的密友。

---

[1] Stavros，希腊地名。《私家侦探》（*Private Eye*）杂志开始将爱丁堡公爵（菲利普亲王）称作"希腊人菲尔"，因为他是希腊安德鲁王子的儿子。

[2] Fergie，即萨拉。"Fergie"是萨拉的娘家姓"Ferguson"的缩写。

17

王妃的"纵容日"

自开始与休伊特的私情以来,戴安娜执行了一套严格的健身锻炼程序,希望恢复自己的精神。大部分的上午,她会游泳,每周锻炼两次,有时候三次,以此打造完美体形。肯辛顿宫内外似乎还有数不清的健康指导和各种治疗师,他们的专业领域几乎涵盖了身体的每一个部位。她似乎很喜欢当着幕僚的面,只穿着紧身连衣裤在住处走来走去,只为博得一句赞扬。她也会定期过工作日程表上那些所谓的"纵容日"。这些日子会有从按摩师到美甲师的各路专家为她服务,有时长达几个小时。

1989年末,休伊特启程赴德,开启了他的军旅生活。几天后,王妃说她想去访问奇姆普尼斯,给自己排毒。奇姆普尼斯是国内领先的健康疗养地之一,有20种配套的日常活动、100种以上护理疗法,据说是世上最好的泉浴理疗。它声称"没有任何地方能让你如此感觉良好"。它的护理目标针对整个人——身体和灵魂——这几乎是为吸引王妃而量身定做的。

1990年1月,戴安娜和她的三个密友——朱莉亚·塞缪尔(Julia Samuel)、凯特·孟席斯和凯瑟琳·索姆斯(Catherine Soames)——还有我一起登记进入奇姆普尼斯。这个疗养胜地坐落在赫特福德郡特灵镇附近的公园绿地中,约170英亩。一小时车程后,我们到达了目的地。天气非常冷,但当地警察已经大批就位,并且一如既往地戒备森严。我告诉地方指挥官,让他们解除戒备,因为我们想避免这样高调的安保态势。虽然这是他们的一片好意,但实际上,这只是一个女孩子们的休闲周末,而不是一次健身、减肥或塑体的集体活动。

然而一个意外让王妃和她的女友们笑得不可开交。我们到达后不久，薇拉·林恩夫人（Dame Vera Lynn）走上来向戴安娜自报家门。薇拉夫人不仅是传奇歌手，更是二战时期英国的"军队情人"。一开始她热情得有些过火，但她很快明白，王妃只是与朋友一起来放松的。

当天上午晚些时候，王妃在反射按摩房内做护理，我站在门边。突然，我感觉有人在摸我屁股。我吓了一跳，很恼火地转过身，看到一个男人一脸腼腆地站在那里。

"你在搞什么鬼？别碰我。"

"别担心，"他说，"我是薇拉·林恩的丈夫。"

我至今都不能理解，他凭什么觉得这句话就能解释一切。

"所以你就可以在我后面动手动脚吗？"我质问他。

"对，不可以。我只是想试试你的枪藏在哪里。"他不安地说。

恰好这时戴安娜从反射按摩房里出来。看见王妃后，他立即跑开追上妻子。

"到底怎么回事，肯？"给人摆弄了一个小时脚趾后，王妃看起来容光焕发。

"我刚刚被薇拉·林恩的丈夫摸了下。"我气愤地说，"他在找我的枪。"

戴安娜失声大笑，她觉得我委屈的样子同样有趣。晚饭时，她把这个故事说给一帮女友听，引得她们一阵大笑。也许我们的话被人听到了，过了一会儿，尴尬的薇拉夫人走过来，为她丈夫的奇怪举动向我道歉。

每次正式访问婚姻指导咨询机构时，戴安娜都决定让人拍摄参加这个慈善组织的疗法课程的照片，其意图也非常明显。我曾陪王妃做过多次私访，她在这里学习了咨询技巧，也参加了相关的讨论。虽然说参与这类活动的计划需要保密，但媒体对她紧张的婚姻已经有所察觉，一有风吹草动，就会在头版刊登"戴安娜寻求婚姻指导"的消息。

访问奇姆普尼斯几天后，我们出发去婚姻指导咨询机构的所在地拉格比。我买了两张头等票，与戴安娜一起登上列车。车厢里，戴安娜翻看着《每日镜报》（*Daily Mirror*），其他旅客带着典型的英国式矜持，假装没注意到我们。她兴致很高，这种时刻她都会非常顽皮。

"我们今天有后备支援吗？"她指的是我在访问前安排的贴身护卫官。"有的，夫人。"我答道，不知道接下来会有哪一出。她看了我一会儿，说："为什么我们不甩掉他们？那会很好玩儿。"

"不行，我们不能那样做。那很不专业。"我说。

她一脸失望，我只能暗暗希望这是她今天的最后一个恶作剧。

婚姻指导咨询机构的主席大卫·弗伦奇（David French）来迎接我们。戴安娜不仅把他看成她赞助的机构之一的领导人，还拿他当朋友。大卫·弗伦奇给王妃介绍了两个课程培训师艾琳·肖特（Irene Short）和莫伊拉·弗赖尔（Moira Fryer），在参加完一次咨询技巧练习后，戴安娜与她们一起享用了一顿午餐。饭后，她加入了婚姻冲突的角色扮演和一场讨论中。后来她向我表示这两场活动都特别有启发作用。

不过在扮演一个受虐妻子角色的演出中途，戴安娜还是设法搞出了一场恶作剧。在持续一个小时的课程期间，她偷偷溜出来，通知接待员，说如果有哪位后备护卫官回来，要告诉他说她已经乘火车去伦敦了。因此当毫无疑心的罗恩·海伍德（Ron Haywood）警官回到办公区时，他得到了我们刚刚去车站的消息。可怜的家伙吓坏了，因为他应该与我们一起上火车的。当我设法联系到他时，他正要冲向火车站。这类事件发生过很多次，可以反映出王妃性格的一部分——与自我困扰的忧郁症患者完全不同的人格。

虽然面临压抑和恐惧，戴安娜依然尽其所能地做好她的工作。她在英国巡访，为一个已经开始拒绝她的家庭赢得了爱戴和人心。

"你不记得我了，长官，是吧？"在曼彻斯特机场迎接我们的司机操着浓重的地方口音说。

这是我们的一个"外宿"日，我们正驶向他的家乡城市。我坐在前排，王妃在后座上看简报，为即将到来的露面闲谈做心理准备。我没心情闲谈，但那个警察司机令人恼火地说个不停。

"我听到你说的了，"我打断他，"开你的车。"

"但是，上次你们来这里时，也是我给你们开的车，长官。"他伤心地答道。

我还没来得及拿我的官衔压压这个饶舌的警察，王妃决定和他聊聊，一如既往地保持礼貌。

"我记得你，你的车开得非常好。"她插进来说。

不过我敢肯定王妃根本不认识他。这样一来，他的话更多了。

"噢，真的，夫人，我很荣幸。一定有很多人为你开过车，你还记得我……"现在，他再也停不下来了。

我同样敢肯定，王妃和他说话，只是因为她知道这样会惹恼我。

最终，我们到达了目的地，一大群人已经聚集在那里迎接王妃。当地警察挡住人群，不让旁观者靠近。就在她走向人群中央的时候，一个女人似乎特别渴望戴安娜注意到她，在戴安娜沿着警察清出的路线走过时，一直跟着她。

"对不起，王妃殿下……打扰了。"那个不顾一切地想吸引王妃注意力的老妪说。

王妃停下了。"肯，那里有位年长的女士。"她说着，示意我将那个妇女带到人群前。

我对几个警察点点头，他们清出一块地方，放那个头发花白的求见者进来。

"你好，夫人。"她说，"你绝对猜不到——我儿子是给你开车的司机。"

戴安娜微笑着和她说了一会儿话，然后和喧闹的人群一起向前了，现场重新恢复了秩序。

完成任务后回到车里时，王妃想到了让我们的多嘴司机安静的好主意。"你绝对猜不到。"她忍住笑意对他说。这个司机已经自以为是地开始将王妃当成一个新交的朋友。他好奇地转过头，无疑正准备启动下一轮无聊的闲谈。这时王妃给出了她的致命一击："我刚刚见到你妈妈了。"

"噢，该死，不。"他惊恐地说着，脸涨得通红。从那时起，他专心开起了车，我们也一路平静地回到了机场。

这类事件表明了王室成员面临的一个问题，即他们虽然经常渴望见到"真实生活"，但他们的地位却阻止了人们在他们面前做出正常举动。他们所到之处，墙壁粉刷一新，一切干干净净、整整齐齐，人们身着盛装，拘谨地站在他们面前。因此，王室成员实际看到的，是现实的一个扭曲美化过的画面。戴安娜设法超越了这一点，她的仁爱天性使人放松，让人看到了王室成员的外表下面那个真正的人。

18

内克岛之行

理查德·布朗森（Richard Branson）爵士的内克岛体现了主人庸俗的品位，其中最有意思的展示也许是一个石板建造的露天厕所。很多国际名人在这个英属维京群岛的小岛上度过假，主人骄傲地吹嘘它不同于世界上其他任何度假之地。内克岛分发给客人的简介上写着：这里不仅美丽，而且可以净化身心。

20世纪70年代后期，布朗森到过这座小岛，80年代，他花费约20万英镑买下它，那时，这座小岛还只是一座蚊虫肆虐的环礁。1989年，这位维珍大亨给王妃提供了在岛上免费度假的机会，这让戴安娜非常开心。

我工作的一部分就是努力为王妃找到合适的私人避难所，远离窥探的目光。尽管我们偶尔做到过一两回，但这几乎是一个不可能完成的任务。对无处不在的狗仔队而言，一张戴安娜的比基尼照片值成千上万英镑，舰队街[1]的图片编辑和外国媒体都将这类照片看作不可或缺的资源。早在戴安娜和查尔斯王子在西班牙国王胡安·卡洛斯的马略卡岛做客时，我就见识过他们对戴安娜度假照片的疯狂追逐。

布朗森盛情邀请戴安娜在他的私人小岛上迎接新年，并且亲口保证她不会受到打扰。在桑德林厄姆度过一个糟糕的圣诞节后，戴安娜决定接受布朗森的提议。当然，查尔斯王子不在受邀之列，即使受邀，他大概也不会去，他依然

---

[1] 英国伦敦市内一条著名的街道，传统英国媒体的总部，被称为英国报纸的老家。今日，舰队街依旧是英国媒体的代名词。

会选择与王室其他成员待在桑德林厄姆。

我们有两次内克岛之行,这是第一次。王妃带了妈妈弗朗西斯、姐姐莎拉·麦科克代尔夫人和珍妮·费洛斯夫人及她们的五个孩子,还有自己的两个儿子。为了这趟旅行,她给自己找了个完美的借口,说她想与妈妈和姐姐待一段时间,但实际上是她在桑德林厄姆受到了丈夫一家的冷遇,迫不及待地想要逃离。我们乘坐的船从托尔托拉岛出发,驶向内克岛。当漂亮的白色海滩进入视线时,一行人同时舒了一口气。孩子们满心期盼,迫不及待地要去探险。

我们上岛的时候,低调的亿万富翁已经在岛上准备迎接。那个时候,在岛上住一晚通常要花费 5000 英镑,因此布朗森送给戴安娜的这个假期是一份极为慷慨的礼物。

内克岛与我的想象稍有不同,大屋是主要住处,它让我想到豪华酒店大堂和改造的马车棚的合成建筑。大屋内,一方巴厘岛风格的屋顶下安放着一张斯诺克台球桌。岛上有一些格调高雅的设计,如一只户外爪脚浴盆、巨大的豆袋椅和塞满特制内克岛香槟的冰柜。如果觉得待在一座私人小岛上还不够私密,你可以选择独立棚屋。这些小屋仿照东南亚宝塔风格建造,每座都带一个冥想室,据说这是给大亨们扮演禁欲的佛教僧侣用的。岛上还有健身房和游泳池,海滩边的快艇和喷气式滑水车供客人随意使用。

布朗森不仅拒收戴安娜这支庞大队伍的费用,还指示他的员工不惜一切代价为王妃提供完美的服务。比如,我们启程前几周,他的一个助手来电问我喜欢的食物,喜欢的葡萄酒的颜色、产地和品种,有没有特别想要的图书和唱片。在岛上,这些员工同样令人满意,几乎热情到过分的地步。我敢肯定,如果王妃说要刚捕的鲨鱼做晚餐,一个员工会马上穿上潜水服,单枪匹马去叉来一条。我们到达的第一天傍晚,主人办了一顿丰盛的龙虾烧烤。伴着悠扬的加勒比海音乐,对着落山的夕阳,戴安娜好像来到了天堂,而我得承认,我也有这样的感觉。

当戴安娜和家人在海滩上晒太阳,威廉、哈里和兄弟姐妹快乐嬉戏的时候,我着手处理我的第一项正式工作。我联络了当地警察官员和英属维京群岛的高级官员,告诉他们,王妃和家人最需要的是私密。他们让我们放心,说会尽力做到这一点,并坚称不会让任何人航行到距小岛岸边一英里范围内。不过就算没有官方后援,内克岛也是护卫官做梦都想去的地方。王妃和王室一行沉醉在湛蓝的天空下,外面的世界被拒之门外。除客人外,岛上没有居民,入岛方式主要是从维京戈达岛乘船。甚至大部分员工都是每天早上乘船过来,晚饭后离开。如果发生意外,我只需从托尔托拉岛叫来一架直升机就可以逃之夭夭。

这是 1990 年 1 月,我们第一次来这里,格拉厄姆也随行。这次的安保行动是我和格拉厄姆联合指挥的。虽然我们隐瞒了航班的细节,但我感觉王妃肯定会透露目的地信息。她确实坚持说"我需要的只是宁静和与孩子在一起",但我知道,在她看来,这是一次不可错过的公关良机。

果不其然,我们的宁静很快就被打破了。众多媒体摄影师纷纷来到托尔托拉机场。第一回合由当地警察出马。媒体一到,他们立即收缴了大量照相机,还采取了一些其他措施,如禁止飞越内克岛、禁止船只进入距小岛七英里半径范围之内。但那些措施阻止不了狗仔队和报道王室新闻的舰队街精英。几天之内,戴安娜的天堂就被在海面上起伏的小船包围了。这些船上载满了渴望照片的摄影师。虽然他们用长焦镜头拍到了一些照片并且发到世界各地,但有效的安保措施限制了他们的入侵,王室一行和护卫官都松了一口气。次年,也就是我们的第二次内克岛之行,他们又蜂拥而至。这一次,他们有了比以往更好的装备和更坚定的决心,以及从王妃的第一次行程中学到的宝贵经验。

王妃去世以后,逐渐淡出了历史的视野。但在 1990 年初,她的故事是舰队街唯一的焦点。编辑们除了用她的新闻填满版面外,似乎别无所求。与戴安娜有关的照片和故事推动了成百上千万份报纸的销售,记者和摄影师因为发行量的飙涨保住了饭碗,这一点才是他们中大部分人真正关心的。英国小报的王室报道队绰号"鼠仔队",是一群神通广大的记者。其中的佼佼者《每日镜报》的詹姆斯·惠特克(James Whitaker)和肯特·加文(Kent Gavin)、《太阳报》的亚瑟·爱德华兹(Arthur Edwards)和哈里·阿诺德(Harry Arnold,死于 2014 年)对这项工作尤为热衷。但他们也很通情达理,而且虽然各自的工作性质迥然不同,但我们一般都能和平共处,甚至还带有某种程度的尊重。

1990 年 3 月,王子和王妃结束对尼日利亚和喀麦隆的正式访问回到国内。疲惫的戴安娜决定到 4 月底前不再参加任何活动。再次得益于布朗森的慷慨，她计划了另一趟内克岛之行。一想到能离开王子，与儿子们在一起，她就兴奋得飘飘然。但她没有预见的是，这次复活节前的假期，由于再次没有查尔斯随行，舰队街将为之疯狂。这事成了头号新闻，虽然是戴安娜自己安排了这个单飞假期，遭到责怪的却是查尔斯。他选择这时候待在苏格兰高地，无意中强调了夫妇间的距离。小报不公正地将他斥为不称职的父亲。一个大字标题嚷道："这就是你们的父亲——他从圣诞节以后就没怎么见到过儿子。"另一个写道："又一个不共度的假期！他们会忘记父亲的样子。"与此相配的文章将王子称作缺席的父亲，报道说，在过去的两个月里，他只有两天见过儿子（实际上是三天）。

戴安娜的弟弟当时还是阿索普子爵（Viscount Althorp），他与妻子维多利亚（Victoria）结婚才几个月，因此王妃决定在这趟内克岛之行中扮演爱神丘比特，邀他俩去度第二个蜜月。于是，威廉和哈里、她的妈妈和姐姐、姐姐的孩子们，再次加入了王妃的遁世大军中。这支庞大的队伍多达 17 人。

当时，格拉厄姆的病情有所缓和，但他已经无法承担保护职责。戴安娜很担心，她没来由地觉得格拉厄姆是因为保护自己压力太大才得的病。她希望度假可以帮他振奋精神。因此这一次，他是作为王妃的客人随行的，安保的指挥当然就剩我一个人了。格拉厄姆在身边对我是件好事，因为我知道，狗仔队这一次铁了心要拍到他们需要的照片。我们出发前，英国媒体已经将这次假期炒得沸沸扬扬，我们根本没机会保守这趟旅行的秘密。

到达小岛不过几小时，媒体和狗仔队就追上来了。一支小型舰队出现在地平线上，六十几名记者和摄影师挤在租来的各式大小船只上，长枪短炮，虎视眈眈。戴安娜几乎愤怒到极点。"他们怎么知道我们在这里？"她责问道，又恨恨地加上一句，"肯定是有人告诉了他们！"我提示说，猜到这一点并不难，因为大家都知道王妃喜欢异国风情的加勒比海岛屿。她狠狠地瞪了我一眼，显然，她没有心情开玩笑。

记者和狗仔队虽然没有上岸，但他们的存在让一行人心烦意乱。不管我怎么劝大家别把这事放心上，并保证不会影响安全，王妃依然感到困扰。她不断说着于事无补的废话，说我应该对此"做些什么"。她还坚称媒体吓到她的儿子了。对此我一点儿也不意外，因为她给小王子的头脑灌输了大量关于媒体的无稽之谈，说他们全是"很坏很坏的人"，所以，她的儿子们对记者和摄影师的反应可想而知。

我权衡了下反击的利弊，由三名护卫官对付世界媒体的突击队，连卡斯特[1]的赢面都比这大。虽然我们还有格拉厄姆，但他是病人，来此也不是履行公职的。我们商议后一致认为要采取主动。媒体知道我们的准确位置，他们只有得到想要的东西才会离开，我们必须尝试做交易，不然就得放弃这次假期。

以往王室成员度假，要么赖在桑德林厄姆或巴尔莫勒尔堡的王室庄园里，要么到国外王室中做客，就像王子和王妃待在马略卡岛的那次一样。但这一次，戴安娜没有带任何幕僚，大批记者和摄影师步步紧逼，没有任何有效措施可以阻止他们。王妃对事态怒气冲冲，我也不想看到这次假期成为泡影，所以我不得不承担起媒体联络官的角色。

---

[1] 乔治·阿姆斯特朗·卡斯特（George Armstrong Custer，1839—1876），美国骑兵将军，在内战中战功显赫。在蒙大拿小比格霍恩河附近与苏族人的交战（俗称"卡斯特的最后战斗"）中，他率领的军队全部阵亡。

19

镜头下的率性绽放

与格拉厄姆仔细讨论过形势后,我决定约见舰队街的一些高级记者,看看能不能谈成交易,这样不仅可以限制那些更具攻击性的入侵者,还能钳制外国狗仔队里的无赖分子,后者通常都是一意孤行的。

我们这行有一个众所周知的观点,大意是说,要确保有效护卫,情报至关重要。要想弄清狗仔队在做什么,我需要得到舰队街的配合。专业人员通常更理性,因为与自由摄影师不同,不管能不能拍到戴安娜的照片,他们的薪水是有保证的(当然,除非被炒鱿鱼)。他们对独家新闻的追求既来自职业自尊,也来自打败对手的欲望,换句话说,他们的动机不纯粹是钱。

抱着这样的想法,我和戴夫登上一条小船,向媒体船只最密集的地方驶去。认出矮胖的詹姆斯·惠特克后,我们靠近了他的船。看到那些摄影师和记者聚在一起,一个个脖子上挂着望远镜,脸晒得通红,我忍不住想笑。他们让我想起《太阳报》记者哈里·阿诺德对鼠仔队恰如其分的描述:"我们也许是渣滓,但我们是渣滓中的精华。"

我们驾船从他们中驶过,我一边大喊,一边打手势,向他们发出信号,要他们到维京戈达岛上的比拉斯小溪度假村来见我。机动船开到那里大概要15分钟。一直喜欢自充鼠仔队司令角色的惠特克嗅到了交易的味道,命令其他人跟上。

我们在一家卡里普索酒吧坐下,喝着鸡尾酒或啤酒,讨论了眼前的形势。理论上,处理媒体问题远远超出我的权限,我也很难向苏格兰场上级交代,但我别无选择。我要让这群唯利是图的二流记者和摄影师明白，王妃是来度私人假期的，不会因为媒体碰巧在这里打扰她的清净，就有义务提供拍照机会。为了给他们尝点儿甜头，我有保留地透露了几个关于此次假期的小细节。几个在场的高级记者——詹姆斯·惠特克、肯特·加文和亚瑟·爱德华兹——静静地坐在众人中间听我把话说完。在我表示不要再来打扰王妃后，众人一阵沉默，最后惠特克给出了他的回复。

会叫的狗不咬人——惠特克就是这种人。他曾经裹着一身红色滑雪服，试图追踪在阿尔卑斯山度假的王室成员，王妃看到后给他起了个"西红柿"的外号。这次他承担起鼠仔队首席发言人的角色。在为站不住脚的行为辩护时，他的举止既像英国统治印度时期的退休上校，又像由男人反串的女性童话剧角色。幸好他没跟我说任何"媒体自由和公众利益"的废话，而是采取了一个更为现实的策略。

"肯，"他装腔作势地粗声说，"我们有工作要做，如果合作，我们会让每个人的工作都容易得多。"虽然我没开口，但知道他说得没错。"只要你说服王妃给我们一次拍照机会，她就会得到一个宁静的假期，你也不需要担心安全，我们也不用再听编辑的唠叨，大家拿到照片后去钓鱼。"

每个人，包括戴夫和我在内，都笑出了声，但惠特克瞪着我们，让我们安静。他接着指出，报社记者和摄影师根本不是问题，我真正该担心的是外国狗仔队。我知道这是对的。惠特克继续说，如果我说服王妃给一次拍照机会，那么他和舰队街其他高级记者会尽其所能与狗仔队达成一项交易。所以王妃要想有一个安静的假期，她必须对媒体做出妥协。现在的问题是，我们不仅要劝狗仔队接受交易，还得说服戴安娜。

《每日镜报》摄影师肯特·加文是队伍中较安静的人。惠特克的大声抗议通常被人当成耳边风，而加文说话时，能获得同行的尊重。王妃也知道并喜欢他，他甚至曾应邀拍摄了威廉王子1982年的洗礼仪式。他喜欢舒适的生活，以满世界飞来飞去为业，而报道王室成员的假期和正式活动是这个生活的重要组成部分。这一次，他支持惠特克。"告诉王妃她美极了，我保证登在《每日镜报》上的照片不会辱没她。她会在国内引起轰动。"加文知道，王妃对公众的真正影响在于她的照片。他还了解戴安娜的虚荣，她一定很高兴自己被晒成古铜色的身体占据了头版头条。

我意识到，交易的关键在于舰队街记者是否能争取到狗仔队的全面合作。狗仔队能在滑溜竞赛中，让最活跃的鳗鱼看上去像死鱼。虽然如此，舰队街队伍那时还能对狗仔队发挥巨大影响力，因为就算这些自由摄影师不理会一笔交易，硬着头皮独自行动，他们拍到的任何照片还得靠舰队街编辑来出大价钱。另外，狗仔队也不愚蠢，知道达成一笔能让他们拍到照片的交易，总比空手而回好。

我和戴夫离开酒吧的时候，我注意到鼠仔队正在与他们的法国、意大利和德国竞争对手讨论得热火朝天，我想这有助于对联合国的理解。

回内克岛的路上，我在脑子里盘算着如何争取戴安娜支持与媒体的交易。我知道，要想说服她合作，我需要盟友，特别是查尔斯·斯宾塞（Charles Spencer）和格拉厄姆。我们也许能找到乐园，但我非常清楚，如果当时我得不到王妃一方的支持，我的世界将是一个失乐园。

格拉厄姆支持我。查尔斯·斯宾塞也支持我，他告诉王妃，以他的专业眼光看来，我们别无选择，要么协议停火，要么任其发展为一场全面战争。他分析说，当地警察确实无力赶走五六十名铁了心的媒体人；即使有客人帮助，我和另外两名护卫官也绝对无力阻止一些不速之客上岛拍摄戴安娜母子；另外，船上的其他人也会尽可能接近岸边，在戴安娜现身时偷拍——那就不是打扰，而是全面入侵了。最后，格拉厄姆做了总结，他认为，如果王妃不同意，那我们可能就得卷铺盖走人，然后要么在很短的时间内另找一个度假地，并且不能保证媒体不会在一两天内再次发现我们，要么直接回英国。趁着王妃考虑的时间，我解释说，如果安排一次拍照机会，使他们得到想要的照片，那么余下的假期将不会再被媒体打扰。

"不过，你能保证吗，肯？"她问。

这无疑是我最不想回答的问题，也是整个事件的症结所在。不得不承认，我不能保证，但我们的选择余地少之又少。与前一年不同，这次我们需要对付众多追踪到内克岛的记者和摄影师。当地警察无力提供额外保护，因为他们正忙着追捕毒贩，并且已经撤回了一开始提供给我们的夜间巡逻艇。另外，我自己也已经放弃了那支巡逻队伍，因为去年我发现他们在海滩枕着枪睡觉。综合上述因素，我的安保队伍已经紧张到极点。我们根本无力阻止媒体在白天或夜晚的任何时候侵入内克岛。他们的任务是拍照，不会威胁生命安全，但如果他们中任何一个靠近我们的住处，那依然是相当棘手的问题。那也许会逼得王妃，以及她的一些客人突然爆发怒火，没人知道会有什么后果。我们最不想见到的就是愤愤不平的记者和摄影师引发的公关灾难。实际上，威廉和哈里已经在暗中嘀咕着报复入侵者。

我向戴安娜解释说，虽然我理解这是她的私人假期，她完全有理由抱怨她的私生活遭到了可耻的入侵，但我们必须达成这个照片交易。我向她保证，我不会让任何媒体人士踏足内克岛，她也不必以任何方式在镜头前搔首弄姿。我建议她像往常一样和两个孩子在海滩上嬉戏，届时我会登上一条船，驶到海岸外的媒体船只边，尽我的最大能力监督整个行动。

但是，她再次抓住问题的核心。"但他们可信吗？"

当然，我不可能知道，但我努力让她放心，说我觉得可以相信媒体会履行他们在这项协议中的义务，因为这场交易符合各方的利益。过了几分钟，又经过她弟弟的一番温言劝说，她同意了。我要特别感激她弟弟在这方面的帮助。我几乎可以肯定，加文说得对，她在内心深处渴望穿着泳衣的性感照片刊登在世界媒体的头版头条上，但她不会让其他人知道这一点。

我立即致电加文，告诉他交易继续，又用尽量不祥的语气补充说，如果他或他的同事破坏协议，我再也不会信任他或舰队街。加文舒了一口气，表示他会尽最大努力遵守诺言。次日上午 11 点，我登上一艘小艇，驶向泊在海岸边的媒体船只。我到达的时候，那些二流记者和摄影师正在心满意足地争抢最好的位置，互相取笑打趣。想到昂贵的旅行没有白费，想到他们的编辑将得到想要的照片和故事，他们如释重负。

狗仔队挤在几码外泊着的一艘小艇上一言不发。对我的到来，他们几乎不约而同地点头致意。与舰队街那班人不同，他们对荣誉或者头版大字照片署名不感兴趣。他们纯粹是为了钱。我重复了活动规则，向所有人说明了后面会发生的事，然后生硬地提醒他们记住我们的交易。我特别强调，这次拍照活动结束后，他们就不能再来打扰王妃。他们又点了点头，这次是表示同意，但我知道，他们是否可信，我只能靠运气。

几分钟后，王妃一家出现在沙滩上。她看上去非常性感，她将自己的角色扮演得很完美。我曾建议她与儿子在相机拍得到的沙滩上嬉戏，但随后发生的一幕连我都没想到。她围在儿子及其五个姨表兄弟姐妹们中间，一路笑着让他们把自己埋在沙里，然后从沙里爬出来，抖掉沙子，露出比基尼，与当时八岁的威廉、五岁的哈里一路奔到海里，冲去身上的沙子。她潮湿的身体在火热的太阳下闪耀着光芒，照相机快门儿疯狂地响个不停。与以往一样，这是一次完美的展示。

20分钟后，我叫停了这次拍摄——如果至此还没拍到足够照片，他们也别在这个圈子里混了。所有的人，包括狗仔队，立即齐刷刷停了下来。他们显然对自己拍到的照片相当满意。我们启动发动机，驶向比拉斯小溪度假村。我明白无误地告诉他们，活动已经结束，并且不管我平时多么喜欢看到他们的笑脸，我都不想在这次假期里再看到他们中的任何一张脸。

他们一致认为这是自己职业生涯中遇到过的最好的机会之一，并把功劳记在我头上，但真正让这变成现实的是王妃。我再次要求他们不要再来打扰。诚然有些人会逗留不去，但以英国自由摄影师为主的大部分人都会离开。不过我知道，永不服输的法国人还会回来寻找更多机会。所以当惠特克领着舰队街一帮人齐声赞同时，我一点儿也不相信。"不用谢我，惠克特——遵守你们在交易中的承诺就行了。"

英国国内的报纸编辑乐坏了。戴安娜风情万种的大幅照片出现在大部分报纸的头版头条上。大字标题下，戴安娜向出轨的丈夫发回了她的信息，似乎在说："就算没有你，我也会在这里度过一个快乐的假期。"她私底下怀疑，当自己远在内克岛的时候，丈夫正在与情人卡米拉幽会。

20

风暴后的愉快假期

媒体和王妃都很开心,但我在苏格兰场的上级非常生气。我致电总部时,有人告诉我,那次拍照机会在伦敦引发轰动,上级警官们对我的参与很不满意。伦敦警察厅高级管理部门正式提醒我,我不是新闻官,而是护卫官。

这下轮到我发怒了。我表示自己会提交一份内克岛事件的全面报告,也会在报告里详细解释我所有行为的原因。为了让我的报告显得更有力,我补充说,对这样一个到目前为止尚无任何先例的形势,坐在苏格兰场办公桌后的天才们将会做何处理,我洗耳恭听。最后,我提醒他们,我在这里要做一份很艰难的工作,并且不管是从苏格兰场还是白金汉宫,我都得不到来自伦敦的一点儿支持或指导。然后我气冲冲地跑出去喝了杯鸡尾酒——这是第一次,因为我还在值班——平复一下怒气。后来酒精起了作用,我看着壮丽的橙色夕阳落入地平线,想着整个事件最后的结果,忍不住笑出声来。

令人惊讶并且值得表扬的是,与媒体的协议在随后的三天里都没被打破。这让王妃也有点儿意外,因为她每天都换一套泳衣,随时准备再被人拍到。她绝不是故意让公众失望的人。她和一行人没遭到任何媒体的侵扰,而创造出这几乎想都不敢想的事的我也陶醉在自己的荣耀中。没有一艘媒体船出现在视野里,戴安娜和家人在海滩上散步、游泳、潜水。她终于可以松口气了。

这次假期没制订每日活动计划,但威廉和哈里希望同行的人做出安排。因此当王妃和其余女客由戴夫守护着在泳池边打发时间时,我负责给王妃的这两个一刻也闲不住的儿子找乐子。这项工作不难,尤其是作为男孩子的冒险乐园,布朗森的小岛上什么都不缺。威廉最喜欢的游戏之一是在斯诺克台球桌上高速放出台球,去砸对手的手指。游戏规则几乎只有一条,就是竞争者要等到对方的球发出后,才能将手离开球桌的弹性护边。我不得不用尽量温和的态度叫停这个游戏。作为替代,我带他们与查尔斯叔叔一起去潜水,但这满足不了好奇的威廉王子。他想探险,于是我们俩偷偷策划了一个侦察小岛的计划。一天早上,我们只带了路上需要的瓶装水、水果和三明治,拿着刀就一起上路了。我们向岛的内陆深处挺进时,威廉的兴奋溢于言表。

随后三个小时里,这个注定将成为国王的男孩和我披荆斩棘,攀岩过溪,上演了一出我们自己的《鲁滨孙漂流记》。

威廉每分钟都兴致勃勃。有一会儿,当正午的阳光直射我们时,我发现不知道自己在什么方位,开始担心起来。但我把担心压在心里。最终,虽然比预计晚了两小时,我们还是顺利回到主屋。威廉一路飞奔进去,迫不及待地将他伟大冒险的每一个细节告诉妈妈。

三天"停火"期内,我每天通过电话与加文联系。这是我向各路记者介绍情况的方式。他们曾提出要求,说如果王妃或任何同行者发生可能构成一篇恰当报道的不寻常事件时,我要告诉他们。我觉得,嗣子在与他们的妈妈的贴身护卫官探险时如何失踪的故事,也许可以成为一篇好报道,但我什么也没说。

我遵守了我方在协议中的承诺,向记者提供了关于王妃一行的无关痛痒的片言只语,同时重申我希望媒体遵守他们的承诺。然而,在那次拍照机会后的第三天,加文警告我有事情要发生。他对我说,舰队街再也不能为法国狗仔队的行动负责,他担心他们会再次大规模出动。我的心一沉。我知道,如果媒体再次打破宁静,王妃会大为光火。加文建议我说服她再给一次拍摄机会,他认为这也许会安抚永不知足的狗仔队。当我向王妃提出第二次拍照机会的建议时,果不其然,她很不情愿。

"肯,你说我给一次拍照机会,他们就不会再来打扰我们,为什么还要再给一次?"她抱怨说。

她说得没错,但我提醒她说,之前那笔交易至少在过去三天里将媒体拒之门外。我继续说，虽然许多摄影师离开了此地，但据我的情报，还有几个死不改悔的狗仔队准备再次侵犯她的私生活。然后我建议说，不管有多烦人，最好的解决之道还是给一次短暂的十分钟拍摄，那时我再借机重申我们的交易，如果运气好，可以一直维持到假期结束。经过几分钟的考虑，她看出了其中的道理，同意了。

拍摄在第二天进行。她不喜欢被人逼着做不愿做的事，但一脸轻松、晒成古铜色的王妃明白，这对双方都有利。之后，媒体遵守了协议，离开了附近地区，但几个自由摄影师依然留在那里，想要拍到一些不同寻常的照片。从安保角度讲，对付他们比对付最初的五六十个容易得多。我觉得我的谈判决定合情合理。但两位小王子特别想报复这些被哈里叫作"照相的"的人。不久，他们的愿望实现了。

布朗森在内克岛的经理丹·雷德（Dan Reid）结束了在托尔托拉岛的公务和采购行程，回岛时带回三把巨大的手持弹弓和几百只弹丸球，送给了孩子们。我不知道他从哪里找来的这些玩意儿，但它们成了小王子和姨表兄弟姐妹们最喜欢的玩具。

弹丸球要想发挥最大威力，需要用水灌到板球大小。弹弓很大，发射时需要系在一根杆子上，或者由两人架着，第三个人安放、瞄准、发射弹丸。一开始，弹丸球带来了许多欢笑，孩子们和护卫官之间打了几场小型混战。但也有小小的紧张——威廉对女王的私人秘书罗伯特·弗洛斯爵士（Sir Rober Fellowes）（现为勋爵）与简夫人（Lady Jane）的儿子小弗洛斯（Fellowes）发动了进攻。小弗洛斯的绰号是"小妞"，当时，他在一个直升机起落场上。弹丸直接命中了他的胸口。可怜的"小妞"倒在地上，气儿都喘不过来了，胸口的青紫到假期结束时都没消退。

王妃想完全禁止孩子们的战争游戏，但经过短暂的冷静期后，弹丸球游戏又获准继续。就在孩子们完善他们的"军事行动"时，威廉脑子一转，想出一个肯定会得到妈妈支持的主意。

"肯，"他两眼放光，兴奋地对我说，"那些摄影师乘船回来时，我们为什么不从屋子里用弹弓射他们？"岸线上方约80英尺的岩石上有一个完美的制高点。

威廉的祖先曾率大军作战,而小威廉也做好了准备,要让那些惹恼他亲爱的妈妈的窥探者吃点儿苦头。在我不知道的情况下,他集结了他的"部队"——哈里和其他兄弟姐妹们——开始修建两个阵地,等待返回的媒体船只。

不久我就发现了他们的鬼把戏,并将计划告诉了王妃。王妃觉得非常有趣,立即同意了。当我被派去指导作战计划时,我感觉自己像极了英国喜剧《爸爸的军队》(*Dad's Army*)里的那个指挥——国民卫队的梅因沃林上尉(Captain Mainwaring),甚至在对我的"部队"讲话时,我还说了他的名句——"全体集合""战争来了,你知道的"。

几小时后,媒体船只如往常一样出现在地平线上,孩子们一阵激动。"镇定,伙计们,"我说,"看到他们的眼白再开火。"这不是1940年的英国,但两个小王子却意志坚定地要打退入侵者。

载着狗仔队顽固分子的船渐驶渐近,我命令孩子们发射之前备下的大量彩色水弹,摄影师们被打得一头雾水。经过20分钟的战斗,他们被击中数次,落荒而逃。说句公道话,他们很有风度地接受了这个玩笑。对威廉来说,保护妈妈是一件值得自豪的事,他成了妈妈眼中的大英雄,立即飞奔回去向妈妈报捷。

每个人都情绪高涨。王妃也因度假重新振作起来,她想办个别具一格的告别仪式,安排了一场奢华的海滩晚会。那天晚上,她穿着一身蓝色的半透明丝质连衣裙,沉浸在晚会的气氛中。瑞格舞的音乐响起时,她一把抓住我,盯着我的眼睛命令说:"肯,我们跳支探戈吧!"

我们伴着钢鼓乐队的音乐旋转,其他人也纷纷加入。戴安娜的弟弟查尔斯·斯宾塞被妈妈弗朗西斯拖入舞池,硬着头皮跟上我们的节奏。然后一个接一个,戴安娜的姐姐与其他警官组成了搭档。

一个乐队成员将我们最后的晚会故事卖给了《世界新闻报》(*News of the World*),在我的苏格兰场上级的怒火上又浇了一把油。次日,一篇关于我们寻欢作乐的文章出现在报纸上,伴着大字标题"戴安娜与护卫官在内克岛上跳探戈",文章将我描绘成一个"比查尔斯更赏识她"的"小白脸"。这一次,戴安娜看到文章后开起了玩笑,说这份周日小报倒说对了。

21

与王室的复杂关系

　　1990年6月28日,查尔斯在外地打马球时摔断了胳膊。他忍着剧痛被送到了离海格洛夫庄园不远的赛伦塞斯特的医院。医生决定不用钢钉,而是将两处骨折固定起来。离开医院时,他和身边的戴安娜让摄影师拍了合影,然后由王妃开车送他到海格洛夫庄园。送到后仅仅几分钟,我和王妃去了肯辛顿宫。不久后我才得知,那时卡米拉正准备过来照料那个受伤的男人。

　　回伦敦的路上,戴安娜承认这是最后一根稻草。她的声音很伤感,没有愤怒。她坦言,她想照顾丈夫,但王子很清楚地表示,在他的恢复期不需要任何人在身边。因为伤骨没用钢钉固定,恢复期会相当长。戴安娜说她不再也没有心情对婚姻做任何努力。卡米拉实际上已经搬到了海格洛夫庄园,王子让她在那里随心所欲地生活,虽然他本人强烈反对吸烟,但却允许情人在屋子里抽烟。

　　戴安娜一心渴望做体贴的妻子,可王子没有给她机会,也许这是天意。之后,因为胳膊整整两个月没能很好地愈合,查尔斯的脾气越来越坏。最终,医生提供了一个新的治疗方案,要对胳膊动手术。经过反复劝说,王子同意了。他住进了诺丁汉的女皇医学研究中心。关于这件事,从没人问过戴安娜的看法,我也没听到她对查尔斯的决定提出任何意见。

　　1990年9月初,王子到达医院,全体随员离开圣詹姆斯宫,跟着他在医院设了办公室。我开车送王妃去诺丁汉看查尔斯,但从她到达的那一刻起,王子的那些幕僚就表明,她在那里既无必要,也不受欢迎。

　　现在无论发生什么,在任何局内人看来,这场婚姻显然已经走到了尽头。

他们无话可说。查尔斯躺在病床上哀叹自己的厄运，戴安娜一声不响地坐在那儿听着。一段时间后，王妃离开他的私人病房，走到过道上。这时候，她看到一个中年妇女坐在重症监护病房外抽泣。她叫艾维·伍德沃德（Ivy Woodward）。

戴安娜与陌生人打交道的能力非常出色，自然而然地在那个女人身边蹲下，拥抱她，安慰她。"你介意我进去吗？"戴安娜问。

艾维的儿子迪恩（Dean）躺在病房里，不知道他的王室访客到来。他在8月30日的一场严重交通事故中受伤，被救护车紧急送到女皇医学研究中心。医生已经竭尽全力地挽救他，但刚刚告诉他们他恢复的机会渺茫。他的妻子简呆呆地坐在他的床边。

"他会挺过来的，我相信他会挺过来的。"戴安娜对两个女人说。

作为一个碰巧路过的人，她本可以丢下一句善意的安慰，然后一走了之。但她坚持回来继续安慰艾维和她的家人。每次探访查尔斯的时候，戴安娜都会去探望迪恩。媒体很快得知了这个故事，但戴安娜这样做并非为了宣传。她真的希望帮助一个遇到困难的家庭。有一次，她甚至都没费心去看丈夫，而是直接来到伍德沃德家。到了深秋，艾维的祷告得到回应，她儿子从长期昏迷中醒来。开始好转后，他被转到城市医院做康复治疗，戴安娜给他打电话，答应再来看他。

这段奇怪的插曲隐含的讽刺没能逃过我的眼睛——王妃曾想安慰和照顾她的丈夫，却遭到无情拒绝，她只能把同情和安慰给了一个欢迎她的陌生家庭。

用"复杂"形容戴安娜与其他王室成员的关系再恰当不过了。戴安娜敬畏女王，女王对她的态度就算不是威严的，也是冷淡的。在王太后面前，她也很不自在。她外祖母弗莫伊夫人鲁思是太后的密友，按王妃的说法，鲁思在太后面前"做了不少诋毁她的工作"。然而，弗莫伊夫人认为王室生活不适合戴安娜的建议却是对的，王室成员的观点、生活方式和幽默感与她的截然不同。但如果不是查尔斯摔断胳膊后的艰难恢复期的一件事证实了她最大的担忧，以及她日益增长的孤立感，她也许可以跨越这些障碍。

戴安娜喜欢光顾比彻姆广场的圣洛伦佐餐厅，这里的老板是玛拉·伯尼

（Mara Berni）。王妃经常将玛拉在伦敦的屋子作为约会地点。我曾担心那个意大利餐厅老板对戴安娜的私生活了解太多，但王妃坚称玛拉完全值得信任。玛拉的屋子在骑士桥，从哈洛德百货公司走过去只要几分钟。戴安娜也会在这里与她迷上的一些神秘主义者和算命人见面，她越来越依赖这些人，与他们锁上门一待就是几个小时。我对他们的出现非常不安，但王妃却说，虽然她怀疑他们的诚实，但却逐渐发现他们对她的生活越来越重要。每个人对她说的各不相同，而她似乎也相当高兴地全盘接受。这件事突出表明了她日益增长的不安全感和绝望。她不顾一切地想找到她生活难题的解决办法——不管什么办法。

1990年秋天，戴安娜在伦敦生活期间，查尔斯溜到太后的高地别墅伯克宫，这是女王巴尔莫勒尔庄园的住房之一。在那里，他在婚姻期间第一次也是唯一一次被拍到与卡米拉在一起。摄影师吉姆·伯内特（Jim Bennett）捕捉到威尔士亲王和情人离开白色别墅，钻进一辆等待的汽车的镜头。但别人不知道的是，太后那时候也在伯克宫。这也证实了戴安娜的想法，即王室已经基本认可了查尔斯的私情。

这对王妃来说是一次毁灭性的打击。到那个时候为止，她与丈夫一家许多成员的关系已经降到冰点。女王一直冷淡而疏远，为戴安娜的一些工作感到忧心，特别是有关艾滋病的工作；而太后似乎对她有一种淡淡的怜悯。王妃喜欢安德鲁王子，觉得他的实力被低估了，她觉得安妮公主也是个好人，但从未与对方推心置腹。不过，她真正欣赏的是肯辛顿宫的邻居玛格丽特公主。自她进入王室以来，玛格丽特公主一直很友善，也很理解她。也许是因为玛格丽特公主放肆的生活方式和不羁的独立性格，让这两个女人惺惺相惜。

我曾有幸在意大利总统的国宴结束后送玛格丽特公主回家。这是一段永远铭刻在我记忆里的经历。那天，戴安娜已经提早离开，但科西加总统与首相撒切尔夫人谈兴正浓，国宴仍在进行。

当晚我碰巧负责戴安娜和玛格丽特公主两个人的安全。我答应了给一个同事代班，这样我需要护送玛格丽特和戴安娜两个人从肯辛顿宫出来，在国宴结束后再送她们回去。由西蒙·索拉里开着劳斯莱斯，我先护送戴安娜回到家，再回来接玛格丽特公主。当天晚上，香槟酒等各种酒毫无限制地四处流淌，玛格丽特公主从头到尾经历了那个奢华场合的所有礼节,这远远超出了她的酒量。

她也不想离开。最终,两个意大利随员拎起她,护送到汽车边,把她塞进后座。西蒙开得非常小心,即使这样,因为醉得太厉害,她还是两次滑到了座位底下。最终,我们到达肯辛顿宫她的房间外,发现她的管家已经休息了,里面一片漆黑。她当然没带钥匙,我也没有。

抱着最后一线希望,我觉得她的司机格里芬(Griffin)肯定有钥匙。他在肯辛顿宫有间房子。我正要去叫醒他时,玛格丽特公主清脆的声音从汽车后座传出来。

"别去打扰他,"她说,"他应该喝醉了。"

玫 瑰 自 有 芬 芳

part 04

人民的王妃

22

做回真正的自己

整齐的花圃外是一片杂草,绿色的小径夹在等距栽种的高大柏树间,将我们引到一片树林。这里非常凉爽,树林外散布着表情平静的雕像,均为古典希腊戏剧里的人物、众神和英雄。若干世纪前,高贵的里扎尔迪家族的祖先,批准了这些庭院和位于其中的罗马风格花园剧场的最初设计,现在这些景色与当时几乎没什么变化。但在树林里,那些雕像变成了狮子和野猪,让人想起了古典时代的罗马富人在宅邸旁的园林里豢养的野兽。

"我确定这里的空气不一样。它闻起来更干净——更清新。"王妃评论说。

这次,我们偷偷飞出了伦敦,在这漂亮的庭院里闲逛。里扎尔迪庄园在尼格拉附近,离古城维罗纳几英里。对戴安娜来说,这是终极避难所,她可以在这里忘却内心最深处的恐惧,做回自己——即使只有短短三天。我经常想,要是她实现了梦想,逃离了夹在宫廷、侍臣和正式活动中的生活,或许会跑到意大利北部来。只要她愿意,那是一个她可以找到真正快乐的地方。这次,王妃和弗朗西斯是世交玛丽亚·克里斯蒂娜·圭列里-里扎尔迪(Maria Cristina Guerrieri-Rizzardi)伯爵夫人的客人,她也是当地最有威望的家庭酒庄的主人。

弗朗西斯和伯爵夫人相交多年,当伯爵夫人邀请她和女儿来听鲁契亚诺·帕瓦罗蒂(Luciano Pavarotti)在维罗纳露天剧场演出的威尔第《安魂曲》时,戴安娜立马就答应了。她迫不及待地想挣脱王宫的压力,哪怕只有几天。我们没与任何人讨论细节,以我们最喜欢用的化名——哈格里夫斯先生和哈格里夫斯夫人——的名义订了8月初的机票,来到了意大利。

戴安娜一直渴望私人空间，所以这些时刻显得弥足珍贵。那个周末，她在加尔达湖岸边漫步，几乎没有人认出她。她乘快艇驶向湖中，在清澈的湖面上飞驰。加尔达湖畔的这个家庭酒庄地处葡萄酒产区中心，那里盛产巴多利诺、瓦尔波利塞拉和苏瓦韦等各种各样的维罗纳葡萄酒。

我记忆最深刻的是我们在维罗纳和威尼斯度过的那个夜晚。表演开始前，我和戴安娜、弗朗西斯、伯爵夫人悄无声息地潜入剧场，坐到靠近前排的绝佳位置上，这也是最昂贵的位置。这座古老的剧场可追溯到很多个世纪前的罗马时代。表演开始前几分钟，王妃既紧张又激动——这就是媒体喜欢不屑地称其为"大众王妃"的那个傻女孩。

帕瓦罗蒂的表演极为出色，声音震撼人心，每个人都听得如痴如醉。但在表演途中，瓢泼大雨倾注而下，带了雨伞的我们依然被淋成落汤鸡。王妃却毫不在意这场突袭的大雨，一直沉浸在音乐中，她希望这个夜晚能一直继续下去。可惜，由于大雨，音乐会被迫中途取消了。表演期间，帕瓦罗蒂认出了王妃，即将离开被雨水浸透的剧场时，他邀请我们一行回到他的化妆室。

化妆室里，这个伟大的男高音用结结巴巴的英语，向已经入了迷的戴安娜大献殷勤。

"你太了不起了，"她说，"这真令人难忘。"

接着，不顾自己的绿花连衣裙和搭配的帽子还在滴水，戴安娜转向导演，请导演将合唱团和乐队的领唱和指挥介绍给她。聊了十来分钟后，她才转身离开罗马露天剧场。王妃本想静静地退场，却发现多名演职人员正排列在道路两边，一边鼓掌欢送，一边唱起了《友谊地久天长》（*Auld Lang Syne*）。

滂沱的大雨与戴安娜的情绪形成对照，连应急部门都被调来应对该地区的严重洪涝，但什么也阻止不了王妃。

当我们坐在一块防水油布下避雨等车时，王妃突然说想去威尼斯。"肯，我们摆脱了他们。没人知道我们在这里，连当地媒体都不知道。我们一起出去透透气吧。"她兴奋地说。

当时已经接近晚上10点，但从她说话行事的方式来看，我知道，没有什么能阻止她今晚就去威尼斯，就算只能靠双脚走着去。因此，我同意了。当晚被派来保护我们的当地警察（我们到达的时候，我联络了宪兵部门）十分震惊，表示因为大雨，路上不安全，虽然距离只有70英里左右，但我们也至少需要两个半小时才能到那里。但是很显然，他们白费口舌了。

几分钟后，我和戴安娜、弗朗西斯、伯爵夫人、司机托尼·佩佐（Tony Pezzo）、戴夫·夏普巡佐已经在驶向威尼斯的途中，英国领事马丁·里克德（Martin Rickerd）也加入了我们的队伍。宪兵部队提供了一辆萨博车搭载他们，而我开着一辆菲亚特朋多，一路蹚着水，吃力地跟着。

在经历了我一生中最危险的一段驾驶后，我们来到威尼斯宪兵总部。那里到处都是约一英尺深的积水，那辆护卫警车，在总部大楼的拐角处转弯时失控，撞上一堵砖墙。王妃失声笑出来，围上来迎接她的警察对此似乎不太高兴。

但在那一刻，雨停了，天空中现出一轮明月。戴安娜跳出伯爵夫人的汽车，开始像《雨中曲》(Singing in the Rain) 里的吉恩·凯利一样踢踩水坑。威尼斯宪兵安排两辆摩托艇载我们去欣赏月光下的威尼斯。我们沿着大运河飞速驶离时，那辆撞坏警车的司机终于露出了笑容。

"我以为只有我们意大利人才会疯狂。"他说。受到王妃的情绪感染，他的不悦一扫而光。

沿着威尼斯大运河一路驶去，一轮满月穿过厚重的云层，映出这座古老城市的剪影。我们带了一壶咖啡和一瓶冰镇灰皮诺葡萄酒，因为没带杯子，王妃时不时对着瓶子喝上一大口。我们成了一座空城的午夜游客。这时她说想穿过圣马可广场，那个情绪已经好转的警察欣然同意。我们将船泊在达涅利酒店，天又开始下起了雨，我们拿雨布顶在湿透了的头上，走向广场尽头的圣马可大教堂。这是一段几近梦幻的经历。除了在这个著名地标附近酣睡的几个流浪汉外，那里仅有我们几个人。这时戴夫端着一托盘热羊角面包和刚出炉的小块面包，不知从哪里冒了出来，这博得了王妃一阵热烈的掌声。

戴安娜眼里闪着光芒，对着白葡萄酒瓶喝了一大口，转向我说："肯，只要我每个月能享受一次这样的自由，我的工作会更有价值。"

天下没有不散的宴席。最终，王妃优雅地与威尼斯警察道别。作为意大利人，他们的风度同样令人着迷。我们回到加尔达湖时正赶上早餐，趁这个空隙睡了两个小时，然后出发到米兰利纳特国际机场乘回国的航班。在机场，媒体终于追上了我们。三天假期的兴奋劲儿还没缓过来的王妃，亲吻了伯爵夫人的司机托尼·佩佐脸颊向他道别，一个潜伏的狗仔队摄影师正好抓拍到这个镜头。

登出这些照片的《太阳报》记者麦克·沙利文（Mike Sullivan）曾试图到意大利寻找一切与王妃旅行有关的故事，那时戴安娜已经回到肯辛顿宫。考虑到那里已经没什么有价值的新闻，沙利文采访了佩佐，根据他们的谈话写出一篇独家报道。那份报纸显然是想暗示说戴安娜企图勾引那个英俊的意大利人。这实在太过无礼，在面对那位司机时，王妃并没有任何别的想法。

这种无拘无束的时刻确实很少见，不只是因为戴安娜背负的王室职责和婚姻压力，还因为她也渴望着公众的认同。

23

小而快乐的恶作剧

"肯,闪光太亮了,我看不到前面的路。"王妃的声音里充满了惊恐。我们正站在一段宽大的楼梯顶端,她穿着一身华丽的猩红色晚装,戴着价值连城的珠宝,看上去漂亮极了,但楼梯下面闪光枪连续不停的闪光刺痛了她的眼睛。这是1990年10月的一个晚上,戴安娜参加完在华盛顿特区国务院礼堂为她举办的一个庆典晚会,正准备离开。会场挤得水泄不通,为了能与她在一个房间,美国首都的各路显要都付出了一小笔钱财。两个穿制服的侍者控制着悬挂在柱子间的天鹅绒绳索,为她清出一条路。现在,她需要走下宽大的楼梯,到达地面——可她不想穿戴着一件累赘的猩红色丝绸和满身点缀的钻石这样做。

"肯,说真的。我觉得我没法儿完整地走下这些台阶。"她紧张地小声说。

"别担心,夫人。"我说着,搭起她的胳膊。

我的美国同行,国务院保安官兰尼·伯尼尔(Lanny Bernier)受派在王妃访问期间协助我保护她,他也搭起她的胳膊。然后,在我的点头示意下,我们几乎把她抬离地面,一路举着走下楼梯,走出大楼。

"噢,伙计,真有趣。"到达等在外面的轿车时,她喘着气说。然后她转向兰尼说:"太感谢你了。"直视的目光和热情的微笑立即为她捕获了又一个俘虏。这时我正式介绍了兰尼,他借机转向她说:"夫人,我可以对你说件事吗?"

"请说,兰尼。"

"请允许我说,你今晚美极了。"

对于这个魁梧的警官的恭维,戴安娜小小地吃了一惊,但她回以他另一个甜蜜的微笑。"噢,肯,他太可爱了。"我们驱车离开时,她说。第二天,她把兰尼叫到她的套房,送给他一幅亲笔签名的照片。

那是她那次工作访问中的最后一项活动。次日,她和我以哈格里夫斯夫妇的假名乘坐协和客机飞回英格兰。对华盛顿的访问是她第一次真正成功的单飞,回国的飞机上,她兴奋得一刻都安静不下来。

戴安娜喜欢恶作剧。访问后的兴奋劲儿还没过去,她还有心情找点儿乐子,从希思罗到肯辛顿宫的路上,她决定开个小玩笑。

"肯,我们来玩一次滑稽的声音。"她突然命令说。

我和她不同,我累了,只想早点儿回家,因此拒绝了。

"噢,肯,求你了。我是王妃,你知道——我不是求人的人。"她请求说。

不知什么原因,我一直有模仿的才能。我扬起一边眉毛,回头看着她,学着她出轨的丈夫那装腔作势的口音轻佻地回答:"是吗,夫人?"

戴安娜笑过后又再次恳求我:"噢,拜托,肯,试试理查德·多尔顿(Richard Dalton)吧,他很好骗。"

这是我们偶尔对她的一些朋友玩儿的小把戏。我会装成某个人,打电话给一个选中的朋友,把电话放在支架上,这样我调笑那个毫无戒心的受害人时,车里的人都能听到。

最后,我让了步,叫王妃和西蒙保持绝对安静,不然他们的声音会被对方听到。王妃选中的倒霉蛋是理查德·多尔顿,这是她的发型师之一,专长是染她的金发。他在伦敦梅菲尔区的豪华酒店克拉里奇斯(Claridges)有一间发型室。他有点儿可爱。

我拨通他的号码,电话现在处于"免提"状态,西蒙和戴安娜能听到通过扬声器传来的每一句话。

"能请理查德·多尔顿接电话吗?"我说。我尽力模仿有教养的波士顿人的口音,努力让自己听上去像一个深沉版的肯尼迪总统。

那头一阵沉默,然后一个男人的声音不耐烦地说:"喂?"

"你是迪克吗?迪克·多尔顿?"我问。

"我的名字是理查德。"他相当郑重地念着,显然被我给他缩短名字的无礼举动惹恼了。

"随便。"我答道。

戴安娜和西蒙努力压住笑声。

"你是谁呀?"理查德追问道,显然第二个无礼之举让他更为恼火了。

"我是杰克,《华盛顿邮报》(The Washington Post)的杰克·施韦策尔(Jack Sveltzer)——邮报的时尚编辑。"

理查德一点儿也不感兴趣。"你想干什么?"他粗鲁地问。

"嗯,迪克,我明白你不喜欢迪克[1]——或人家叫你迪克,对吧?"

这时候,戴安娜已经笑得快钻到座位下去了。

"对,我不喜欢人叫我迪克,施韦策尔先生。那么,你打电话来到底有什么事?"

"好吧,迪克,我们别管名字了。我是做时尚的。我说过我是时尚编辑。我知道你给戴安娜王妃做头发,对吗?"

"没错。"他说,声音里的火药味更浓了,"那又怎样?"

"嗯,她的头发非常不错,但是,上一次你给她染发根是什么时候?"

这时候,戴安娜控制不住,爆发出笑声。

"别说了,肯,别说了。"她请求说。她的眼泪都笑了出来。

"那是什么声音?"理查德追问说。他的火气越来越大了。

---

[1] dick,在英语中包含"阴茎"的意思。

"嗯，事情很简单，迪克，我在编辑一篇关于王妃的重要的文章，我看到她的照片露出至少三英寸发根。"

"胡说八道！"他吼道。

这时候，因为担心一边开车一边笑得浑身发抖的西蒙会把车开出公路，我决定说出实话。"理查德，我是肯！"我用自己的声音说。电话那头一阵沉默，然后是伴着我们驶向伦敦路上的一连串咒骂。我告诉理查德，电话开着免提，王妃能听到他说出的每一个字，但他似乎一点儿也不在意。

到了肯辛顿宫，王妃正要进入她的房间，我拦住她说了句悄悄话："夫人？"

"嗯，肯？"她答道。

"明天上午，别忘了染下发根。"

她愣了愣，两手撑腰，歪着头，装出一副很气愤的样子。"我会为我们俩都预订一下的，可以吗？"

24

"威尔士战争"

有时候,王妃的一些工作不那么招人喜欢,因此,即便她做了那么有价值的事情,她的形象仍有点儿退步。总体上,媒体还是同情她的,但也不再之前那样把她捧成一个圣徒。随着有关王妃婚姻的流言越传越广,媒体意识到事态不对,开始将关注的目光越来越多地投向查尔斯王子和王妃的关系上。

1991年5月,查尔斯王子和王妃的私人秘书,那位和蔼的克里斯托弗·艾里爵士(Sir Christopher Airy)突然离职。从此,查尔斯和戴安娜的办公部门正式分开。这是一个决定性的时刻。王妃的侍臣帕特里克·杰弗森接任她的私人秘书,查尔斯的朋友理查德·爱劳德(Richard Aylard)海军中校领导起他现已独立的部门。从那时起,戴安娜王妃走上了另一条属于自己的道路。两人的共同幕僚不得不选择其中一个阵营,没有中间路线。幸运的是,跟从这对夫妇的护卫理论上不是为自己工作的,因此至少对我们来说,还不存在这样的问题。

6月3日,我和王妃在圣洛伦佐餐厅吃午饭时,我的寻呼机收到威廉王子的贴身护卫雷吉·斯平尼(Reg Spinney)巡佐的呼叫。屏幕上的信息说威廉在拉德格罗夫小学的一次事故中受了伤,伤势严重。拉德格罗夫小学位于伯克郡,威廉从八岁开始在那里寄宿就读。我没有告诉王妃实情,而是从餐厅出来,找了部电话联系雷吉询问具体情况。他告诉我说,威廉被一个朋友挥舞着的高尔夫球棒打到头,伤得很重,已被送到雷丁的伯克郡皇家医院做检查。

听到我说的情况,戴安娜脸色煞白。随即我们离开餐馆,赶赴雷丁。我开着车,王妃一路忧心着儿子的伤势。我们到达的时候,查尔斯王子已经到了。

威廉做完 CT 后，医生建议将他转到伦敦的大奥蒙德街儿童医院。我们再次启程，戴安娜在救护车里陪着威廉，查尔斯开着他的阿斯顿马丁跟在后面。到达后检查发现，威廉颅骨凹陷，严重骨折，很可能还有大脑损伤，医生需要给小王子做一次复杂的手术，将凹陷的颅骨拉出并抹平。

医生表示小王子手术期间不需要两个人都在病房里等着。戴安娜也明确地表示她不希望查尔斯在这里。王子也觉得除了希望儿子完全康复外，他似乎也帮不上什么忙，于是决定陪欧共体代表、农业干事和一群布鲁塞尔官员，去看在考文特花园皇家歌剧院演出的《托斯卡》（*Tosca*）。后来他为那个决定付出了沉重的代价。

次日，《太阳报》头版登出醒目的大字标题：你算什么爸爸？下面的文章还论述了凹陷颅骨非小事。查尔斯又一次做出了一个极其错误的选择。不管在媒体眼中，还是在妻子看来，这都是不可原谅的，他先公后私的决定进一步加剧了夫妇不和。

整个不幸事件中唯一的安慰是威廉没有任何脑损伤的迹象，很快就痊愈了。

但是，当"威尔士战争"的双方起草作战计划时，戴安娜不可避免地走到了聚光灯下。这导致她的形象受到了损毁。至此，几乎不可能再向公众隐瞒事实真相了。

在戴安娜的 30 岁生日之际，《每日邮报》（*Daily Mail*）小道消息专栏作家奈杰尔·登普斯特（Nigel Dempster）的一篇文章完美地总结了这一形势。以"查尔斯和戴安娜：令人揪心"为标题，这篇文章吓坏了双方阵营。这个小道消息专栏作家有根有据地描述了有关王妃生日计划的争论。他在文中攻击戴安娜，说她使小性子，拒绝了查尔斯王子为她庆生的提议；但考虑到他们实际的婚姻状况，确实也看不出她有什么理由接受一个只为宣传却毫无意义的生日晚会。

这场争论的细节是查尔斯王子的支持者透露的。他们先发制人，送给王妃这样一份"生日礼物"。这是双方第一次公开发生冲突。戴安娜发起反击，在《太阳报》上宣称，这个重要的生日当天，她将待在家里看电视。如果查尔斯和他的小集团想发动一场战争，王妃随时愿意奉陪。

那时候，他们之间有一项协议，即王妃不会参加可能与查尔斯的活动有冲突的活动。在查尔斯准备发表一次针对其幕僚的重要讲话的节骨眼儿上,照理说,他有优先权,但戴安娜根本不想向他低头。因此,在收到参加国家艾滋病基金会和国家儿童事务处联合大会的邀请时,她告诉帕特里克不会改变日程安排,甚至还同意在大会上发言。因为她知道,她得到的媒体关注会远远超过查尔斯。这是戴安娜发出挑战的方式,也确实成功地挑起了查尔斯王子及其顾问的怒火。

我不想低估英国媒体,但那些记者比想象中更容易上当。有的记者比别人更努力地探寻着王室内部的故事真相,但他们得到的只是幕僚的饰词。幕僚的工作就是为主人提供最好的粉饰,甚至不惜为此撒谎。一些记者也似乎满足于接受官方代理人或幕僚提供的官方论调。这种填鸭式信息的接收,在英国媒体对王妃与王子的"爱情巡航"的报道中表现得淋漓尽致。写这些鬼话的记者大部分都了解王子和王妃的不和,但更想讨好王室,所以选择登出理查德·爱劳德对这次旅行的粉饰之辞。后来王子夫妇带儿子出游的消息遭到泄露,《太阳报》的亚瑟·爱德华兹缠着我打探他们的目的地。"是不是马略卡岛?我听说今年的马略卡岛之行取消了。"他说。

"你也许是对的,但是就算你说对了,我也不能告诉你。"我坚持说。

"我听说他们会坐某个希腊亿万富翁的游艇去意大利,是吗?"他不依不饶。

我的沉默足以让他意识到今年将有不同的事情发生。我只能让他听从自己的直觉。

《每日快报》(*Daily Express*)摄影师史蒂夫·伍德(Steve Wood)和记者阿什利·沃尔顿(Ashley Walton)不知听了什么谣言,心血来潮飞到马略卡岛,其余二流记者纷纷奔向意大利那不勒斯港。他们准确地推断出,王子和王妃将在希腊大亨约翰·拉齐斯(John Latsis)的游艇上度假——一如亚瑟·爱德华兹的推测——皇家一行将在一座军港登上游艇"亚历山大"号。军港的安保措施将确保没有记者或摄影师能够接近。

价值超过3000万英镑的"亚历山大"号是世上最豪华的私人游艇之一。这艘350英尺的游艇配备着各种豪华设施,包括开放供应的唐培里侬香槟。然而对戴安娜来说，这趟旅行只是一次例行公事。她唯一感兴趣的是有了一次与儿子相处的机会，船上的大部分客人都是她所谓的"查尔斯的狐朋狗友"——有亚历山德拉公主（Princess Alexandra）、安格斯·奥格尔维（Angus Ogilvy）爵士、拉姆西（Romsey）男爵和他的夫人。

与前一年的内克岛假期一样，王妃这次也邀请了格拉厄姆同行。格拉厄姆已经病得很重了，我和王妃都担心会发生最坏的情况。他很享受这次旅行，但是几个月后，他就被迫退休了。

从王室公关的角度看，这次巡航大获成功，媒体将它说成"第二次蜜月"。这非常可笑，实际上，两人从头到尾都剑拔弩张。王妃的脾气坏到极点，她清楚地表明不想与丈夫拴在一条船上。巡航开始的时候，紧追不舍的媒体一路跟踪游艇来到那不勒斯的一座军港，但马力强大的"亚历山大"号很快将媒体船只远远甩在了身后。再次受到打扰是在萨丁尼亚沿海，一个名为马西莫·塞斯蒂尼（Massimo Sestini）的当地摄影师撞上好运，拍到鼠仔队没拍到的独家照片。他还拍到舰队街的一些一流人物只围着一块毛巾，坐在租来的快艇上，说是在寻找皇家爱情之舟。他立即将这些照片卖给一家小报，同时在记者中也瞬间多了一大帮敌人。

1991年年底，不止内部人员，不少公众也都明白，这段婚姻已经深陷泥沼。十年前，查尔斯和戴安娜结婚时，这对夫妇充满了快乐和希望，观察员甚至谈到这是英国王室生活的一个新时代。现在，那个梦想将随着婚姻本身一起结束。当时还有一种普遍的看法认为，女王不会批准他们离婚，因此离婚不太可能。而我却认为离婚是唯一可能的结果。戴安娜最渴望的就是逃离，然后做回自己——她经常这样告诉我。但我不知道的是，她同时也对我隐瞒了一件事——秘密安排了《戴安娜：她的真实故事》一书的出版，这也给那场婚姻画上了句号。

25

明智的抉择

1991年还有一件事不得不提,那就是王妃明确而主动地结束了与休伊特的私情。在我看来,这是一种结束,也是一种开始。

在和休伊特接触之初,我觉得他是个不错的骑兵军官。但不久我感觉到,他似乎困扰于戴安娜对他的感情需求。有一次,在谢林舍一个特别安静的午后,他试图逃避戴安娜,至少在我看来如此。

"肯,我需要时间休息一下,"他说,"王妃太苛求了。"

我回以微笑,什么也没说。其实我在想,不知有多少男人愿意付出一切换取他的位置。从那个时候起,威尔士王妃与詹姆斯·休伊特上尉的恋情就已经开始褪色。虽然这位上尉殷勤有加,但戴安娜见他的次数却越来越少,当他来电时,戴安娜也会把他们久未见面的责任推到工作上。我前面说过,她似乎忘记了自己的不忠,但面对查尔斯的婚外关系时,她依旧会很愤怒,不管王子表现得多么谨慎,她都会一再受到丈夫与卡米拉关系的困扰。从戴安娜的言行可以看出她的复杂性格,但她自己却没有"矛盾"这个概念。

后来休伊特被派往德国,戴安娜表面上主动结束了这段关系,但事实上,内心并没有彻底放下。在投身于公共事业的间隙,在疲惫的婚姻战争之后,她渴望被爱,渴望温存。因此,在1990年,戴安娜的电话突然打到了休伊特在德国的兵营。那时,两人已经一年多没有说过话了。

1990年8月,伊拉克军队入侵占领了科威特。根据联合国的决议,盟军部队准备开入海湾地区,将萨达姆·侯赛因赶出科威特。作为准备工作的一部分,驻扎在德国的英国部队正在动员。

戴安娜问休伊特，是不是要被派到海湾地区去。休伊特回答说是的。王妃接着问，在他出发前能不能见一面。当时休伊特的短期行程是，先回英国参加姐姐的婚礼，然后飞往加拿大参加军事演习，之后，他将启程赴沙特，盟军部队正在那里集结训练。于是，戴安娜邀请他回国期间住在海格洛夫庄园，而他接受了。那天晚上，查尔斯一如既往地避开了海格洛夫庄园。王妃与休伊特的爱火重新燃起。也是在那个周末，王妃承认自己更坚决地要与查尔斯王子离婚，脱离王室家庭——查尔斯摔断胳膊后，她对我说了同样的话。

1990年12月26日，休伊特飞往沙特，重新加入近卫团的连队。从那时起，戴安娜每天给他写信，有时一天两封，在他准备参战之际给予他最大的支持。她还给他寄去了从伦敦高档商场福特纳姆梅森百货买来的礼盒和威士忌。休伊特则大方地与连队战友分享这些酒。

与此同时，戴安娜与休伊特的妈妈雪莉保持了正常联系。有时候，她会带上一个或两个儿子，和我开车去德文郡看望雪莉，但不过夜。其实这些访问还有其他目的，因为休伊特常常通过妈妈给王妃寄信，而戴安娜总是迫不及待地要读到信。我能理解她对情人的关心，但我再次建议她小心她那些内容过于丰富的信。我说，如果这些信落入居心不良的人手中，她与休伊特的关系就会大白于天下。但那时，戴安娜喜欢与这个战争英雄相爱，根本没心思听别人的建议。

但是，1991年3月，《世界新闻报》首次披露了休伊特和王妃的亲密关系。王妃当机立断，明智地决定再也不会让公众看到他们在一起。

不久，我接到休伊特的电话。他说他不知如何处理与王妃的关系，希望我给他点儿建议。我虽然什么也不能为他做，但出于喜欢他这个人，我同意见个面。那时他刚休假回国。他告诉我，在和王妃面对面的交流中，完全找不到他们往来的情书里互相表达的亲密。现在，戴安娜连他的电话都不接，他有点儿不知所措。这是个很难处理的局面，虽然我告诉他说，我能了解他现在进退两难，但我坚称我帮不到他。我提醒他，他和戴安娜之间发生的一切都是他们的事情，与别人无关。我不能也不会插手。

休伊特依然爱着戴安娜，在我看来是这样的。海湾战争期间，他曾经很幼稚地用《每日邮报》的卫星电话与她保持联系。电话是《每日邮报》派到前线报道战争的记者理查德·凯（Richard Kay）提供的。休伊特不知道，他还在前线期间，戴安娜跟我说休伊特"太过认真"，他甚至不加掩饰地谈论他们共度余生的事。戴安娜对此深感不安，因为放弃王室金丝笼和她的地位去做个军官妻子，这样的前途对她毫无吸引力。戴安娜还告诉我，说她从未完全相信休伊特的爱情是出于一片真心。或许她觉得，吸引休伊特的不只是她本人，还有她王妃的头衔。休伊特回国后，王妃在电话里告诉他，两人最好暂时冷静一下。

这段关系就这样结束了。

休伊特结束短暂的休假回到德国，他的任期将持续约六个月。当他再次回到伦敦，驻扎在海德公园旁的骑士桥兵营时，戴安娜已经彻底离开了他。

"肯，你知不知道，在海湾地区时，休伊特甚至借理查德·凯的卫星电话跟我通话，让其他人都能听到，这多荒唐？"

她说到点子上了，我也很担心会被某个听到的人敲诈。因此，她与休伊特保持距离是极为明智的。

然而，休伊特似乎失去了分寸。他开始在书中肆意描述与戴安娜的感情发展，后来又编造了军情六处的阴谋论。我想这大概是为了让这些故事卖个好价钱。

戴安娜发现结束与休伊特的关系要比想象中容易得多。她不止一次和我谈到她的担忧。她觉得，休伊特是个自以为是的家伙，不但不爱她，还有可能一直在利用她。我建议戴安娜问休伊特要回之前写的情书。但休伊特拒绝了，声称虽然他们的爱情没能继续，但他还是想为那份深厚的感情留个纪念。我很怀疑他的动机。王妃尽管不情愿，也勉强接受了他的解释。但她很担心，休伊特有一天会出版那些信。后来发生的事也证明，她的担心不是没有道理的。

戴安娜去世后，据说休伊特当时的女友从他手里偷出那些信，试图卖给《每日镜报》。所幸该报编辑皮尔斯·摩根（Piers Morgan）做了件体面的事，将它们归还给了戴安娜的遗产管理人。诚然，这些信是休伊特的财产（虽然版权属于戴安娜的遗产管理人），但正如莫顿所说的那样，休伊特大概永远也看不到这些信了。

26

所有人的王妃

  1991年9月，白金汉宫批准了戴安娜的第一次正式独自出访，目的地为巴基斯坦。这对戴安娜而言是个难得的机会，既可以摆脱丈夫的影子，又可以树立一个不拘泥于王室的形象。戴安娜有些担心自己会失败。与此同时，查尔斯王子将访问尼泊尔，并与戴安娜在回国的飞机上会合。

  8月底，我开始为王妃的出访筹划行程，为完成这次安全、妥善的访问做最后的准备。临行前，戴安娜再三叮嘱我，要确保这次出访能够充分展示她的性格。她希望全世界都能了解到真实的威尔士王妃。帕特里克也从外务部得到一系列命令、指示和出访禁忌。但作为她的护卫官，我清楚地知道她想达成的行程效果远非简单的人身安全保障。

  "肯，我是人道主义者，"她对我说，"我希望与人们亲密接触。"

  但我必须确保她不处于危险之中。

  巴基斯坦政府对接待这样一次高规格的来访感到非常高兴，用他们的话来说是"一种荣幸"，他们全力以赴协助我们，尽可能满足我们的一切需求。当我表示希望可以提供一辆可靠的备用车时，当地一位组织者眼睛亮了起来，说："您别担心，我们的特别车辆绝对满足您的要求。"几个小时后我被带去检查该车时，忍不住笑了出来，这是一辆粉色的经典款凯迪拉克敞篷车！毫无疑问，我们最后使用了这辆车。

  回到英国后，我向王妃做了全面报告。她已经从帕特里克那里拿到了正式的行程安排。她希望我可以再次向她保证，不仅安保工作会到位，整个行程也

戴安娜出访巴基斯坦。

会大获成功。我尽力让她放心。她真诚地希望现场的人们都能认识到，她是一位亲民的王妃。

戴安娜先搭乘英国航空公司飞机，启程飞往位于波斯湾的阿曼首都马斯喀特，再搭乘英国皇家空军BAe146女王专机飞抵目的地伊斯兰堡。一下飞机，她便马不停蹄地赶往第一个活动地点，给全世界人民以及国内批评者一个清晰的信号：她此行绝非胡闹。

戴安娜的第一站是拉瓦尔品第联邦战争烈士公墓，这是代替英国女王执行的公务。当天的最后一项活动是在首相所设正式晚宴上致辞，发表演讲，支持自己的国家。她的表现完美无缺，这也让那些等着看她好戏的人们非常失望。她是位雷厉风行的女性，虽然正式学历不高，却目光敏锐，对人性观察入微。结束第一天满满的行程后，戴安娜既兴奋又疲惫，她再次寻求我的安慰。

"肯，我的表现如何？"她不安地问。

"夫人，你的表现堪称完美。"我真诚地说。

她笑了着跟我道了句晚安。

王妃第二天依旧表现优异，满腔热情地完成了所有行程。然而第三天，她开始变得忧郁了。她不想参加专为她而设的宴会，这让周围的工作人员，尤其是帕特里克和新闻秘书迪基左右为难。当我们在拉合尔国际机场等飞机时，她的情绪一度失控。我竭尽全力以各种方式开导王妃，使她摆脱当下的不良情绪，可没能成功——似乎所有人都难以与她感同身受。这时候传来消息，伊斯兰堡受暴风雨袭击，飞机无法起飞，我们需要在机场多待一个小时。戴安娜得知宴会需要被取消后，明显开心起来。

当我们终于到达伊斯兰堡时，尼古拉斯·巴林顿（Nicholas Barrington）正在为宴会无法如期举办而闷闷不乐，我意识到当晚已无正式行程，而且后备警卫正严密保护着戴安娜，所以我们可以暂时抽身。于是我决定来一场"男士午夜狂欢"——为何要浪费大好夜晚呢？帕特里克和迪基也都参与其中。

第二天早上，恢复神采的戴安娜迫不及待地倾听我们昨夜的细节。"肯，你的头还疼吗？昨夜是不是喝到很晚？"

我没承认，但给了她一个会意的微笑。

这也许是出访中一件不起眼的小事,但自此之后她判若两人。从那天开始到访程结束,她始终精神饱满。群众也蜂拥而至,想一睹王妃的真容。此次出访在英国登上各种报刊的头条,媒体纷纷报道巴基斯坦刮起戴安娜旋风,各种花边小报也毫不吝啬地称赞她为王室瑰宝,其中一家小报称其为"所有人的王妃"。王妃知道后非常开心,她俨然正在以一位公众人物的身份登上世界历史的舞台。

但白金汉宫的保守派和查尔斯王子阵营却忧心忡忡。戴安娜无疑获得了批准此次出访的女王和外务部坚定不移的支持。保守派担忧一旦戴安娜挣脱了王宫的桎梏,便无法像以前一样控制她。事实确实如此,戴安娜毫不畏惧地朝自己的目标前进。当得知她那出轨的丈夫不再爱她以后,她便决定要以自己的方式掌控人生。

出访巴基斯坦所取得的成功使王妃坚定了"单飞"的决心,她很喜欢用这个词。现在已经没有任何人能够阻止她单飞,包括她的丈夫。戴安娜曾多次告诉我,她仍深爱着查尔斯,不愿意在他面前一败涂地。乐观向上是她性格中尤为魅力四射的部分,当她开朗时,绝对是一位讨人欢喜的朋友。

从巴基斯坦回来后,戴安娜意识到自己有更多的制胜王牌。她深受媒体喜爱。挖苦她的人认为她仅是一名未受过良好教育的上流社会名媛,威尔士王子的漂亮装饰以及敬业的母亲,然而他们并未击中要害。她不仅恪尽职守,而且在自己擅长的领域如鱼得水。在数个月的抗争后,她蓄势待发,时刻准备好与查尔斯和他的支持者,甚至和整个王室家族交战。

27

单飞的决心

　　1992年年底,女王得了重感冒,声音嘶哑疲惫,她在市政厅演讲时,将这一年称为王室历史上的"多灾之年"。这是她首次在公众场合承认英国王室正在衰退。女王的支持者们曾认为威尔士王子的婚姻仍有挽救的可能,可实际上早已无力回天。

　　早在1992年年初,查尔斯和戴安娜便已分道扬镳,只保留夫妻之名。查尔斯尽情享受着单身汉的生活,一心投入工作,鲜有照看妻儿,卡米拉也顺理成章地成为慰藉王子的灵魂伴侣。查尔斯已向戴安娜表明,即使她是他的妻子,孩子们的母亲,但无论是现在还是将来,戴安娜在他心中不会有任何地位。戴安娜表面上服从王子的安排,实际上却暗下决心不再遵守那些既定的规则。她确实也曾如王子一样出轨过,但她却不打算轻易放过王子本人。我感觉得到戴安娜依然爱着她的丈夫,当我们私下聊天时,她常问我该怎么办。

　　尽管我经常劝她想办法赢回查尔斯王子,至少为了他们共同深爱的两个儿子,争取与王子达成某种友好的合约,保持婚姻的完整性。但这一切似乎是妄想,王子连一点点爱都不肯施舍给王妃。时至今日,我依旧相信戴安娜不愿意与王子离婚。尽管她会赌气地与王子结束婚姻关系,但孩提时代时父母公开离婚的经历,让她深知离婚对两个儿子可能造成的伤害。我们曾就这个话题进行过交谈,最终总是回到同一个问题:她该走,还是该留下?我的答案是,应该留下进行抗争,因为离婚对她并没有好处。此时外界也对他们的婚姻危机议论不断。

在我工作生涯中，有件事给我留下了深刻印象，充分体现了王子和王妃两人之间当时已出现的裂痕，以及戴安娜对其丈夫及其所谓的幽默感毫无崇拜之情。当时是在为挪威国王举行的国宴晚会上，恰逢查尔斯王子的护卫官科林休假，我自告奋勇地负责当晚王子和王妃二人的安保工作。当天晚上，王妃心情尤为烦躁，她不断发出响声来表示她的不满。与之相反的是查尔斯王子优哉的神情，他早已习惯出席这种盛大的国宴场合。王室家族成员将按等级次序依次登场，女王殿下最后出场。这听起来也许有些荒诞可笑，可这是君主政治长期以来的运作方式，尤其是在国宴上。可戴安娜并不那样认为，她一心想早点儿回家。

当时，王妃与我都站在肯辛顿宫的公寓大堂里，等豪华轿车按照特定顺序接我们前往宴会地点。王妃转向我，轻叹口气说："肯，我们可以早点儿去吗？我不想再待下去了。"她的声音里带有孩子气般的抱怨。

"夫人，恐怕没那么简单，这是命令……"

我的话还没完，她便打断："我知道，这都是命令，恼人的命令。可我现在就想走。西蒙已经准备好了，我现在就要离开。"

幸运的是，盛装打扮的查尔斯王子也刚好出现在大堂，他略显紧张地拉了下袖口，俨然一名伦敦西区喜剧中演员的样子。他明显察觉出阴晴不定的妻子即将爆发的坏脾气。"肯，我们可以准备出发了吗？"王子问道。当我告诉他还没轮到我们时，王子和王妃两人之间出现了可怕的沉默。

"那么说，我还有时间再喝一杯马提尼？"王子礼貌地问。

我忍不住笑了起来，并告诉他时间足够。而此时戴安娜脸上更加冷漠了。

"一切都还顺利吗？"王子问周围的人。

我决定保持沉默，因为戴安娜看起来准备要发泄怨气了。"事实上，查尔斯，我这儿不太顺利。我不喜欢待在这里，我想现在走。难道我们现在不能出发吗？"她听起来怒气冲冲。

"戴安娜，"王子有理有据地回答，"你知道王室的规定，为了刚好在女王陛下前到达，我们需要在特定时间出发。"他稍退后了一步，似乎是为了防止戴安娜的突袭。

果然，穿着高跟鞋的戴安娜向王子靠近一步，面对着他。"查尔斯，为何你不能自己赴宴？我可以早些到达，没人会留意到我。"她说。可事实她也清楚，如果她独自一人前往宴会，将立刻成为大批媒体的头条，会立刻让人猜测王子和王妃之间是否有争吵。当王子向王妃强调这些时，她变得更加不可理喻，不断重复她想离开，他也可以与她一同离开。

王子此时显然不想与她交战，他后退了一步，向他的管家哈罗德要了一杯他最爱的马提尼，回到书房。王子离开后，我告诉王妃这样的争吵实际上没有好处。但这显然不是王妃想要听到的安慰，她变得更生气了，一直不停地跺脚，非常焦躁。

"查尔斯，我实在难以忍受，我要走了。"她气急败坏地说。

"戴安娜，我们需要耐心等待。"王子说完后又取来一杯马提尼，并再次离开。

我忍不住笑出声来。

"肯，你认为我的丈夫很风趣吗？"戴安娜厉声问道，显然被我的笑声激怒了。

我停顿了一下，回答道："是的，我认为他很风趣、幽默。"从她的表情中，我可以看出她已经愤怒到极点，并不能分辨出我的幽默。

"那么，是什么样的幽默呢？"她反驳道。

这时我才意识到自己的口无遮拦。既然王妃不认为王子风趣幽默，那她的警卫官也不应该认为他风趣幽默。那晚她除了敷衍、应付我的必要提问外，与我再无任何交流。在这个阶段，王妃身边所有的工作人员都必须谨言慎行，一旦身边有人对王子表示同情，她就会有被背叛的感觉。

28

孤独与悲悯同行

对王子和王妃而言，1992年的头等大事是出访印度。戴安娜知道他们这次出访的言行举止都将被媒体捕捉，可她已不再关心媒体或公众对他们婚姻的知悉程度。早在行程开始之前，《太阳报》便刊登了戴安娜即将独自参观泰姬陵的消息。

泰姬陵为印度阿格拉市附近的一座大理石陵墓，十七世纪时由印度莫卧儿帝国皇帝沙·贾汗（Shah Jahan）为纪念爱妻所建造，是举世闻名的歌颂爱情的纪念碑。该报用标题大张旗鼓地宣称"戴安娜将独自前往泰姬陵"，再一次揭示出王子和王妃之间形同陌路的事实。令人欣喜的是，该版报道同时引用了一篇文章，记述了王子1980年访问此地时，承诺依照当地风俗，再次到访时将会携带心爱的女人来。如果他们一同前往，这难道还不是这场王室婚姻状态更有利的证明吗？

即便有报道在先，查尔斯王子并不打算因此而改变行程。到达印度后，他坚持要在王妃参观泰姬陵当天，前往200英里以外的德里市参加商务活动。所有人都看出了这一行为意味着什么，可王子周围的诸媚者却似乎不准备告诉他这个决定有多么失误。

在英国，各种关于两人的头条如期而至。《每日快报》谴责王子公关的失误，刊登了戴安娜独自端坐在泰姬陵前的巨幅照片，附上标题"孤独的陵墓"。对于戴安娜而言，即使图片并非她所安排，但她已尽职尽责，传递了她想要透露的信息。当我们到达泰姬陵时，摄影师朝我大声吼叫，要求随从和周围的高僧远离拍照范围。我顺从了他们的要求，于是他们顺利拍到了与头条文字匹配的照片。戴安娜毫不在乎——正如我所言，她根本不理会这些报道——但这并不代表拍摄该图是戴安娜与王子公关大战中的伎俩。如果查尔斯王子稍微回顾一下整件事情的来龙去脉，便知道陪她前往泰姬陵才是最佳解决方案。他却选择背道而驰。

因为丈夫拒绝陪她前往泰姬陵而闷闷不乐的戴安娜，也用词谨慎地向祖国传达了她的观点——即使我认为她还是应当保持沉默。当天空电视台新闻记者西蒙·麦科伊（Simon McCoy）向王妃提问参观泰姬陵有何感想时，她停顿了数秒钟，然后，然后首次在公开场合给王子泼了盆冷水。

她说："这是一个令人着迷的经历，非常治愈。"

当被问及她的确切含义时，她停顿了数秒，眨了下眼睛，说道："自己理解去吧。"

各大媒体于是把这张经典的"爱的纪念碑"前的照片与他们婚姻出现裂痕联系一起，而戴安娜无疑给了他们任意描写其婚姻状态的权利。

当戴安娜说出这些话时，我脑海里便立刻能想象出翌日报纸头条，然而我依然忍不住对她产生同情。查尔斯王子本可轻而易举地通过陪伴妻子参观讨好妻子，为婚姻透露积极信号，可他偏偏拒绝陪伴她，这无疑是昭告天下他不再在乎她，也不再在乎旁人对他们婚姻的议论。在公开场合，他也曾承认选择了错误时机公开婚姻状态，承认更明智的做法应该是陪伴妻子参观泰姬陵，因此遭到谴责。但私底下，我知道王子根本不打算陪伴她前往，不管是否有人告诉他这样做的好处。因为王子认为如果这样做了，他将是个伪君子，而他要与这个词划清界限。

无论人们对这次泰姬陵之行如何议论，两人婚姻都不再有任何希望。而在情人节那天，两人的婚姻再次到达瓦解的边缘。当天，按计划将在印度西部的拉贾斯坦邦首府古城斋浦尔举办王室晚宴。早在1883年，为迎接维多利亚女王的丈夫——阿尔伯特亲王的到来，当地人民把整座城市的建筑全部粉刷成粉红色，于是便有了"粉红之城"的称号。当晚，王子受邀参与他期待已久的展览马球比赛。同时按照安排，王妃将在比赛后为王子呈上奖杯并献吻。而此时的戴安娜不愿再沦为查尔斯王子的公关工具。这或许是查尔斯的助手们早该预见的，毕竟他们在这之前已得到了足够的警告。

在马球比赛当天，数以千计的当地群众，在热浪和尘土中聚集在比赛现场，场面一度失控。任何一位警卫都会知道，现场或许有一千名杀手混迹人群，等发现时为时已晚。想到这里，我心乱如焚，可现场秩序回归良好。王子团队准备充分，一切都按计划进行。然而此时，人群挤满了整个球场，周围人声鼎沸、熙熙攘攘，王子和王妃几乎消失在我的视线中。刚在这项"国王的运动"中证明实力，上演了帽子戏法[1]的王子扬扬得意，脸上洋溢着胜利的喜悦。

而此时的王妃毫不甘心成为王子的配角，决心将好戏留在后头。当她的丈夫身着马球服，满头大汗地走上领奖台，去领奖以及吻妻子时，戴安娜故意将头转向另一边，当众拒吻，在世界媒体前当众羞辱丈夫。王子气急败坏，戴安娜的行为使他看起来像个傻瓜，他绝不会原谅她。后来当我问她为什么要那样做时，她回答："肯，我不想再迎合他了。为什么我不能这样做？他和那女人的事情使我看起来像个傻子，他有今天也是咎由自取。我可不打算作践自己，被他的朋友们嘲笑。"

我理解她的苦衷，也对她深感同情，可王子及其团队不这样认为。他们认为戴安娜脾气阴晴不定，他的一名管家称她"简直是个被宠坏的女学生"。我虽为她辩护，也厌倦于争论。王子的助手每次都耸耸肩，然后走开，留下一句挖苦的气话："这种事情她当然不会只干一次！"可我想，整个成年阶段，她都在履行王妃的责任，偶尔一次忠于自我又何尝不行？

翌日，《太阳报》便刊登出由亚瑟·爱德华兹拍摄的照片，并配上大标题"空吻一场！"照片上的王妃直接拒吻，而王子表情尴尬痛苦。报纸内页残酷地刊登出一篇讽刺王子的文章，教育王子如何优雅地亲吻一名女士。戴安娜通过此举还击王子之前的冷酷无情，使王子看上去像个傻子。

在这之后，情况进一步恶化。两人之间的战火已经点燃，他们在旅途的后半段几乎毫无交流。当戴安娜及随从前往加尔各答参观特蕾莎修女的杰出工作

---

[1] hat-trick，(比赛或游戏中) 一人连得三分，或一人连续三次取胜。

时，查尔斯王子依然沉浸在马球比赛所受到的羞辱中难以自拔，选择了独自飞往尼泊尔。

至此，所有的共同参观都变成了独自参观。王子和王妃都在竭力上演独角戏，戴安娜因此成了自己"巡回路演"的首席执行官和宣传总监。特蕾莎修女当时凑巧不在加尔各答，据称她身患重病，被送往罗马就医了。戴安娜因此错过了与阿尔巴尼亚修女以及"公主之心"拍照的完美机会。

在加尔各答，我并非最佳状态。在检查完我这辈子去过的最可怕的地方——特蕾莎修女所经营的仁爱之家收容所的太平间后，我便染上了疟疾，并发起了高烧。实际上，该收容所本身便是一个太平间。在这里的这些可怜的人瘦弱的身体里，几乎没有一个活细胞，很多义工是从西方国家漂洋过海来的艾滋病患者。

或许将此次参观收容所之旅称为成功略显奇怪，但此次王室之旅确实达到了预期的效果。其中一位病入膏肓的病人，医生断言他只能再活几个小时，他听说王妃即将到来后，坚持了足足24个小时，堪称生命的奇迹。王妃身着粉红色的裙子，在脏乱不堪的环境中，蹲伏在垂死者身旁，用力握住了他的手。这几乎是圣经里的神圣画面，当王妃跪下并为他祈祷时，无数蜂拥而上的记者抓住机会按下了快门儿。通往太平间的门后的黑板上，记录着当天共有15名病人离世。

王妃离开半小时后，随着与她亲密接触的垂死者的离世，该数字变成了16。修女引领我进入太平间，并询问我王妃是否愿意看到这一幕。太平间是个布满愁云惨雾的地方，悲伤抑郁的情绪渗入到身体的每个毛孔里。我拒绝了，我想即便是戴安娜，也不会愿意如此深入太平间。

印度之旅使王妃陷入了更深的绝望中。对她而言，离婚已经成为必然。

王子和王妃关系的真实情况不仅仅对当事人产生了影响，同时对双方的工作人员也有影响。从印度回来之后，我暗自发誓要回避双方纷争。可事实上，这次行程造成的紧迫感已经超越了所有人可以应付的程度。虽然戴安娜也备受煎熬，但整个独立出访的过程却非常愉悦，她变成了截然不同的一个人，就像与儿子们在一起度假一样。当王子不在她身旁时，戴安娜和她的团队能完全放

戴安娜曾憧憬着幸福，可童话的面纱背后是赤裸裸的人生，
那个花团锦簇的婚礼带给她的竟是不堪回首的苦涩怨曲。

松。有不少人对她的情绪不定大肆非难。诚然，她有时是会暴躁不安，但她也是个极其有趣的人。

我们终于从印度返回英国，王宫里的一切都发生了翻天覆地的变化。王子的幕僚接受了两人关系无法逆转的事实，准备先发制人，启动合法分居的程序。在这个爆炸性的消息传出后，有人向戴安娜推荐了首席律师及政府顾问古德曼勋爵（Lord Goodman）。

从此刻开始，戴安娜脑海中只有一个词——逃离。而当她着手处理分居之前，她与丈夫的关系进一步恶化了。3月18日，约克公爵和夫人正式分居，王子和王妃的分开也势在必行。在这种情形下，戴安娜一直保持头脑清醒。当约克夫妇的离婚消息公之于众时，戴安娜只是浏览新闻，看其对自己知名度的影响。在当时的情况下，她的行为也不足为奇。

玫 瑰 自 有 芬 芳

part 05 在泥泞中前行

29

滑雪胜地的悲欢

资深王室观察员詹姆斯·惠特克从雪堆中向我走来。他脸蛋红得像要爆炸一般。我猜他今天一定有备而来。

"詹姆斯，滑雪好玩吗？"我在过道处拦住他。

"既然你问了，那我告诉你，不太好。只能早上凑合，中午雪就会变成一团烂泥，像在一大桶烂粥上滑雪。"

我正假装为他感到遗憾，他扔掉了自己手上的雪球。

"肯，我听到一个极其严重的消息，你一定要告诉我实情。"他说，表情突然变得严峻起来。

"到底怎么了？"我故作轻松地问道。从我多年与媒体打交道的经验来看，我知道任何事情对他而言都是"极其严重"的。

"我说的是王妃的父亲斯宾塞伯爵。据可靠消息，他昨晚去世了。"他说，"肯，你知道我的身份尴尬，但我需要在告诉媒体前核实此消息。"

如果这消息是真的，那确实"极其严重"。更糟糕的是，惠特克还坚持要核实消息的真伪，这种行径本来就令人厌烦。我停顿了一会儿，努力保持镇定，然后试图寻找一个合适的理由回避这件事。

"詹姆斯，这是我第一次听说这个消息。如果这件事是真的，我应该早就知道了。"我强作镇定，试图掩盖内心的慌张。因为一旦惠特克的消息是可靠的，那么真的是大难临头了。想到这里，我匆忙停止谈话，并告诉他我核实消息后会尽快给他回话。

我立刻回到酒店，打电话给戴安娜在英格兰的姐姐莎拉·麦克科考女士。这是个难以出口求证的问题，我十分害怕得到肯定的答复。因为如果这消息是真的，我们必须立刻采取行动，占据主动权。这一切危如累卵，难以确定戴安娜会如何面对。然而幸运的是，莎拉告诉我她最近到医院探访父亲时，他还能从医院的床上坐起来，精神状态也不错。我松了一口气，赶紧联系惠特克，告诉他这是个假消息。

惠特克却摇了摇头说："那真是太奇怪了，我这消息的来源可非常可靠。"

然而，就在我们谈话的这天，王妃挚爱的父亲，斯宾塞伯爵八世约翰尼（Johnny），真的去世了。

这是1992年3月，王子和王妃及两位小王子在奥地利阿尔卑斯山滑雪胜地莱赫度假，这里也成了我在工作中遇到的最富戏剧性的地方。

任何一个提供优秀滑雪服务的国家都会有一个度假胜地，那里有修剪齐整的滑坡，吸引了各界名流。莱赫便是奥地利一处专属度假区，因毗邻另一滑雪胜地奇尔斯，因此，这里成了许多家庭滑雪的首选之地。

威廉和哈里不断央求父母带他们去滑雪。查尔斯王子喜欢阿尔卑斯山克洛斯特斯（瑞士），每年都会抽出时间进行一次朝圣之旅，但对孩子们的请求，他却总是开空头支票。但王妃坚持要实现孩子们的愿望。她的密友凯瑟琳·索姆斯——保守党部长尼古拉斯·索姆斯（温斯顿·丘吉尔的孙子）的前妻，也是王子的好友——提议说可以去莱赫，那真是王妃母子首次滑雪旅行的不二之选。王妃看过凯瑟琳展示的宣传单后，立刻决定就去莱赫。几天后她才告诉我这件事。鉴于她的任何一次假期都会成为媒体的焦点，安保工作是这次滑雪之旅的重中之重。我向她保证会提前检查滑雪度假村，排除一切安全隐患，然后预订了飞往奥地利的航班。

事实上，查尔斯一直期待着能在自己喜欢的克洛斯特斯教授孩子们滑雪技术，但戴安娜不同意。他们有一位共同的朋友休·林赛（Hugh Lindsay），1988年，克洛斯特斯的一场雪崩夺去了他的生命，那时戴安娜就向丈夫表明，再也不会去瑞士度假了。查尔斯不愿意改变自己的习惯，于是也明确表示自己不会改变目的地，戴安娜可以不陪同。

戴安娜坚持认为，帮助孩子们实现愿望应该由她而非查尔斯主导。当她告诉查尔斯自己将带着孩子们去莱赫时，查尔斯很生气。然而，就像山不到穆罕默德这边来，穆罕默德就到山那边去[1]。查尔斯王子最终决定从克洛斯特斯飞往莱赫。王妃并不欢迎他的加入，但她觉察到孩子们想向父亲炫耀新学的滑雪技术，于是她做出了让步。

莱赫确实是滑雪度假的最佳选择。这里有木制的小屋、丛林密布的山峰，还有专业高效的服务人员，一切仿佛都为王室所准备，而如今，这里迎来了一位举世瞩目的女性——威尔士王妃戴安娜。我知道用不了多久，外国狗仔队便会找到我们。对他们而言，追踪王妃简直是一项有利可图的"军事演习"。英国媒体闻风而动，但他们愿意谈判，也深知一旦行为越界，后果将不堪设想，因此，我觉得和国外媒体相比，他们还不是那么麻烦的。而部分国外媒体不在意所谓的界限，即便和我们达成协议，并发誓会遵守，但我们双方都很清楚，从一开始他们就不打算遵守。

在查尔斯到达莱赫之前，一切都进展良好。每天早晨9点左右，王妃会与两位好友凯特·孟席斯和凯瑟琳·索姆斯前往阿尔贝格的五星酒店主餐厅共进早餐。该酒店的主人施奈德（Schneider）一家对王室客人招待周全。在清淡的早餐后，他们会在酒店首层的滑雪房间会见媒体，晚上，我还会与专门报道这次王室度假的八十多位新闻记者、摄影师等会面。由于没有专门的媒体官员，我在滑雪电缆车脚下安排了一次媒体拍照。根据我的长期经验，媒体人员中，有经验的滑雪者肯定会追逐我们的任何行为，我的安排实际上并没有什么作用，但总要有所安排，以防形势失控。不少外国媒体工作者滑雪技术极其娴熟，甚至能够在滑雪道中向后滑行，用各种摄像设备对准戴安娜，不错过任何瞬间。

在某些时候，媒体会稍微放过戴安娜，彼时她会和两位女友、一位导游、一位奥地利警察以及一位伦敦警察厅训练有素的滑雪者暂时逃离一个上午，回到山上与儿子们共进午餐。而作为安保总管的我，则会留在酒店与他们保持通

---

[1] 伊斯兰教典中的故事，比喻既然对方不能主动迎合我的想法，那我就按照目的采取主动。

信。偶尔我也会与王妃一起去她最爱的莫嫩弗鲁酒店，滑雪者可以在那里品尝到奥地利当地美食和奇怪的热红酒。有时候戴安娜会在午餐后再多滑一个多小时，然而当年是暖春，午后的温暖天气使得雪道泥泞难行，这时她便会回到酒店，在晚饭前洗个舒服的桑拿浴，然后游泳。

在听闻查尔斯王子与随从将于第二天晚上到达的消息后，宁静被打破了，尽管这只是暴风雨来临的前奏。但因为进入村庄的阿尔贝格通道被雪封住了，王子不得不延迟到达。

戴安娜早就明确表态不欢迎王子住进她的私人套房。查尔斯和他的随从的住宿问题，原本是由酒店主人的儿子汉内斯·施奈德（Hannes Schneider）安排的，但与查尔斯的警卫官进行交流后，决定由我来安排。

王室家族的成员总是期待尽善尽美。查尔斯王子是深夜到达的。他说想喝一杯他最爱的马提尼。当他进入客房时发现没有冰柜，于是立刻叫来警卫官托尼·帕克（Tony Parker），表示立刻就需要冰柜。

"老施奈德"可是名声在外，他的儿子汉内斯只能答应下来。"冰箱不是问题。"他用他那口音浓重的英语略显紧张地回答道。

但当时整个酒店都没有闲置的冰箱。20分钟后，我通过酒店窗户看到汉内斯背上扛着一台小冰箱，正从雪中吃力地往回走。我不知道他是如何弄到这台冰箱的，但对施奈德一家而言，只要是王子要求，无论多难办的事，都必须办到。

在查尔斯到来之前，戴安娜一直心情舒畅。当时，英国流行歌手克里夫·理查德（Cliff Richard）听闻王妃在莱赫度假，想为王妃演唱，于是他的朋友——电台主持人麦克·里德（Mike Read）——找到我，问我是否能安排一下。克里夫是英国乐坛的常青树，戴安娜听说后欣然同意让他来酒店为自己开一场私人演唱会。但是，查尔斯来了以后，王妃就失去了轻松愉悦的心情，于她而言，剩下的只是煎熬。而事实上，这场为戴安娜安排的私人演唱会最终没能举办，因为很快，她父亲去世的消息传来了。

1992年3月29日，王妃的父亲斯宾塞伯爵在与疾病抗争多年后，于南肯辛顿的布朗普顿医院去世。

30

在悲痛中坚强

作为工作人员,本应该时刻警惕王子夫妇的公众生活和私人生活之间的界限,但在戴安娜听闻父亲的死讯后,这界限对我而言变得异常模糊。

3月29日下午,我接到戴安娜姐姐莎拉的电话。她悲痛欲绝。24小时以前,我们还对她父亲的假死讯一笑置之,没想到这么快便成为事实。当时,查尔斯和他的私人秘书及指挥官理查德·爱劳德、兼职新闻秘书菲利普·麦基(Philip Mackie)等人在阿尔贝格安顿了下来。听到消息,我赶紧找到爱劳德,希望他能让王子亲口告诉自己的妻子。出乎意料的是,王子让我去见他;更出乎意料的是,与王子见面后,他们一致认为我才是与王妃关系最亲密的人,应该由我告诉王妃她父亲的死讯。

我忍不住想起多年前,伊丽莎白的父亲乔治六世(King George VI)逝世,查尔斯的父亲菲利普亲王告诉妻子这一消息的感人瞬间。他们在房间里踱来踱去,沉浸于悲痛之中,也为接下来要面对的一切感到焦虑。

查尔斯的助手们都很担心王妃的反应。尽管我认为承担该事项的应该是查尔斯,但我想我应该履行一名护卫官的职责。王妃正处于危机之中,如果我不帮助她,那谁可以呢?查尔斯深知,妻子在听闻自己的父亲死讯后,一定会伤心欲绝,而他也要承担妻子的悲痛给自己带来的冲击——最终还是决定由我向戴安娜宣布此消息。

在走向戴安娜房间的途中,我清晰地感觉到自己的不情愿。诚然,将不幸的消息告诉他人是警察的职责之一,但大多数情况下,警察和那些人素不相识。

而王妃是我的主人，同时也是我尊重和敬仰的对象。因此可以说，这是我为她服务的过程中最难的一项任务。

我尽可能温柔地告诉戴安娜这个不幸的消息。毫无准备的王妃起初表情平静。但对于这样的坏消息，有再多的准备也是于事无补的。她很快泪流满面。

"天哪！肯。噢！天哪！我该怎么办？"她声泪俱下。

我也非常动容。我坐在她的床边，感到很无助。我轻轻地抱着她，尽可能地安慰她。此时戴安娜卸下了所有包袱，像一个迷路的小女孩儿。

过了一会儿，我小心翼翼地向她提出下一步的安排，尽可能措辞谨慎地提起了查尔斯王子。这对我来说是件吃力不讨好的事。戴安娜立刻明确表态，要尽快独自回到亡父和家庭身边，无论如何也不要王子陪着她。

"肯，我是认真的，我不想让他陪着我。他并不爱我。他爱别的女人。既然这样，为何我还要顾及他的颜面？现在去世的人是我的父亲，查尔斯这时候来扮成一个体贴备至的丈夫角色，未免太晚了吧！难道你不这样认为？"她激动地说道。

我早已预料到这个结果，于是留下副官戴夫陪伴戴安娜，然后回到王子的团队中。

到了这一步，王子与王妃之间已无话可说，而我也只能成为他们之间的传话筒。更糟糕的是，王妃直截了当地拒绝了与理查德·爱劳德交谈。她认为爱劳德是王子的左膀右臂，王子阵营的头号支持者，更是她的头号敌人。爱劳德此时也非常紧张，他能立刻预想到王子的反应。果然，王子知道后很震惊。他开始为自己和妻子以及孩子们担忧。

在这个极其悲伤的时刻，我决定控制形势。

"先生，在这个微妙的形势下，您认为我们应该如何处理？"

王子看起来毫无头绪。于是我很快做出决定——安全地把王妃和送回英国，并让王子陪伴其左右。

鉴于我与戴安娜的良好关系，王子再次要求我与戴安娜谈判。事实上，我已无计可施，但我依然同意尽我所能劝服王妃，可我不能做出任何保证。王子这时正在给位于温莎城堡的女王打电话，告诉她斯宾塞伯爵去世的消息。

在回到戴安娜套间的路上，我忐忑不安。如果她情绪失控，并拒绝她丈夫的要求——她完全有可能这样做——则一切又回到了原点，而守在外面的众多媒体，将因此消息而异常兴奋。斯宾塞伯爵的死讯是一个重大新闻，但如果这时王子未陪同王妃回英国，不安慰悲伤欲绝的王妃，媒体绝对会拿此大做文章。威尔士王子和王妃夫妇失败的婚姻也会立刻公之于众。

回到王妃房间时，我明确地告诉她："夫人，你必须与王子一同回国。这件事不容争辩。你必须这么做。"

她已经泣不成声。我谈到自己失去父亲弗兰克（Frank）的情景时和她现在一样，但我尽可能争取时间，赶回去见他最后一面。我告诉她，死亡也是生命的一部分，即便亲人不在了，我们也应该为了家庭好好地活下去。

"夫人，这一切绝不是你父亲想要看到的。他是一个忠诚正直的好人，绝不想让自己的死讯成为媒体炒作的热点，难道不是吗？"

我不知道这番话是否能引起共鸣，但戴安娜的语气明显有所缓和。她平静了下来，变得通情达理。

"好吧，肯，我会这样做的。告诉查尔斯，我会跟他一起回去，但这么做是为了我的父亲，并不是为了他——是出于对我父亲的忠诚。"

或许是"忠诚"这个字眼儿最终打动了她，让她最终答应了。我也完成了王子交代的任务。大家的情绪终于稍稍缓和了。

理查德·爱劳德和菲利普·麦基出发前往阿尔贝格对面的蒙萨本酒店，召集媒体召开每日简报会。当他们向媒体通报斯宾塞伯爵的死讯时，我守候在戴安娜床边。此时在伦敦，暂时还无人得知王妃的父亲已于当晚离世。在蒙萨本酒店，爱劳德和麦基向媒体讲述了当天王室成员的所有行动。当爱劳德告诉媒体这个爆炸性的消息时，全场先是一片寂静，直到《太阳报》资深摄影师亚瑟·爱德华兹提出关键一问："理查德，这个消息是从新闻协会透露出去的吗？"

爱劳德和麦基先是一脸茫然，随后异口同声回答道："不是！"

现场立刻乱成一团。一大群人蜂拥而出，这种情景就像战前三分钟核武器攻击警报刚拉响一样，所有的记者、摄像及主持人争先恐后地夺门而出，争取以最快速度在报刊出版前发布消息。其中一些记者已经顾不得会打扰到其他客

戴安娜在父亲的葬礼上,向其致以最后的敬意。然而,难以想象的是,短短五年后,戴安娜便静躺在了自己的棺木中。

人,直接在电话里吼叫起来。

此时王妃拒绝与任何人交流,严格命令我不允许让任何人,尤其是她的丈夫及其工作人员进入她的套间。然而查尔斯对她的指令毫不在意。他和两个儿子在外面玩雪球,并温柔地告知他们祖父逝世的消息。两位王子虽然伤心却也接受了,这是他们首次直面死亡。作为一名敏感体贴的父亲,王子已竭尽全力安抚儿子们,然而他却无法安抚自己悲伤欲绝的妻子。

接下来的三小时,戴安娜情绪激动,我一直坐在床边陪伴着她。她一会儿平静地接受现实,一会儿又开始大喊大叫,发泄对世界的不满。她极其渴望能立刻飞回家,可由于当时天色已晚,皇家飞机最早只能在第二天清晨到达。我反复劝告她,静静等待天亮才是明智的选择。

威尔士王子不可否认是个好人,他生性敏感,对人照顾有加,重视精神世界。在某种程度上,他在婚姻期间对待妻子的态度也是可以理解的。虽然我非常爱戴以及敬重戴安娜,也不得不承认她有时确实难以相处。何况任何一段关系或婚姻的失败都是一个巴掌拍不响的。

第二天清晨,我们从莱赫搭乘汽车前往苏黎世机场。这天碧空如洗,雪花纷纷落在山坡上,像是厚厚的糖粉撒在蛋糕上。作为一名虔诚的滑雪爱好者,王子从未来过莱赫,此后也再没去过。王子此行的警卫官托尼·帕克正在驾驶汽车,我坐在副驾驶位置。查尔斯与戴安娜并排坐在汽车后排。

车内始终弥漫着紧张的气氛,通过后视镜,我看到戴安娜眼睛直勾勾地仰望天空,一脸绝望。在长达两个小时的车程中,车内一直保持死一般的沉默。

到达机场后,我们登上BAe146女王专机,一大堆早已等候在此的媒体立刻将摄像头对准了我们。在整个飞行过程中,大家都沉默不语。

无论回程多么不快,毫无疑问的是,事先制定的公关策略奏效了。第二天媒体马上报道,在戴安娜王妃困难的时候,查尔斯王子陪伴左右。然而实际上王子王妃一回到肯辛顿宫后,便立刻分道扬镳——王子去往海格洛夫庄园,而王妃则去向父亲致以最后的敬意。

我跟随王妃及其家人,去往她父亲遗体安放的伦敦诺丁山的殡仪馆凯尼恩教堂。当我们到达时,已经平静下来的戴安娜,问我是否想向她的父亲致敬。

我拒绝了，毕竟这是个极为私密的时刻，而我是一个不属于斯宾塞家族的外人。戴安娜笑了笑，回到姐姐莎拉和珍妮身边，来到殡仪馆门前。我曾多次与斯宾塞伯爵会面，他彬彬有礼，是位老派英式贵族。即便媒体屡有报道他与子女间关系不佳，但他与小女儿戴安娜始终亲密无间。作为父亲，他对孩子们关怀备至，照顾他们的任何需求。虽然他的第二任妻子雷恩·斯宾塞（Raine Spencer）伯爵夫人与孩子们之间不可避免地存在矛盾，但他绝不会让这些矛盾影响他与戴安娜之间的关系。

不幸的是，威尔士王子和王妃的关系却绝非如此简单。在伯爵的葬礼举办两天以后，这对夫妻之间的关系进一步恶化。戴安娜的情绪就像是一座随时会爆发的火山。一旦她真的爆发，我怀疑将无人能阻止——长时间积聚的愤怒和沮丧会影响到周围每一个人。这时，包括伊丽莎白女王在内，王室所有人都很在意戴安娜在葬礼期间的情绪。

这天早上，我开车载王妃前往位于北安普顿郡的家奥尔索普庄园参加葬礼。王子也执意要参加，并且不顾妻子反对搭乘直升机前往。一路上，戴安娜都在重复一个话题："肯，他要把我父亲的葬礼变成一场作秀。这是不对的。"她不断抱怨。

整个斯宾塞家族都不欢迎王子的到来，可戴安娜的弟弟，也就是新的斯宾塞伯爵查尔斯，则劝服姐姐要平静下来。葬礼当日，媒体留意到了王子并未在去往奥尔索普庄园的路途中安慰戴安娜。即便他出席了葬礼，从戴安娜的肢体语言中，也可以清晰地看出她很孤单。

在一个安静简单的家族仪式后，便对已故的斯宾塞伯爵进行了火化。王妃接过父亲的骨灰，回到了位于大布莱顿教堂内部斯宾塞家族的地下室。四周布满了蜘蛛网，空气中也充满着尘土飞扬的气味。已故斯宾塞伯爵的孩子们都在现场，他们此时将所有的不和抛于脑后，站在石碑周围，取出一支照明的蜡烛，静静地祈祷着。满脸泪水的戴安娜也向父亲做着最后的告别。

在此刻，难以想象的是，在短短五年以后，戴安娜静躺在自己的棺木中，前往奥尔普索庄园完成了自己的人生之旅，并在这里接受了数百万群众的悼念。

31

遇险的王妃

看到车窗外那些因愤怒而扭曲的面孔,车内所有人都倒吸一口凉气。这些抗议者大部分为女性,他们对着我们的锃亮的戴姆勒轿车不断叫喊,甚至大声辱骂。身着玫瑰粉套装、头戴宽边帽子的戴安娜内心焦躁不安,她不习惯这些如潮水般涌来的刻薄话语。我尽力宽慰她,告诉她如她所见,整个地区戒备森严,这些举着牌子大声呐喊的抗议者会被拦住的,不会对她人身安全造成威胁。

戴安娜一直沉默不语,偶尔会回应我的问话。她呆滞的眼神中透露着一丝惊恐,我们的汽车最终缓缓穿过了抗议群众,到达坎布里亚郡巴罗因弗内斯维克斯的造船工厂。视野的正前方能看到欢迎的人群,而右方则是一条保证我们畅通到达的警戒线。

早在我们搭乘威塞克斯直升机飞往北方前,王妃便表示会对皇家海军最新的弹道导弹核潜艇,也就是前卫号战列艇的命名活动持保留意见。这项活动原先是王子参加的,可在视察途中,王子的警卫官托尼·帕克临时致电,告诉我由于一些不能透露的原因,王子不能按计划参加此项活动。于是戴安娜被要求独自前往,甚至可以说是代替王子参观。核裁军运动在四十多年前已成风尚,在当时中东形势一度失控的情况下,再次有大批反对者上街示威。对自己公共形象一向重视的戴安娜,早已敏锐地觉察到,此行将引起反对者的激烈反应。

我曾多次来过巴罗因弗内斯,并在此与国防部长,以及协助安保任务的政治保安处官员会面。我提出建议,由于核裁军运动示威活动造成的威胁,在命名活动当天,王妃不能通过任何一条公共道路前往,最好乘坐直升机直接降落在安全地带。而且需要将一切安保计划和步骤告知王妃。

在我们启程之前,便有情报称,将会有一大批激动的反核示威者在苏格兰的法斯兰港大本营,组织一场声势浩大、很有可能造成暴力流血事件的抗议活动。由于不想让戴安娜暴露在威胁中,我曾提出让戴安娜搭乘直升机直接前往维克斯内部,与公众保持距离,但这个提议被拒绝了。当我们即将进入船厂时,我接到来自我的上级——地面安全主管本·达迪(Ben Dady)的无线电通信,转达坎布里亚郡警察局长的命令:戴安娜到达船厂后,从大门进入。我当即便知道这个安排将会是一场噩梦。但由于缺乏讨论的时间,况且戴安娜本人也听到了无线电通信,我只能告诉达迪按照原计划执行,并且通知了警察局长。

下车以后,官方问候阵营开列。警察局长靠近我并说道:"肯,你必须按照我的指令执行,现场有数以千计来自中产阶级的当地人,争先恐后要一睹戴安娜的真容。"戴安娜也听到了他的话。我一下子陷入了进退两难的境地。与戴安娜协商后,她最终同意了,可我们两人都对计划的突然改变表示不满。在有限的时间内,我难以劝服警察局长改变安排,只能向他阐述之前政治安保处官员以及国防部官员同意的详尽计划,强调让戴安娜乘坐汽车前往是相当危险的。可警察局长对我的警告无动于衷。

我们乘坐警员驾驶的警察局捷豹离开船厂,由一位护卫带领去往一个陌生的地方。几分钟后,数以万计的群众挥动着英国国旗聚集在阶梯小路上,我们只能向右转,而面前的船厂大门同样挤满了人,这时已经无法后退。我留意到道路两侧都是人群,左侧的是成群的欢迎人员。当我们靠近下车区域时,出口被金属护栏堵住了。而右边一片相似的障碍区后面,人群中有人戴着三K党[1]图案的头巾。

当汽车缓缓驶过维克斯船厂时,我感觉形势不对。通过后视镜我看着右边那群看上去十分平静的人,以及他们中间穿插着的那些头戴白色头巾的人。显然,他们是反核示威者,但想办法混入了警察局长所谓的安全区。戴安娜此时

---

[1] Ku Klux Klan(缩写为K.K.K.),美国的一个奉行白人至上、歧视有色族裔的民间排外团体。其头巾是白色的。

正抓着门把,听帕特里克向她汇报接下来的行程安排。

一眨眼的工夫,现场突然一阵暴乱。几名群众一下跃过金属护栏。我通过镜子看见一位梳着长发,身穿厚夹克和睡裤的男人越过警察封锁线奔向汽车。我立刻让旁边那位反应迟钝的警察司机锁上后排所有门。他按下开关后,我跳出车门,制伏这个男人,当时他已越过重重关锁奔向车子后排门口,并朝戴安娜的窗口伸出手臂。

看到这个男人狰狞的嘴脸,戴安娜忍不住尖叫起来,她被吓坏了,但仍努力隐藏自己的情绪。在达迪的帮助下,我擒住示威者的喉咙,从身后扣住他的双臂,制止他的行动,很快将他制伏在地上。我们将他拖走,交由当地警员带回审讯。有那么一瞬间我有取出武器的想法,但很快反应过来不恰当。

整个意外仅持续数秒钟,但在我脑中不断回放,变得无比漫长。"我压根儿没想到他居然会是第一个欢迎我的人。"戴安娜对已经被吓坏的帕特里克开着玩笑,他害怕得缩回到座位上,一脸茫然。我从前排副驾驶门口探头进车内,朝他们微笑,请戴安娜在座位上保持冷静。她点了点头,说道:"肯,我并不担心,我很好。"

过了一会儿,戴安娜从车内走下,神情自若,露出招牌笑容。当所有仪式结束,维克斯主席也亲自接见她以后,戴安娜走到一旁稍作休息,才重新恢复平静。接下来的活动都正常进行。

在正式午餐前的招待会上,当地警局局长走向我说道:"警长,恐怕我这次让您失望了。"这次戴安娜并没有听到。她已经恢复到最佳状态,在严加审查的维克斯 VIP 房中忙于应酬。"是的,你确实让我失望了。"我坦率回应,忽略他刻意别在警帽和警服上那枚级别显赫的警章。

几个小时后,我和王妃、帕特里克坐上了威塞克斯直升机,回到了英国皇家空军诺霍特基地,最后乘坐专人驾驶的豪华汽车回到肯辛顿宫。一路上大家都沉默不语。王妃在阅读《每日邮报》,帕特里克则想方设法地离开王妃的视线,竭力逃避他强烈建议王妃参与此行的责任,而我则在脑海中构思着向内政大臣汇报这次安保漏洞的详细报告。"肯,谢谢你,你今天表现得非常出色。"王妃轻声对我说,似乎察觉到我在不断回想这次意外。"你今晚一定要做不少书面工作，加油。"下车前她又对我说。我心里非常感激她对我这天工作的肯定。

刚到达伦敦不久，我接到命令要求撰写一份事件详细报告，并经由伦敦警察厅上交给首相。这件事立刻成了媒体翌日的头条。某报大标题为"车内突袭使王妃震惊：示威抗议使王室成员安全岌岌可危"。该报道将王妃描绘成一名勇敢的女主角。

媒体报道同时指出该次事件中警力的不足，标题为"麻痹大意的警员"，却丝毫不提及在王妃到达前，警察局长推翻原有安保计划一事。不幸的是，我被媒体点名，且莫名其妙地被记者称为总检察长。这一报道给我招致了不可避免的公众关注，我的指挥官及助理局长因此对我严加监督。

被捕获的示威者是一名叫作彼得·卡拉汉（Peter Callaghan）的二十一岁失业青年，最终他被法庭处以250英镑罚款，其中120英镑为妨害社会治安罚款。我为这次意外做报告所用的墨水和纸恐怕都比这贵得多呢！

另外，警察局长举办了多场高级别的安保会议讨论该意外事件，他们似乎认为巴罗因弗内斯的暴民远比王室继承人妻子的人身安全更为重要。在我参与的多次戴安娜出访任务中，这次意外无疑是存在最大安全隐患的一次，可惜的是当地警察局长并不这么认为。

这是1992年4月30日的事。

事实上，几年前发生过一次类似的事件，我作为警长唯一一次拔枪了，当时王室汽车被一群愤怒的暴徒所包围。那是在1989年，撒切尔夫人领导的保守党政府遭到左派顽固分子的激烈反对，他们经常组织抗议活动以宣泄对政府的不满。

当时，我正护送戴安娜前往伦敦同业公会举办的午餐会，由三位摩托车警卫组成的护卫队在车前保驾护航，但依然被一个暴徒钻了空子。当我们到达威斯敏斯特附近的路堤时，一个热情高涨的学生示威团队涌向我们的汽车。我立刻意识到必须改变路线，也就是摩托车警卫队必须改变策略。然而，一个中心保护区挡住了他们前面的路，我们只能被迫停了下来，一大群学生涌向我们，高呼："去你的玛格丽特！"

突然我们被团团包围起来。王妃此时不慌不忙注视着我的行动。我拔出枪放在膝盖下方，再次检查车门是否紧锁。我们的车被学生包围着，学生的脸贴在了车窗上。

"这是戴安娜！"有学生喊道。

顷刻之间，学生们恢复了平静并疏散开来，让我们的小车通过。我将武器收了起来。是戴安娜的知名度，而不是她的王室地位，在关键时候解救了我们。如果此时是撒切尔夫人坐在车上，后果真是难以想象。

32

暴风雨来临前的平静

戴安娜在英国驻埃及使馆位于开罗的官邸中游泳，游泳能帮助她恢复清醒的头脑，在1992年5月，戴安娜一直心事重重。她从泳池上来后，拿起一条毛巾包住身体，对我说："肯，如果我惨遭不测，你一定会向别人还原一个真实的我，对吗？"

"夫人，您确定吗？"我轻声回答。

"你会冒很大的风险的。"她开玩笑似的推着我的肩膀，又似乎是在训斥我。

但我知道她脑海里此刻正在想着很严肃的事情。她再次跳入水中，然而游了不到几下，我突然发现对面有几道闪光灯射来。我猜是狗仔队。我立刻通知她，她从泳池爬起来，抓起毛巾盖着一体式泳衣，随后进入了房间。

我跟在她身后，顺着闪光灯射来的方向看过去，发现有几个人在对面楼房的屋顶上。他们不断地按着快门儿，拍下各种照片，戴安娜直接地表示不满。"肯，我希望这种偷拍不要再出现了。"一想到他们对戴安娜隐私的侵犯，我非常理解她。

我也十分生气，因为在之前事先考察此地时，我就将对面的楼房作为安全隐患向英国大使馆汇报了，可他们回复，由于埃及内部的保安极其容易接受贿赂，他们也无能为力。而事实也正是如此。我以护卫官的身份走进那栋楼房，来到房顶，看到摄影师依然驻守在那里，并将器械对准泳池。我开始与他们正面对峙，一位正要离开的独立电视新闻公司摄影师，名叫麦克·劳埃德（Mike Lloyd）承认他们贿赂了保安以进入楼顶。

戴安娜在英国驻埃及使馆内游泳时被偷拍,旁边为作者。戴安娜很擅长游泳。

这类偷拍记者通常不受待见，在某些私人假期，我们会特别允许某些持有官方许可的媒体，报道官方的皇家之旅，摄影师们会被安排在特定的时间、地点进行拍照——因此我告诉楼顶的记者们，这是对王妃隐私的公然侵犯。他们同意马上离开，不知道是被我的气势所震慑，还是出于对失去官方拍照许可的害怕。

翌日早晨，大部分英国报刊都刊登出了戴安娜游泳的照片，独立电视新闻公司甚至播出了视频。戴安娜非常担心电视播出的画面触犯了穆斯林的禁忌，因为在画面中的她身穿泳衣。同时，她也非常担心会给接下来与萨拉的官方出访制造不良印象。戴安娜的媒体助理迪基果断采取行动，发布公告并威胁拍了照片的媒体："如果人们对戴安娜埃及之行的第一印象是在泳池游泳的话，会错误地觉得她很轻浮。"他坚持要给这些媒体及记者严厉的惩罚，取消了他们对即将到来的韩国之行的采访权。而这次韩国之行实际上是查尔斯和戴安娜的最后一次共同访问。

事实上，戴安娜担忧的并不只是这些照片和视频。莫顿与戴安娜秘密合作的书此时即将出版，而她担心全世界所有的母亲都会效仿她的行为。

戴安娜同时深知，访问必须继续。为了不让埃及总统穆巴拉克（Mubarak）的夫人扫兴，她兢兢业业地履行王妃的职责，从容大方、神采奕奕地参观了盲人儿童之家，深受感动。

然而，如往常一样，舰队街完全错过了此行的主要内容，他们用泳池照片刻意中伤王妃，而不是关注她的官方正式行程。不仅如此，他们还错过了另一个发现真相的机会。当戴安娜在忙于推动英国工业发展以及提升个人形象时，她的丈夫正在土耳其与一名有夫之妇度假。这可比戴安娜身穿泳衣的廉价照片更能引起舆论哗然。当时查尔斯与戴安娜一起乘坐前往埃及的飞机，却提前在土耳其下飞机，加入包括卡米拉在内的一群朋友的行列。

在土耳其停机，并把丈夫送入情人怀抱，不仅拖延了戴安娜的出访时间，更让她的精神受到了打击。在我们到达开罗的深夜，她泣不成声。为了不让支持者失望，她再次打起精神。戴安娜内心非常清楚丈夫土耳其之行的目的，但她决心不让悲观情绪破坏了自己的官方之行。这一点令人肃然起敬。

虽然戴安娜泰然自若地完成了整个行程，可她依旧要注意控制情绪。事后看来，她的伤心或许更多是因为与安德鲁·莫顿合作的书即将出版，而不是对她丈夫公然出轨的失望。无论如何，对她而言，埃及之行取得了圆满的结果：这是一个戴安娜个人的胜利。对于媒体而言，这无疑是一次报道戴安娜的绝好机会，在金字塔、狮身人面像以及令人叹为观止的太阳神殿前，她都非常配合地拍照，让大批跟随的新闻记者满意而归。遗憾的是，那张泳池照片的出现让她以及助手都猝不及防。

戴安娜隐秘地决定了她的命运以及对未来的打算，我相信如果不是那样的话，她不会选择与莫顿及出版商迈克尔·奥玛拉（Michael O'Mara）合作。在戴安娜去世后，莫顿吐露戴安娜不仅仅与他秘密合作写作《戴安娜：她的真实故事》，而且是她主动找他的。不少人质疑戴安娜是否真正参与了此书的创作，而她与少数牵涉其中的人对此也保持着绝对的沉默。我对这个计划也一无所知——或许戴安娜担心我知道的话会被连累。通过她的密友詹姆斯·科扎斯特（James Colthurst）医生，与前王室通讯员安德鲁·莫顿取得联系并达成协议，完全是戴安娜一个人决定的。她希望摆脱婚姻的束缚，离开让人窒息的英国王室，而她坚信只要莫顿能将她真实的一面公之于众，那查尔斯王子和他的家族只能选择让她远走高飞。

这便是戴安娜性格的绝佳体现，幼稚、孩子气，但非常直接。莫顿的文字既充满智慧又极具历史意义——或许这是有史以来公开发表的最长离婚请愿书。对戴安娜而言，更为重要的是这本书达到了预期的目的——动摇君主制的根基，并将她从其桎梏中解救出来。

1992年6月7日，《戴安娜：她的真实故事》的第一篇连载刊登在《星期日泰晤士报》上，书很快也出版了，并迅速成为经久不衰的畅销书之一。显然，读者希望知道一个真实的戴安娜，因为莫顿的写作，他们现在可以知道比官方宣传更多的东西。戴安娜此举对王室而言不仅仅是宣战那么简单，而且是在对手措手不及时直接出击。接下来的几周，英国王室直言不讳地谴责戴安娜，可她在任何场合中都从未退缩。当被问及莫顿时，她的答案从来都是"我从未与他交谈过"。她确实道出实情。因为她从未接受过莫顿面对面的采访，实际上他们从未会面，她只是送去了她与好友詹姆斯医生的谈话录音，透露出她的想法和回忆。而这位老伊顿公学医生则秘密地将录音送给莫顿。

王妃的姐夫罗伯特·费洛斯（Robert Fellowes）是女王的私人秘书，当他询问戴安娜关于和莫顿合作之事时，她再次直接否认了。罗伯特相信了戴安娜，并向女王汇报。由于无法证明这本书是戴安娜出于个人私利而捏造的故事，英国王室只能选择攻击莫顿写作的动机，诋毁他的消息来源。然而，相比起该书的出版，此举为时已晚，该书的权威性已经不容置疑。王子阵营的人员尝试向外暗示戴安娜已经毫无理性，可事与愿违。戴安娜已经太受人追捧了——对媒体而言太有价值——即便遭遇诋毁也是新闻的对象。后来罗伯特·费洛斯发现戴安娜对他说谎后，主动向女王引咎辞职，但出于对他工作的欣赏和对他的尊重，女王拒绝了他的请求。

我并未参与到《戴安娜：她的真实故事》一书所引起的交战中，但早在1990年，我便知道他们正在紧锣密鼓筹备一个项目。前面也曾提到戴安娜对我保持沉默，或许是出于保护我的目的，但转念一想，或许更是因为她知道我一定会劝阻如此颠覆性的行为，知道告诉我一定会适得其反。在这本书出版后的一段时间，她表现得像一个被吓坏的孩子，担心自己的恶作剧会被发现。

另一方面，我真心相信戴安娜或许并未意识到莫顿的书会造成如此大的影响。她时常向我倾诉她的孤独感。用她的话而言，她渴望解脱。而我最担心的是，如果她真的试图一走了之，又如何继续照顾她的孩子们呢？如果她只是简单地逃之夭夭，生活一定会分崩离析。而这个局面随着《戴安娜：她的真实故事》一书的出版被彻底改变了。王室家族以及王宫里"西装革履者"的一举一动都在众目睽睽之下，并且绝大部分读者都对戴安娜深表同情。此外，加上媒体的煽风点火，英国王室再也无法控制戴安娜。她的计划大获成功。

我从未认真阅读过《世界新闻报》，可在6月14日这个特别的周日，我破例了。那天，《星期日泰晤士报》将要刊登出莫顿即将出版的《戴安娜：她的真实故事》连载的第二篇，而这篇故事也引来了坊间无数猜测。实际上，真实的故事只有出版商迈克尔·奥玛拉、安德鲁·莫顿以及戴安娜本人知道，它对别人和其他报刊而言依然是个难解之谜。而正因为如此，其他报刊的记者纷纷猜测这不是现实状况，而是胡编乱造。

打开报纸，大标题为"晚归的查尔斯让戴安娜暗自落泪"。面对略带夸张的标题，我并不为此担忧。诚然，在某些时候，当查尔斯不在身边时，戴安娜确实心情烦躁，甚至即便是查尔斯由于公务耽搁时，戴安娜也会胡思乱想，认为他是由于"别的女人"而晚归。使我担忧的是副标题"她让其保镖窃听卡米拉电话"。

这篇文章是根据莫顿书中，戴安娜得知王子和卡米拉的婚外情后杜撰出的报道。被称为"知情者"的记者克莱夫·古德曼（Clive Goodman）毫无根据地宣称"该书称戴安娜因为王子出轨一事，成了侦探，并让其信任的保镖肯·沃尔夫检查王子电话记录。据称肯找到王子一周内与帕克·鲍尔斯家的四次通话记录"。同时称"王妃让保镖晚上记录王子使用汽车的里程数，并在隔天清晨核对"。这些无中生有的猜测根本不是莫顿书中的情节，完全属于不实的报道。鉴于该报道毫无根据地宣称我勾结戴安娜参与犯罪行为（非法窃听电话），且参与其他毫无职业道德及辜负信任的行为，我不得不采取法律行动。最后，《世界新闻报》刊登了一篇真诚的道歉，承认报纸上关于我的报道都为不实报道。

此时，熟悉内情的人都深知离婚已在所难免。莫顿的书还未出版就引起了轩然大波，全世界都在哀叹这场婚姻，而戴安娜本人依然在埃及。在《戴安娜：她的真实故事》开始连载后，她公开说谎（后来被证实是谎言），称自己从未参与这本书的创作。我能明显感觉到记者们并不相信戴安娜的话，然而这些谎言足以阻止其他更为不实的报道。

在埃及准备面临这场暴风雨的戴安娜，正在寻求暴风雨到来前的平静。她知道周围所有人都面临巨大压力，并尽力宽慰我们，坚持让大家"放松"自我。在行程的最后一晚，她邀请大家与她共同畅游英国大使馆的泳池。于是，从行李管理人罗恩·路易斯（Ron Lewis）到秘书维多利亚·"拉尔夫"·门德汉姆（Victoria 'Ralphie' Mendham）（有此绰号是因为她总是身穿拉尔夫·劳伦设计的衣服）都响应了她的号召。随行医生、外科手术指挥官罗宾·克拉克（Robin Clark）是一位皇家海军队员，总用一小撮头发遮挡住秃顶的头皮。他性格随和，略带羞涩,不太愿意脱去衣服加入游泳的行列,在泳池周围不断闲逛着。由于某种原因,他一直穿着骆驼西装,在烈日当头的开罗必定汗如雨下。戴安娜在泳池里淘气地盯着他看。

终于,戴安娜游向我,指着罗宾,问道:"肯,他会下来游泳吗?"

"我猜他不会,夫人。"我回答道。

"我想他应该会穿着那套西装游泳。"

"夫人,我认为这话最好由你来说,而不是我。"

戴安娜并不轻易打算放弃。"如果他同意身穿那套可笑的西装游泳,你会帮我推他下水吗?"实际上,她并不打算征求罗宾的同意。

"只要不被皇家海军起诉,我非常乐意。"说完,我们趁他不注意把他拖入水中,他的眼镜被甩了出去。

我们并没有把他那套厚羊毛西装脱掉,由于泡水,他的西装缩水了。当然,戴安娜为他重新置办了一套。

33

第二次"爱的航行"

威尔士王子和王妃终于回到英国，此时媒体对于《戴安娜：她的真实故事》一书的热情一浪高过一浪。女王把王子和王妃叫来召开私人会议。在会议上，他们正式讨论了离婚的话题，女王敦促双方小心谨慎，并请求他们与儿子们一起最后度一次假，或者至少"试一试"。最后王子和王妃双方都同意了女王的建议。

由于查尔斯王子在此之前曾有过出海度假，并成功摆脱追随而至的媒体的经历，他再次愉快地接受了希腊大亨约翰·拉齐斯的邀请，用他的游轮出海游玩。即使有媒体批评查尔斯无功受禄，享受免费旅行，他也丝毫不为此担忧。因为使用皇家游轮"不列颠尼亚"号来进行这次荒唐的旅行显然是不合适的，所以他认为使用朋友的游轮完全在情理之中。

在王子王妃以及儿子们出发前，媒体就曝出了他们第二次所谓的"爱的航行"的消息，纷纷报道这对夫妻被要求为婚姻做最后一搏。

为了报道这次旅行，所有媒体都倾巢而出，使出浑身解数。他们决心全力追踪猎物，试图获取各种故事和照片。肯特·加文负责租船，他说服其他报刊配备最先进的电子仪器，追踪王室家族成员。然而，这一切都徒劳无功。约翰·拉齐斯的游轮、财力以及在该地区的影响力，让记者们只能铩羽而归。实际上，我们根本看不见媒体的影子。但我们的航行也不是一帆风顺的，我很庆幸游轮上的发生的一切没有曝光在媒体的聚光灯下。

戴安娜心情低沉，不想在其他人面前作秀。她的态度和行为也让工作人员难以接近。在我们准备出发前的几周，她突然直言要拒绝此次旅行，并告诉王子，她也不会让儿子们参与。这彻底惹怒了正憧憬着与心爱的儿子们共同享受私人夏日之旅的查尔斯王子。戴安娜成功点燃了他们之间的战火。她这么做只是为了激怒丈夫，她内心其实非常乐意与家人一起海上旅行。

这一次，王子和王妃之间几乎无话可说，在公众场合也只是仪式性地点头招呼。因此这十天的航行过程对于所有人，包括交战的夫妻双方都是一次糟糕的经历。客人名单与之前一致：罗姆塞（Romsey）一家、希腊末代国王康斯坦丁（Constantine）二世、希腊王后安妮玛丽（Anne-Marie）以及奥格威（Ogilvy）一家等。在船上的所有客人、员工和船员等，都知道王子和王妃正处于胶着状态。这次航行远不可能如爱琴海海面一样风平浪静。

旅行开始时，戴安娜意外地冷静。王子和王妃见面的机会甚少。如果像媒体所说的，本次旅行的目的是为了拯救垂死的婚姻，那成功的可能性几乎为零。讽刺的是，他们此次旅行的航线与他们十一年前乘坐"不列颠尼亚"号度蜜月时航线一致，在十天航行中，会经过爱琴海以及爱奥尼亚海的希腊群岛。最终由于狂风大作，我们没有驶入爱琴海，而是乘坐BAe146女王专机前往爱奥尼亚海利富卡达岛对面，距离雅典大约200英里的亚克兴，并在那里登上游轮。

航行并非一帆风顺，但科林和我总能从船上吃到取之不尽的鱼子酱，喝到美味的法式香槟。有时戴安娜不可理喻、反复无常的行为使安保任务困难重重，但在"亚历山大"号上的度假依旧十分惬意。这对夫妻分别住在不同船舱，不会随意进入各自的领域。戴安娜怀疑她的丈夫是否在船上一直使用卫星电话与情妇联系，这种怀疑当然不是无中生有。可她不知道的是，在她去世以后，王子与情人卡米拉在同一条游轮上度假。

游轮上的气氛十分紧张，战火一触即发。戴安娜希望与王子保持距离，这种怪异的行为让儿子们十分担心。甚至有一次，科林突然十分担心她是否已投海身亡。当时，科林神情紧张地走进我的房间告诉我，戴安娜已经失踪了数个小时，她不在房间，也无任何人知道她的去处。现场立刻一片慌乱，王子得知妻子失踪后也非常担心。科林与我对游轮进行了地毯式搜查，都没有发现她的身影。我突然想起戴安娜曾独自坐在救生艇中，便前去寻找。果然，在其中一个救生艇里,我发现了蜷缩在帆布下的戴安娜,她坐在那里抽泣了两个小时。我瞬间长舒一口气,至少她安然无恙。

在告知其他人取消搜索后,我与戴安娜坐在帆布下促膝长谈了两个小时。

"肯,他们都不理解我。他与情妇通电话,所有人都知道,都帮着他。他们都以为我精神失常,同情我,可怜我。可他们丝毫不知道我经历了什么。"她抽泣着说。

毫无疑问她的话是有道理的。即便戴安娜也发生了婚外情,可她绝不会在丈夫眼皮底下炫耀。丈夫的所作所为深深伤害了她,使她感觉自己遭受侮辱和背叛。

"如果他希望卡米拉在这里,为何不让她飞过来和他会合,并离我远点儿?这是一出戏,彻头彻尾的戏。他在这里的唯一原因是他母亲要求他这么做。他真可怜。"她又怒又恨。这种说法也是正确的。很显然,查尔斯王子没有让妻子感觉到丝毫温暖。戴安娜的反应或许略显幼稚,可在当时的情况下绝对是情有可原的。

越说越激动的戴安娜随即要求我立刻安排她乘飞机回家,她不想在游轮上多待一分钟,并且作为王妃,她完全有权做自己想做的事情。这已经并不是第一次我需要应对她的坏脾气了,当然也不会是最后一次。我强调说我很清楚她贵为王妃,享有特权。但同时也提醒她我的任务是保护她,并不是像仆人一样接受训斥和命令,我只服从来自伦敦警察厅上级的命令。

戴安娜逐渐冷静下来,认同了我的观点并对我道歉,但依旧坚持要离开这座"漂在海面上的地狱"。她想出了一个计划:"亚历山大"号船长已经接到命令,将前往塞浦路斯,她可以在那里下船,并坐直升机前往最近的机场,然后从机场乘坐一般的廉价航班飞回国。但考虑到其他数以千计的,从英国前往希腊诸岛度假的人,我向她解释,在这个旅游旺季想要立刻买到机票是不可能的——所有机票都必须提前至少数天预订,旅行安排也必须提前制订。听到这里她非常生气,告诉我如果她想听借口,她会去找她丈夫。我尝试对她动之以情,晓之以理。她作为全世界最负盛名、最受媒体欢迎的女性出现在塞浦路斯机场,在候机室与数百位旅客共同候机,这绝对会成为新闻头条。那时她该如何向记者们解释家庭旅行的中断呢？为了引起她的共鸣，我表示我赞同她想离开"亚历山大"号的想法。最后为了挽留她，我使出了撒手锏，说："那你的两位儿子怎么办呢？"

戴安娜若有所思地点了点头。即使她时不时爱耍小孩儿脾气，但大部分时间还是相当明白事理的。她知道在深爱的儿子面前与丈夫对抗是不可原谅的。她只是对在谎言中的生活深表失望，并决心寻找自由，但她同时也知道，此时进行抵抗是错误的，会被媒体和全世界误认为她是先放弃的一方，而非是对丈夫难以忍受、委曲求全的妻子。最后，她终于同意继续待在游轮上，这让我长舒了一口气。

看见我表情明显放松，戴安娜忍不住大笑起来，既是对我表情的嘲笑，更是对蜷缩在救生艇中的谈话场景感到好笑。

"来吧，肯，"她说道，"我们应该尽快归队了，不然我那残忍的丈夫该打开香槟，庆祝我投海，然后可以光明正大迎娶那个女人了。"她深蓝色的眼睛恢复了奕奕神采。

但我内心深知我们还未完全脱离危险。暂时平静下来的王妃依然蓄势待发，随时准备与丈夫交火。心知肚明的王子识趣地控制自己的情绪，并忽略妻子的坏脾气。事实上，他也懒于与妻子交谈。在假期的最后几天，所有人都生活在剑拔弩张的紧张气氛中。

最后，竟然是小王子们给船上的形势带来了一丝缓和。当"亚历山大"号抛锚在某个希腊小岛时，勇敢的哈里王子潜入超过30英尺的海里想要一探究竟。他一边踩水一边召唤哥哥也加入潜水的行列。从不畏惧挑战的威廉毫不犹豫地答应了。他们二人接着又怂恿科林一起下海，科林总是在这种时候对我"仗势欺压"。

"沃尔夫，你必须也一起，我们可不能让这王室第二和第三继承人在毫无保护的情况下下海。"他面无表情地命令我。

我难以置信地看着他，发现他表情认真，于是脱掉短裤，闭上眼睛跳入海中。当水中的浪花被激起时，两位王子也随之跳下海。哈里采用他惯常的战术，攻击胯部，当我与他搏斗完毕时，威廉随即攻击了我的肩膀，想要揽住我的颈部把我猛按入水。所有人都在甲板上观看着,边笑边为我们打气。"亚历山大号"的甲板上似乎稍微恢复了正常的氛围。

然而,两位王子的此番淘气之举引起了不小的混乱。查尔斯王子质问科林为何不对王子的此番行为加以阻挠。而王妃的态度则相反,或许是故意与王子做对,她认为这非常有趣,并且夸奖儿子们的勇气。但这并不是她报复丈夫的行为。王子警告儿子们下不为例,但很快便被他们抛于脑后。这件小事儿使得游轮上多日来的紧张情绪稍稍缓和了,我们对此感激不尽。

我一直苦苦思考如何让戴安娜摆脱无所事事的状态,终于想出了一个方法:安排一场包括安保人员在内的所有人都可以参与的乒乓球比赛。求胜心切的戴安娜对比赛极为看重,经过多次比拼,天赋突出且运气尚佳的她,最后进入了与希腊王后安妮玛丽的决赛中。幸运的是,这位秀外慧中的安妮玛丽大方地(不露痕迹地)输掉了这场比赛,安慰了她这位年轻的对手。当戴安娜获胜时,在场的所有人,尤其是查尔斯王子,终于如释重负。

在获胜后,戴安娜心情舒畅,在旅途结束前再也没有提起要在塞浦路斯搭乘飞机回国的事情了。

34

"温香软玉门"事件

1992年的夏天,英国王室可以说是多灾多难。约克公爵安德鲁王子在当年宣布分居,接着公爵夫人与来自得克萨斯州的男友——"金融顾问"约翰·布莱恩(John Bryan)臭名昭著的吮脚趾照片不胫而走,英国王室勃然大怒。同年,安妮公主与马克·菲利浦斯(Mark Phillips)宣布离婚,且很快被爆出与女王的前侍从武官蒂姆·劳伦斯(Tim Laurence)(她的第二任丈夫)的新恋情。爱德华王子也在这时出现在报刊头条,似乎在此地无银三百两地宣称"我不是同性恋"!当然,最让王室头疼的还是威尔士王子和王妃的婚姻,外界频频猜测这场婚姻将走向尽头。

王子和王妃回到英国时,他们的婚姻已濒临死亡。1989年12月31日,一通戴安娜和情人詹姆斯·吉尔贝的通话录音被公之于众。该录音在莫顿的书出版后不久被曝光,成为戴安娜身上众多丑闻中的一件。最终,这则内容既有露骨的绵绵情话,又有对王室成员批评的录音,成为她离开温莎王朝的催化剂。在我看来,相比于《戴安娜:她的真实故事》一书,该录音引起了王室更大的愤怒。

在录音被公布几周前,我就对该录音有所耳闻。当我向戴安娜提及这则臭名在外的新闻时,她一直惴惴不安,因为一旦录音被泄露,所有人都会知道她与吉尔贝的私情。

事情的原委如下:8月25日,王子、王妃搭乘"亚历山大"号出海航行回来后不久,《太阳报》编辑凯尔文·麦肯锡(Kelvin MacKenzie)在美国最畅销的杂志《国家询问报》（National Enquirer）提起了这段非法录音的存在，并刊登出了该段录音的文本。在这之前，麦肯锡深知该录音将引起轰动，可迫于王室压力一直不敢公开。该丑闻被称为"戴安娜门"或"温香软玉门"事件，使戴安娜王妃极为难堪，严重破坏了她作为完美王妃的名誉。《太阳报》甚至把录音进行剪辑，让观众打入付费电话，来收听戴安娜与情人谈情说爱的录音带。在电话中，独自在桑德林汉姆庄园房间内的戴安娜极力想摆脱王室家庭所带来的压力和敌对，对情人笑而回吻。她将婚姻生活形容为"真真正正的折磨"，并谈到长期受压于王室，慑服于王室的威严。此外，她还表示了对怀上吉尔贝孩子的恐惧，这印证了她与他关系的亲密程度。在电话中，吉尔贝称呼了戴安娜五十三次"亲爱的"以及十四次"温香软玉"，还称想要把她揽入怀中紧紧相拥。他说道："温香软玉，我爱你，我爱你，我爱你！"

毫无疑问，这是处于热恋关系中的双方之间一段典型的暧昧情话。除了充满性暗示的各种情话外，该非法录音意义重大，它向公众证实了莫顿书中所说的。戴安娜已无法再适应王室生活了。而在此前，英国王室一直坚决否认该说法，称其为"胡说八道"。在电话中，戴安娜对吉尔贝坦言："午餐时，我差点儿哭了出来。我心如死灰，不断地想'我为这个家庭做了那么多事情，居然沦落到此等境地'，这实在让人万念俱灰。"这一次，再也无人可以说莫顿的言论为"胡说八道"了。戴安娜同时告诉吉尔贝，在午餐时，伊丽莎白王太后经常直勾勾地望着她，使她感到浑身不自在。"这种眼神不是怨恨，而是略带兴趣的怜悯。"戴安娜说。

至今为止，还从未有王宫内部人员敢公开批评王太后（当然，戴安娜私人电话被公开绝非她的过错）。在私下，擅自对伊丽莎白二世以及伊丽莎白王太后不敬是戴安娜茶余饭后最爱的消遣之一，她经常百无禁忌地谈到一旦"全国最喜爱的老奶奶"去世，将会给白金汉宫官员带来怎样的混乱，甚至无所忌讳地猜想在王太后的葬礼上应该穿什么样的黑色服装。

命运总是喜欢跟人们开玩笑。伊丽莎白王太后于2002年去世，比戴安娜多活了五年，还出席了戴安娜的葬礼。而戴安娜1997年的葬礼让全球民众的悲恸史无前例地爆发，关注程度甚至比2002年王太后的葬礼还要高。

从录音文字看来，我认为戴安娜的这段录音并非伪造。虽然有评论认为戴安娜是否真的会用这类语言咒骂自己的姻亲亲戚，可我内心深知，这段对话绝不可能是恶作剧。毕竟我曾经听过她多次使用同样的表达方式来宣泄自己的不满。

现如今我才知道这段亲密对话的始作俑者。很显然，这确实是被无线电爱好者通过基本扫描装置"意外"截获的，但信号的发送时间都相当有规律，这样可以保证更容易被别人收听到，那个暗中发送信号的人知道，这些内容最终会传到媒体手中。戴安娜的录音至少有两段，同一段录音在一天不同时段由不同的无线电爱好者发出。内部安全部门对此事展开了全面调查，最后终于发现了泄密的人究竟是谁，但我不能做更进一步的解释。戴安娜也早就对情报机构监视王室家族成员的行为有所耳闻，而王室保卫部门官员与这种活动全部有关。我单纯地认为这是保护戴安娜人身安全的必要措施，我提醒过她这件事，但这并未对我执行公务造成影响。

我后来才得知他们监听戴安娜的电话已是常事。我们作为她的警卫官，总是小心翼翼，由于担心恐怖组织窃听，我们通常在电话中直入主题，有时甚至使用密语、暗号。然而戴安娜总喜欢连续不断地使用电话，甚至一打就是数个小时。即便如此，当她的电话录音被公开时，我依然十分震惊。

最终，"温香软玉门"成为一场低俗淫秽的闹剧，造成公众对闹剧涉及方的反感，包括王妃和吉尔贝、查尔斯王子以及王室家族的高级成员、媒体和窃听者等等。

35

再次陷入爱河

戴安娜安保工作中最重要的部分是理解她的喜怒无常,所以要获得她的信任并非是一件难事,但随着她与奥利弗·霍尔(Oliver Hoare)的来往日益密切,甚至卷入警方调查后,充分得到她的信任越来越难了。

奥利弗·霍尔是伊顿公学校友,与王室素有交情,同时也是查尔斯王子和戴安娜王妃的朋友。查尔斯王子时常会在夏天前往霍尔岳母位于普罗旺斯的城堡度假。

1992年初,戴安娜深深地被霍尔吸引住了。他们在1985年相识于阿斯科特赛马周,当时霍尔与妻子受女王之邀作为客人前往温莎城堡。戴安娜立刻对他着了迷。霍尔皮肤黝黑,长相英俊,头发乌黑茂密,即便身处王室要员周围,他也从未表现出拘谨不安,他神态自若,谈笑风生。在他身边的则是他年轻貌美的妻子。霍尔是一名伊斯兰艺术和古董专家、成功的艺术品商人,据称也是一位百万富翁。他当年39岁,妻子黛安·霍尔(Diane Hoare)比他小两岁,是法国男爵夫人路易斯·德·瓦尔德内尔(Baroness Louise de Waldner)的后裔。

戴安娜后来向我承认,她第一次与霍尔在温莎城堡中握手时感到忸怩不安,与他调情时会激动得满脸通红。她曾与黛安礼貌地交谈,谈及各自的家庭,然而这次谈话被威尔士王子以及伊丽莎白王太后突然打断了。

霍尔的生活有滋有味。他的工作使他结交各类奇人奇事,并与著名舞蹈家鲁道夫·纽瑞耶夫(Rudolf Nureyev)早在1970年就结为好友。这位俄罗斯舞蹈家还曾邀请霍尔去装饰他位于塞纳河上方的豪宅,他们一起度过了很多狂野的时刻。

戴安娜被霍尔迷住，不仅是由于霍尔与纽瑞耶夫的关系，更是出于她自己对芭蕾的疯狂热爱。初次相见，王妃就觉得他身上有着查尔斯王子所没有的一切。之后，霍尔家与威尔士王子家来往越来越密切。几周后，霍尔家便被邀请到肯辛顿宫做客。两家人很快成为密友。当查尔斯和戴安娜的婚姻出现破裂时，黛安和霍尔都希望帮助他们修复夫妻关系；而当威尔士夫妇最后决裂时，戴安娜向霍尔寻求帮助和安慰。

霍尔常与戴安娜独自待在肯辛顿宫。当然，戴安娜喜欢与霍尔接触还有一个原因，那就是他是戴安娜的情敌卡米拉的朋友，能告诉她关于卡米拉的一切。查尔斯与卡米拉也会在霍尔的伦敦家中与其共进晚餐，不过霍尔不会把这件事告诉戴安娜，因为按照戴安娜的性格，她会因此认为霍尔背叛了自己。

随着两人情谊逐渐深厚，霍尔发现自己处于进退两难的境地。他和王子夫妇关系良好（王子本人也对伊斯兰文化深感兴趣）。王子夫妇婚姻触礁，他并不想偏袒任何一方。王妃的态度更是令他为难。王妃会不断追问关于卡米拉的问题，她完全无法理解为何卡米拉能吸引王子。在绝望和悲伤中，王妃越来越难以离开霍尔。她每天都要与霍尔见面或电话交谈。她渐渐爱上霍尔，也能觉察到自己对霍尔的吸引力，只是无法确定霍尔是否也爱着自己。

戴安娜向我坦白，她非常爱霍尔。这可以解释她后来不少行为，以及不少令人难堪的事。戴安娜迷恋霍尔，分秒都不想离开他，他们常常在朋友的安全房屋进行秘密约会，而我则在远处放风。霍尔似乎不喜欢我在，他担心我会把他们的行踪报告给伦敦警察局，尽管我并没有那么做。无论是休伊特、吉尔贝还是霍尔，只要不会影响王妃的人身安全，我都不会干涉。

但后来发生了一件事，就像一场闹剧。

一天，我在肯辛顿宫执勤。王子不在家。霍尔正在肯辛顿宫与王妃私会——这并不新鲜。王妃坚持说他们之间是纯洁的。"肯，我们只是在一起谈心而已，"戴安娜强调，"他经验丰富，而且幽默风趣。"

我总忍不住居心不良地想"经验丰富"这个词的含义。

那天清晨3点30分左右，我被一阵火警警铃惊醒，随即听到一阵尖叫声，我立刻冲下一楼，准备闯入王妃房间。还没到王妃房间，我以一名警员的敏锐嗅觉发现了问题。在过道中摆放的植物旁，衣冠不整的霍尔先生正在抽雪茄。很显然，戴安娜不喜欢雪茄的味道，所以让他在过道抽，但却忘了雪茄烟味会引起火警警报。

我知道霍尔对我反感，但我并非针对他。当我叫他扔掉雪茄时，他面露不悦，接着，他赶紧收拾东西匆匆离去。

第二天早上，我尝试着以开玩笑的口吻谈起此事，戴安娜显然不想多说。当我暗示她昨夜是否玩扑克牌，甚至是脱衣扑克牌时，她瞬间面红耳赤，并回到了房间。毫无疑问，我问了不该问的问题。戴安娜只是被爱情冲昏了头脑。她自己也知道，却不愿意承认。我当时就意识到，他们关系破裂是迟早的事。

尤其是在与查尔斯王子离婚后，戴安娜几乎把霍尔当作了生活的绝对中心，同时也要求霍尔对自己一心一意。她时而幽默风趣，时而烦躁不安，常常无端指责别人背叛她。每当媒体捕捉到蛛丝马迹，暗示她与霍尔的关系时，她都会感到十分沮丧。我不得不提醒她，他们会面的次数极多，无论是光明正大的，还是偷偷摸摸的，这足以引起任何潜伏的记者和摄影师的警觉，同时也意味着这段关系最终会被揭露。

我从不认为霍尔适合戴安娜。我曾多次小心翼翼地提醒她要谨慎，甚至还略为庄重地提到霍尔是有妇之夫。戴安娜不想听这个，她讨厌别人提醒她霍尔有家室，甚至还曾不遗余力地与霍尔的妻子成为朋友。

霍尔不在身边时，戴安娜感到无比孤独，开始用电话骚扰霍尔位于切尔西的住宅。她曾向霍尔家中打了数百通电话，如果是霍尔的妻子黛安接听的，她就立刻挂断。

黛安是一位坚强而骄傲的女人，在多次被电话骚扰后，最终于1993年10月报警。警方经过调查，迅速将电话来源锁定为肯辛顿宫的一个私人号码。我先后被鲍勃·马什（Bob Marsh）和王室警卫总指挥官传唤，他们认为这些电话来自戴安娜手下某位满腹牢骚的员工，于是向我询问线索。起初我想质疑他们，是否真的相信肯辛顿宫中会有人敢如此胡作非为，但随后想起，他们并不知道戴安娜与霍尔的关系，便没有发问。后来我感觉自己有义务告诉他们戴安娜与霍尔的事，而不是让其他员工蒙受这种冤屈。在我坦白打电话骚扰霍尔家的人正是戴安娜本人后，警方非常震惊，而我也对自己的行为感到不安——有一种背叛了王妃的感觉。

《世界新闻报》最先报道了这个事件，而报道此事的记者加里·琼斯（Gary Jones）还因此摘走了年度记者奖项。不难想象，此事曝光后，戴安娜的形象一落千丈，之前崇拜她的公众都认为她骚扰已婚人士的行为不可理喻。戴安娜却把这归结为媒体对她的迫害，没有丝毫悔过之心。她不断地用谎言掩盖真相，虽然承认曾打电话到霍尔住宅，但坚称并未骚扰他们。

最终警察追踪到近400通骚扰电话全部来自戴安娜，这本可以轻易地起诉她，不过由于对方是王妃，起诉这种事绝对不会发生。黛安达到了目的，戴安娜只能退出霍尔的婚姻。从那以后，戴安娜与霍尔的关系逐渐冷却，直至完全破裂。

而就在那时，我结束了在戴安娜身边的安保工作。在戴安娜与霍尔的事件中，最困扰我的莫过于戴安娜对我的质疑，她认为包括我在内的所有警卫都妨碍了她的人身自由。她最终决定脱离警卫保护，也正是这个决定导致了她的死亡。

这些都是后话。

玫 瑰 自 有 芬 芳

part 06 / 大放异彩的新生

36

我将要展翅高飞

1992年11月初,戴安娜和查尔斯被迫一同前往韩国进行官方之旅。鉴于两人早已貌合神离,媒体将这次略带滑稽的旅行称为"忧郁之旅"。

出发前几天,戴安娜与查尔斯已多日毫无交集,她宣称若以"诚信"为名义,她绝不会接受此次韩国之行。女王和查尔斯王子都十分担心戴安娜临时爽约,强烈要求帕特里克"有所作为"。于是帕特里克给戴安娜写信,告知她如果临时爽约,在婚姻结束后(王室高层正式承认分居甚至是离婚都只是迟早的事),她要展开个人职业生涯将不会得到英国外交部的支持。我也被要求去和戴安娜"讲道理"。但我只是提醒她,她的父亲斯宾塞伯爵的教导,要她履行公务,并告诉她相信自己的直觉。最后,由女王亲自出面与戴安娜交涉。我无法得知这两位女人之间的谈话,但无疑女王的话对她起了作用。尽管最后戴安娜私底下称此次韩国之旅为"闹剧",但她还是同意了与查尔斯王子一道出访。

现在回忆起来,或许英国王室本应取消那次共同出访,而不是任由其发展成一场众目睽睽的闹剧。跟踪多时的媒体早已疯狂地竞相猎取消息,甚至不择手段。新闻编辑们像是猎犬嗅到血一般向猎物扑去。

戴安娜自始至终陷在莫顿出版的书籍所引起的情绪中,毫无心思参与这场作秀。"这是一场彻头彻尾的闹剧。"她反复跟我强调,我只能表示赞同。她一门心思地想要在最后一次共同出访中羞辱自己的丈夫,于是当查尔斯正彬彬有礼地与排着长队观看歌剧的人们打招呼时,她公开与一位英俊潇洒的军官调情。这种行为无疑表现出戴安娜已不再介意自己是否为王室成员,此行也让王子及随行的外交官都开始失去耐心。

报道此行的记者们早已不满于多年来王室官员对这段婚姻闪烁其词,不惜一切代价想要采访到真实的故事。外交部指派的王子私人秘书彼特·韦斯特马科特(Peter Westmacott)则成了首当其冲的受害者。当詹姆斯·惠特克不断追问王子和王妃的婚姻状况时,彼特·韦斯特马科特被迫承认"他们的婚姻存在问题"。可这不巧被天空卫视的西蒙·麦科伊听到,立刻报道了出去,成了该台头条新闻。麦科伊并未提及韦斯特马科特的姓名,而是称"某位高级官员首次承认王子和王妃婚姻触礁"。报社似乎还不满足,希望可以指出这位高级官员的姓名。于是,随后发行的《太阳报》直接点名韦斯特马科特,遭到猛烈抨击的韦斯特马科特回到外交部后便被指派到了华盛顿履行公职。

记者们依旧意犹未尽。下一位受害者是迪基。此人能力超群,在王子和王妃各奔东西之际依然能同时兼任王子和王妃的新闻秘书。这群不惜一切代价要获取内幕消息的新闻记者,直接向迪基发起了挑战,声称如果他无法说出威尔士王子和王妃共同出访的下一站,将会在报纸上登出他们的婚姻已经走到尽头的消息,韩国将是他们共同出访的最后一站。迪基向媒体争取了更多的时间,并承诺会给他们答复。毋庸置疑,他无法给予媒体答案——因为根本没有下一次共同出访的计划。于是记者们开始大写特写。在他们看来,这些消息必须要经过王室工作人员的直接或者间接证实,若非如此,当真相被揭露时,他们将会十分难堪。但他们将韩国之旅称为王子和王妃最后一次联合出访,毫无疑问是正确的。

结束访问,王妃和王子同时离开韩国,但独自登上了回国的飞机。一张她独自盯着飞机窗外的照片登上各大报刊。她已经筋疲力尽,对婚姻的终结也心知肚明。

王子在香港下飞机,进行个人的官方出访,这些都说明了一些问题。在香港,王子依然沉浸在被妻子羞辱、使他成为众人笑柄的痛苦中。接下来的几天,他对媒体恶声恶气。有一次,他对站在楼梯后,从扶手处看过来的理查德·凯埋怨道:"这就是你应该在的位置——铁窗之后!"还有一次,他经过记者和摄影师时,声色俱厉地挖苦他们。"祝你们所有的编辑圣诞快乐!"

回到英国，王妃下定决心捍卫自己的权利。她认为这次韩国灾难之旅的发生并非她的责任。"这样的访问根本就不该进行！"——她愤怒地告诉周围所有敢提起韩国之旅的人。

她极其渴望开展自己的事业，而且最好是以牺牲丈夫以及王室为代价。"肯，我希望在他们对我开战前先让自己强大起来。"

我钦佩她的勇气，但同时竭力劝她要保持客观和冷静。

"肯，这是个丰满羽翼的好机会。我将要展翅高飞，没有人可以阻挡我。"她坚称。

此番充满挑衅的话无疑是危险的。

"夫人，你一定要谨慎。跟王室做斗争是十分困难的，毕竟你已经与其密不可分。"我警告她。

但是她对我的建议置若罔闻。她一心憧憬获得自己的自由，也一心想让别人知道她是如何的委屈无助。

几天后，我们随即开始了对巴黎和里尔的正式单独访问。

王妃宣称："我要让王室家族看看我的本事，等着瞧吧。"对她而言，法国之行是新征程的开端。毫无疑问，她会大放异彩，让整个世界都拜倒在她的石榴裙下。她深知如何施展魅力，并享受其中。早在她到达巴黎之前，喜爱女英雄的法国人早已欢呼雀跃。《巴黎竞赛报》（*Paris Match*）提前刊登出由帕特里克·德马舍利耶（Patrick Demarchelier）（她最喜爱的摄影师之一）拍摄的戴安娜头版照片，并配以醒目的大标题：勇敢的王妃。

实际上并不需要法国媒体的渲染，王妃就像一头狮子，勇往直前、战无不胜。这是一场精彩的旅行。没有丈夫以及随从的束缚，戴安娜向媒体以及全世界展示了一个义无反顾的全新形象。对她而言，整个法国之行旨在证明一件事：即便没有获得丈夫及古板的王室家族的支持，她也可以独当一面。

三天的法国之行无疑获得了巨大的成功，这不仅是戴安娜个人的成功，也是她行使官方角色的成功。我们曾在夜晚趁人不注意时溜到巴黎街头放风。戴安娜欢呼雀跃，脸上洋溢着幸福和兴奋的笑容。当我们乘车经过香榭丽舍大街时，她高兴地说道："天哪，肯，这才是真正的生活！"

王妃于 1992 年 11 月 15 日返回伦敦。外交部和女王都对她的归来表示祝贺。经过此行，她确信自己完全有资本与王室家族抗争并取得胜利。虽然她的情绪依旧反复无常，但精神上毫无疑问受到了鼓舞，而且，她也不再因为各种麻烦事而感到压力倍增。她知道几天后，英国首相约翰·梅杰便会在下议院正式宣布威尔士王子和王妃分居。宣告前几小时，在王子与王妃的顾问就莫顿出版的书籍进行了旷日持久的谈判后，戴安娜向我坦诚，她依然对即将到来的一切心存疑虑，同时也表示如果王子心中有丝毫由于与"罗特韦尔犬"的婚外情而产生的愧疚的话，她将会把他从婚姻的边缘拉回。

鉴于当年秋天发生的一切，这听起来或许十分可笑，但我相信她的真诚。她向帕特里克就分居协议提出异议，并要求具体的行动（离婚）。当全世界对这场王室婚姻的下一场闹剧拭目以待时，帕特里克以及戴安娜的其他顾问正在想方设法与查尔斯王子的团队达成协议。

在这过程中发生的一件小事——王子的私人秘书理查德·爱劳德向帕特里克讨要王妃律师的名单。当然鉴于这场正式分居程序的冗长繁杂，这也仅仅是例行公事而已。然而对于王妃而言，这是个意外事件。当时她正准备和我乘车赶赴某个正式活动，她知道后恼羞成怒。

"肯，我根本不想与他那群律师交谈，我只想与他对话。他为什么不能和我说话？"她既失望又沮丧。"我曾是他的妻子，也是孩子们的母亲，而他居然连跟我面对面交谈都觉得多余。这是个什么样的人？"她尖叫道。

我尝试使她平静下来，但在我们到达目的地时她仍然非常愤怒。但她依然迎难而上。她知道自己的工作以及知道没有任何人、任何事——包括王位继承人——能阻挡她的步伐。正如她公然说的那样："我绝对不会让任何人说我让他们失望了。任何人！"

1992 年 12 月 9 日，当英国首相在议会上正式宣布他们分居时，戴安娜脸上出现了从未有过的平静。她将这一生命中以及国家历史中的悲伤时刻称为"命中注定"。

"肯，我认为是时候了！"说完，她便若无其事地开始处理下一次官方活动的文件。

37

我需要看到明媚的阳光

尼维斯岛位于东加勒比海背风群岛北部,毗邻圣基茨岛和蒙特色拉特岛,是这一群岛中最小的岛屿。岛上有一座3500英尺的死火山,山顶云层氤氲。岛名尼维斯来自西班牙语,意为"雪",因为克里斯多弗·哥伦布(Christopher Columbus)于1493年第一次从远处观察到它时,山顶一片白茫茫。正是整整500年以后,戴安娜和她的儿子们,在我的建议下前往该岛开启探索之旅,并爱上了它,在此拍摄了不少传世之照。联系当时的时间背景,就能理解此次度假对戴安娜的重要性。

1992年既是女王口中的"多灾之年",也是所有王室成员的"多灾之年"。12月9日,英国首相约翰·梅杰在下议院发言,郑重地宣布威尔士王子和王妃正式分居,同时声称王子、王妃尚无离婚的打算,因此戴安娜在宪法中的地位并不受影响,倘若查尔斯王子有朝一日成为国王,戴安娜王妃将会是王后。戴安娜身边的所有人都对此表示无法理解,查尔斯若成为国王,怎么可能让已经分居的妻子成为王后呢?这简直荒谬!

戴安娜与往常一样努力保持冷静,试图不受外界干扰。然而就在首相发言几天后,各种压力使她几近窒息。王子和王妃身边的工作人员也同时面临着阵营的选择,和我不同,这一选择事关他们的生计。王妃在这场动乱中越来越寝食难安,她向我坦言,自己变得越来越偏执,当有内部人员想转而支持王子时,她不可抑制地感觉到背叛。

"肯,我无法不把他们(查尔斯及他的团队)当成是敌人。我知道他们是怎么想我的——一个不断制造麻烦的疯女人。"我们在圣洛伦索共进午餐时她说道。

这种时刻，我在她身边工作时总有种如履薄冰的恐惧。12月初，她从肯辛顿宫致电我的办公室，敦促我帮她寻找一处加勒比海避难所，她不想再与丈夫及其家人在桑德林汉姆庄园共度圣诞。

"我想出去喘口气儿，这里一天也待不下去了，我需要看到明媚的阳光。"从电话那头的声音中可以听出她已濒临崩溃。她听说牙买加北部的度假胜可以远离尘嚣——"肯，绝不可以让任何人——我是说任何人——知道这个地方。你是唯一知道出行计划的人，不要告诉别人。"说完她便挂了电话。

那种如履薄冰的恐惧再次袭上我的心头。

12月16日，在没有告知王室和警察局上司的情况下，我以化名从盖特威克机场登上了前往牙买加的飞机。这正是我热爱警卫工作的部分原因——虽不是时时刻刻生死攸关，却比在托特纳姆步行巡逻要好得多。

十小时的飞行后，我到达了蒙特哥湾机场。一下飞机我便一路狂奔，然后雇了辆车，直奔北部的欧丘里欧海滩，提前考察该地是否有适合王妃居住的酒店。戴安娜茶余饭后最喜爱的消遣之一是浏览各种假日酒店的宣传册，这可以使她暂时逃避现实，像普通人一样享受度假。我到达了华美达海滩酒店，却发现这不是理想的度假场所。不仅安保不完善，附近的海滩甚至公开售卖软毒品。我的脑海里不禁浮现出小报的标题——戴安娜和贩毒者。深入了解后，更证实了我的第一印象。我不得不硬着头皮打电话给王妃，以尽可能温柔的口吻告诉她这个坏消息。

戴安娜急需放松身心，可她又担心媒体会知道自己的度假计划。"肯，总之我要离开。我受够了这种枯燥乏味的生活。你回家之前必须帮我找到一个合适的度假地。"

显然，这不是请求，而是命令。虽然很有难度，但我知道她确有此意。幸运的是，某位朋友告诉了我尼维斯岛这个地方。它听起来十分完美。唯一的问题是我该如何去那里考察——此次是秘密出行，不能透露我的名字和目的地。最终我伪装成英国商人联系了机场，也幸运地找到了两位澳大利亚本地的飞行员，他们愿意载我去尼维斯岛。我乘坐双引擎飞机，毫无头绪地飞往南方，寻找王妃心中的度假胜地。两位飞行员并未过多询问我的目的，只是单纯为收到酬金开心。

然而，接下来发生的一切，典型地反映了此次"戴安娜任务"一波三折。

糟糕的天气导致我们只能临时转飞到美国的波多黎各自治邦。当飞行员在加油的时候，一位轮廓分明、身着制服的美国海军军官穿过柏油路向我走来，略带质疑地要求我出示护照。

"先生，您现在位于美国领土范围内。请您出示相关文件，并说明此行的目的。"他低沉有力地说道。

我谎称自己是商务人员（此时我没有使用化名，护照上也没有显示我的职业），而且需要尽快前往尼维斯处理公务。我的话听起来相当可疑，不知道这位仪表堂堂的海军军官会做何感想。他对我此行的目的并不感兴趣，只是在意我以商务名义闯入美国领土，却未能提供任何签证及证明。

这时其中一位飞行员想要帮忙。"老兄，你为何不随口编一个故事？这并不是他的错，我们只是要在此停下加油。"这位飞行员用浓重的澳大利亚口音慢吞吞地说道。

这成了最后一根稻草。我被要求双手举起放在脑后，并被带进机场的安保办公室里审问。虽然最简单的方法是向他们坦白我的真实身份和目的，但这样会曝光戴安娜的假期计划，也会招来大批媒体，因此，我不得不继续这场假装商人的冒险。所幸，最终他们的态度有所缓和，认为即便我的话不可信，也没有必要将我关进监狱，只需缴纳罚款100美元（75英镑），然后立刻离开美国。但放我离开之前，那位海军军官仍坚持要我出示护照。他不断翻看着我的护照，仔细研究每一次出行记录——这些记录是我为执行王室任务在世界各地如超人般不断往返的证明。最后，他找到一页空白页，从抽屉中拿出一枚印章，像狄更斯笔下的那位心胸狭窄的书记员一样重重地敲打印章，在护照上印下"非法移民"四个字。

随后我登上了飞机，在飞机沿着跑道滑行时，思考如何向上级解释护照上的印章。数小时后，飞机降落在尼维斯的小型机场。外表看起来不修边幅的我也终于到达了避难所——蒙彼利埃种植园。

这是一位牙买加朋友推荐的地方。因为事先已经打过预订电话,来迎接我的是该植物园的主人——英国夫妻詹姆斯·米尔恩斯-加斯基尔(James Milnes-Gaskill)和西莉亚·米尔恩斯-加斯基尔(Celia Milnes-Gaskill)。他们递给我沁人心脾的加勒比海饮料,并把我带到小木屋中沐浴更衣。米尔恩斯-加斯基尔一家于1960年搬到尼维斯,在此改造了一个旧的糖料种植园,用了30年的时间开发了小而成功的酒店业务。酒店主房占地16英亩,周围是隐蔽的花园和石头梯田,其间错落地分布着16间小木屋。对于王妃和小王子们来说,这确实是个理想的休息场所。作为加勒比海避难所之一,这里不仅有戴安娜要求的一切,更保障了计划的秘密进行。想到这里,我的心情逐渐明朗起来。

到达尼维斯后,我只是告诉酒店主人我代表一位贵宾,而这位贵宾非常注重隐私,需要保证绝对安全。米尔恩斯-加斯基尔夫妇热情好客,做起事来认真谨慎,注重服务质量。他们十分了解贵宾所需的设施和服务,决定立刻开始着手准备,同时也为我提供了一切所需信息。当天夜晚,我坐在小屋中的阳台上,对自己完成了这项原本以为不可能完成的任务感到欣慰,然后打电话通知了王妃。我从她千里之外的声音中听到了喜悦和轻松,这使得我的紧迫感也瞬间消失了。

回英国之前,我与西印度警察局的同事商讨行程安排,最终决定由我来担任先头部队,以确保王妃的安全。12月21日,我回到英国向戴安娜提供了一份酒店的宣传册和假期备忘录,这让她兴奋不已。

"肯,你太棒了。"她激动地说道,"你推荐的地方一定非常完美。"她的喜悦可以归功于我们当时的关系。此前她伤心时经常说:"没有人能理解我。"但她深知其实有个人在全力支持她。

接着,我需要撰写一份报告递交给上级官员,并向伦敦警察局核定安保级别和费用。我在报告中提出需要四位保镖:特雷福·塞特尔斯(Trevor Settles)、戴夫·夏普、格雷厄姆·克雷克(Graham Craker),还有我自己。我担任总指挥,负责全天候的保卫工作,并作为先头部队提前到达,戴夫则负责协助我,特雷福和格雷厄姆分别负责威廉王子和哈里王子的安全。此外,我安排警员托尼·奈茨(Tony Knights)专门在夜间巡逻。(1989年在内克岛度假的时候,曾有两位当地警察深夜两点在岗位上睡过去，他们解释说，这是因为白天黑夜都需要工作，以赚取微薄的薪水）。在报告的最后一部分，我指出，由于分居声明的发布，媒体对戴安娜的兴趣空前浓厚，即便我们对媒体的态度是"按需知密"，也无法排除媒体根据蛛丝马迹找到我们的可能性。因此，像往常一样，虽然没有私人或媒体助理跟随，但为确保旅行顺利、安全，在必要时我要得到一切帮助。

我的建议得到了警察厅正式批准，经费也随之到位。12月28日，我携带着内政部电台（我的格洛克自动手枪将随着大部队运抵）再次前往尼维斯。两天后，王妃与两个儿子、老朋友凯瑟琳·索姆斯以及其余警员从英国出发。想要在媒体毫无察觉的情况下到达尼维斯并非易事，因为所有的主流媒体都会雇用告密者在机场候着，一旦有名人出行就立刻通报。我只能让所有人以化名出行，并且决定好好利用英国航空的特殊服务。

戴安娜等人于中午到达安提瓜岛。我从加勒比航空公司包下一架飞机在该岛等候。秘密转机后，仅25分钟就到达了尼维斯岛。

出发前，戴夫告诉我一切正常，同时也附言：媒体正在赶来的路上。这预示着戴安娜与媒体之战即将展开。其实在王妃消失的同时，大部分报道王室新闻的记者和摄影师的特遣队也离开了英国，他们专注于报道约克公爵夫人萨拉及其两个女儿比阿特丽斯（Beatrice）公主和尤金妮（Eugenie）公主在瑞士克罗斯特斯滑雪场度假的新闻。数小时后，媒体发现了戴安娜出行的秘密，于是当天深夜便离开了萨拉，带着滑雪装置纷纷启程前往加勒比海。

媒体到来之前，戴安娜在尼维斯岛开启了度假模式。在密友凯瑟琳·索姆斯的陪伴下，戴安娜身穿橘红色比基尼，沐浴在和煦的阳光中，时而翻看着杰姬·科林斯（Jackie Collins）的小说，时而与儿子们戏水，沉浸在重获单身的自由中。她知道自己很快会被媒体发现，若被拍照，她希望留给媒体的是美丽的倩影，其中金棕褐色的皮肤便是首要条件。毕竟，这是她通过媒体的头条向尚在分居中的丈夫示威的良机——"离开你，我也能过得很好。"

戴安娜度假的日常安排，与大多数带着孩子和朋友度假的单身女性无异。她不会太早起床，通常在9点30分左右会系着腰部围裙出现在阳台上享用私人早餐。早餐也并不丰盛，一般是水果和果汁，偶尔加一杯清茶。她会让酒店提前准备野餐的食物，自己收拾东西和儿子们一起登上小卡车，前往不远处的岛上一处人迹罕至的海滩。戴安娜是游泳高手，总是第一个跳入水中。我和警卫队会伴在她的左右，以防游泳时出现意外，不过一直都安然无恙。其他警卫也会在两位小王子入海游泳时陪伴其左右。到了夜晚，戴安娜会按照蒙彼利埃的菜单享用一顿该地区最好的便餐，这时我们会互相分享笑话和一天的经历。运动一天后，筋疲力尽的两位王子会在晚餐后休息，而戴安娜、凯瑟琳和我则继续闲聊。

岛上的第一天是风平浪静的，但我们都知道，媒体很快就会追赶至此。但至少在那之前，戴安娜能得到彻底的放松。在戴安娜正在舒适安逸地享受日光浴的时候，威廉和哈里王子则到处寻找乐子。他们热衷于与母亲一起海上冲浪，但戴安娜很快就会回到指定地点继续晒她的皮肤。

精力充沛的小王子决定捕捉岛上的特有生物，如大蟾蜍。哈里首先开始煽动大家，他宣称已经发现了这些生活在丛林下方的、长达九英寸的动物，并恳求我帮他捕捉。他甚至和威廉制订了详细的捕捉计划。我劝他们适可而止，但哈里非常执着，我不得不让步，不过要求最后要把它们放回林中。两位小王子异常兴奋，并劝服母亲让米尔恩斯-加斯基尔的孩子们也加入了捕捉队伍。不料，可怜的大蟾蜍极难捕获，在多次失败后，我们终于成功捕获了12只。威廉和哈里还尝试教唆母亲也加入其中，可戴安娜只在一旁看着他们，并时不时发出尖叫。

"抓住它们以后，你们要干什么呢？"戴安娜害怕地问道。

"妈妈，很快你就会知道了。"哈里答道。

接着，他们在蒙彼利埃背部的绿色草丛中集合了所有人。王子们的计划很快便揭露了——实际上这是威廉和哈里的一次赚钱机会。他们为自己挑选了看起来最具运动天赋的蟾蜍，然后邀请我们所有人挑选一只蟾蜍参加"尼维斯蟾蜍赛跑"。他们设计了一条15英尺的赛道，让我们下注。几秒钟后，这十几只困惑的小生物被下注者固定在起跑线上，随着一声"预备，起"的叫声，它们纷纷挣脱出去，在尖叫和欢呼中向终点跳去。

我并不确定是否有蟾蜍可以跳完全程，估计大多是再次跳入泥土中，再也不想见到这群以此为乐的王室成员。

38

假期、媒体与自信

完美的假期离不开细致入微的酒店员工、色味俱佳的美食，以及往返酒店的豪华大巴。尼维斯是个典型的热带岛屿。我们每天坐着加斯基尔的丰田卡车上去海滩，带上戴安娜挑选的零食和饮料，还有王子们的冲浪板。在去往白色的印度城堡海滩或者宾尼斯海滩的路上，我们会经过破旧的小村庄，并会向开始一天忙碌生活的当地人招手示意。然而，这份宁静很快就会被打破。

时至今日，我依然对狗仔队闻风而动、不顾一切倾巢而出、在最短时间内赶赴机场搭乘最快的航班，只为追寻王妃身影的行为感到不寒而栗。或许他们平时是可爱可亲的小伙伴，但一旦发现觊觎已久的猎物，便会如饿虎扑食一般不择手段。詹姆斯·惠特克、亚瑟·爱德华兹以及肯特·加文便是其中的佼佼者，但最危险的，其实是那些平时沉默不语的人。这些狗仔队们充分发挥了团队合作精神（即便供职于不同的新闻机构），倘若某人破坏了团队规则，便会受到严厉的惩罚。例如，在克洛斯特斯时，亚瑟得到了某个消息，但没有顾及整个团队，而是采取了独自行动，因此当尼维斯消息传出时，他没有收到任何风声。其他狗仔队在深夜都立刻返回伦敦，随即前往加勒比海，只有亚瑟被刻意忽略掉了。第二天早上，当他早起并习惯性地致电《太阳报》伦敦总部时，才知道另一队队员已于几小时前出发追寻戴安娜，而伤心懊恼的他只能继续留在瑞士拍摄约克公爵夫人和公主的滑雪照。

现在，这群可怕的狗仔队一窝蜂涌到了尼维斯。当时大约有80位记者和摄影师聚集在尼维斯海滩，疯狂地拍照和记笔记。害怕归害怕，我必须对媒体做出妥当的安排：惠特克以及加文成了我的得力助手，他们帮忙拍摄了令戴安娜满意的度假照片。

此行并没有随行的媒体秘书和私人助理，只能由我周旋于戴安娜和媒体之间。王妃知道一旦迎合媒体需求，便会遭到白金汉宫权贵们的批评，所以她一开始拒绝媒体的拍照要求。我建议她可以与媒体进行协商。随后她提出要求再缓几天，多晒几天日光浴——棕褐色皮肤配上比基尼拍照会更加完美。

媒体一到，形势便陷入僵局。我声称他们的到来是对戴安娜及小王子隐私的公然侵犯。几小时后，我与惠特克及《每日快报》的一名摄影师迈克尔·东利（Michael Dunlea）进行了一场艰难的谈判。虽然惠特克一直都口无遮拦，但给我带来最大麻烦的是迈克尔这位有着爱尔兰人典型的不屈不挠性格的摄影记者。他们无意中经过戴安娜和两位小王子游泳的公共海滩，我发现后请他们立刻后退。正当我把他们带离现场时，惠特克开始跟我大谈媒体自由和公共利益，而迈克尔则趁我不注意，从我的肩后偷拍了几张照片。如果我不当机立断的话，这次小冲突便会演化为一次大规模交战。此时媒体占了上风。我们警力有限，也没有同时控制上百名记者的可行方案。正如在内克岛发生的事情一样，我知道如果不能掌控全局，戴安娜就会被暴露在媒体中，从而毁掉假期。

戴安娜虽然理解我面临的困境，但也丝毫不打算与媒体妥协。"肯，没有任何人可以阻止我和儿子们游泳，也没有任何人能毁掉我的假期。"她说道。

我答应她将竭尽所能。随后在岛上的四季酒店，我和肯特·加文见了面。我提出一项协议，并问他是否能保证岛上所有记者都遵守。我们都明白，如果不能达成协议，戴安娜和小王子将会重返压抑的王宫。加文同意了，并承诺只要在第二天让他们拍摄戴安娜母子的冲浪照，就可以确保媒体大军远离。

这是个至关重要的时刻。我绝不是在宣称自己是一位公关专家，但我从戴安娜与世界上最难缠的记者打交道的经历中受益匪浅。我知道这些对戴安娜感兴趣的记者和摄影师想要什么，也知道如何能让戴安娜以最佳面貌出现在媒体面前，同时保全她的假期。当戴安娜坚持捍卫自己的隐私时，以我对她的了解，便能知道她的话外音是："只要能给我自由，那就让他们拍吧。"

王妃认为自己的名声远扬在于她善于给媒体"甜头"。如果她没有时不时曝光在英国媒体面前，那她的明星光环将消失。成为公众人物既需要努力也需要奉献精神，而她毫不畏惧，并时刻保持璀璨，从而成为普通人茶余饭后所敬仰的对象。她常向我坦言，自己对粉丝负有责任，对他们而言，自己不仅是王妃，更是偶像，她绝不会让他们失望。

"肯，他们都热切盼望与我见面。他们不会希望看到我懒散邋遢的样子，而是希望我在擅长之处如鱼得水。"戴安娜总是这样说。

这些年，我一直是她坚定的支持者。戴安娜从未让支持她的公众失望。虽然保持星光熠熠的公众形象需要付出巨大的努力，但她从未逃避对支持者的责任。她的性格中没有退缩，斯宾塞家族的特征中也没有退缩。哪怕是要付出在阳光灿烂的沙滩下面对一群媒体记者作秀的代价，于她而言还是值得的。

王妃接受了劝告，并决心占据主动地位。连续几天的日光浴让她在拍照的那天早上看起来光彩照人。其中一张精彩的照片拍的是戴安娜潜水浮出水面，古铜色肌肤与橘红色比基尼形成鲜明对比，这足够形成轰动效应。此后每一天，戴安娜都会出现在沙滩上进行20分钟的拍照，记者们拍照结束后便会消失，她便能享受一天剩下的安宁时光。事实上，很多记者还未等20分钟结束，便匆匆向所在杂志社或报刊发回照片，争取让照片抢先出现在公众眼前。"没有比这更好的安排了。"加文在结束一天成果丰硕的拍摄后向我直言。

在英国，各大报刊纷纷刊登出在尼维斯收获的关于戴安娜的一切图片和新闻。《太阳报》的传奇编辑凯尔文·麦肯锡还因此上书领导，点名表扬我，并质疑白金汉宫是否仍有需要为戴安娜派遣新闻官员。我十分感激麦肯锡，可这并不是我想要的，此番言论招致的惩罚也迟早会到来。伦敦警察厅的上司对我的表现并不满意。他们质疑我为何要对媒体进行管理和引导，反复提醒我的责任只是保护王妃，并非提升我的个人知名度。毫无疑问，警察厅受迫于白金汉宫的压力，白金汉宫只想看到低调的王妃。因此当王妃的形象引起如此大的轰动时，我不可避免地会成为众矢之的。

这种谴责的话语彻底将我激怒——毕竟，让媒体满意而归，也能让我的安保工作更加顺利地开展。我的同事建议我保持冷静。当记者和摄影师受到攻击时（他们是戴安娜之死的罪魁祸首），我只能再次强调，在尼维斯，每位记者都

戴安娜在公众面前始终星光熠熠，而她为此需要付出巨大的努力。媒体既是她展示自我的舞台，也是使她成为困兽的围城。

恪守了我们之间的协议，因为他们深知该协议足够公平，他们所拍摄的照片也是完美的。当时，没有任何人躲在灌木丛中，没有人悄悄跟踪她和两位儿子，没有人潜伏，也没有人强行闯入蒙彼利埃。除了王室家族中几位思想保守、时刻想掐掉戴安娜风头的成员和伦敦警察局的几位高级官员外，其他人都非常满意这样的安排。这些不满意者谴责我们与媒体达成的协议，却未能给出任何在当时情形下有效的建议。可以说，他们留下我独自处理这个棘手的问题，事后却谴责那并非我的职责所在。我的朋友科林所预测的一切如今都成了现实。但即便如此，这份协议依然有效，并且我知道只要戴安娜支持我，协议便会一直持续下去。但正因为我足够了解她，所以能够清楚地认识到，我们分道扬镳是迟早的事。她与霍尔的亲密关系，以及她与查尔斯分居以后的生活计划，都意味着她不再需要一个人在身旁时刻敦促她事事都要小心谨慎。我暗下决心，一旦时机成熟，便会主动离开。

一周的日光浴结束后，戴安娜神清气爽地回到了英国。1993年是她生命中至关重要的一年，也是我们最终分开的时间。但到那时为止，我们的关系依然融洽如初。

当她走出机舱，面对冬日清晨灰暗的天空时，她回头朝我笑了笑，说道："肯，非常感谢你，我需要那样的假期。你拯救了我，这是我人生中最棒的一次度假。"

"夫人，这真是我莫大的荣幸。"我回答道，内心充满自豪。

对戴安娜而言，随即到来的便是危险时刻。王宫中的重要人物散布各种尖酸刻薄的言论，谴责王妃在尼维斯刻意炫耀身材以取悦媒体。我也受到了攻击。当我回到办公室时，便接到上级命令，要求我写一份详细报告，汇报在尼维斯发生的一切，尤其是我如何越权当上了王妃的新闻助理。我遵守了命令，虽然对报告上交后发生的一切再也一无所知。

几天以后，我收到来自《每日镜报》的加文寄来的包裹，里面是他在尼维斯为戴安娜拍摄的所有照片。还有一张便条，上面写着："非常感谢您在尼维斯的帮助。在如此艰难的情况下您的表现非常专业。"或许在尼维斯时，我的确有越俎代庖之嫌，但至少除了戴安娜以外，还有别人看到我的努力，欣赏我的工作。

39

胜利与重生

戴安娜相信自己 1993 年会大放异彩。刚从加勒比海度假归来,她就抹掉了丈夫在肯辛顿宫居住过的痕迹,不再为失败的婚姻郁郁寡欢。反倒是王子,看到戴安娜回国后受到媒体疯狂的拥护,显得情绪低落。此时似乎已经无人能阻挡戴安娜的势头。

"肯,现在这一切都是最好的安排。"在汽车驶过肯辛顿宫警障的时候,她对我说道。

她正在浏览帕特里克送来的喜马拉雅王国尼泊尔的官方行程。她情绪高涨,时不时轻声朗读,似乎提示自己这一切都不是梦。

"我们还需要等待海外发展部部长乔克男爵夫人(Baroness Chalker)的计划安排,(尤其是在前两天)我们将会共同出席一些活动。"

她稍做停顿,似乎在留意我有没有听她说话。"肯,看见了吗?我要独自出访了。政府也支持我。"她兴奋地说道。

她满心期待着我的回应,可我当时心不在焉。尼维斯之行中,我的处理方式遭到了某些高级官员的批评,这件事造成的负面后果一直在我脑海中挥之不去。我深知王妃与王宫的关系越是支离破碎,我的工作便会越困难。而戴安娜丝毫没有留意到我的情绪,仍在兴奋地讲述着她的安排,此时已经没有什么可以让她消沉。她似乎认为我如此安静是因为替她担心。

"你完全不需要担心我。我知道自己在做什么。你看——我准备从今天开始写计划。"她笑着说。

我不知道她是在告诉我，还是在安慰自己。"夫人，我对你十分有信心。"我敷衍道，"我相信你只要对自己足够自信，一定能心想事成。"这种话我之前已经反复安慰过她，而这依然是她内心想获得的认可。

"肯，我向你保证，接下来的几个月将十分有趣。"她补充道，继续浏览帕特里克为她精心准备的出访笔记。几分钟后，她突然大笑起来。"没想到我们住在英国大使馆，而可怜的帕特里克和其他人将要下榻在一个名叫雅克和野蒂的地方，听起来就怪怪的。"

无论如何，戴安娜相信自己能独立完成威尔士王妃的官方工作，丝毫不会受到失败婚姻的影响。但她似乎未曾想到，随着她与王室继承人的婚姻破灭，"威尔士王妃"这一正式地位将会改变。虽然她的想法十分幼稚，但正是这份单纯使得戴安娜如此受欢迎，如此成功。她真心诚意地相信自己既可以留在这个王室体系里，又能摆脱这个体系的束缚，她认为自己所拥有的大众基础将会是她的救星。

在一个愤世嫉俗的世界里，这种毫无心机的乐观主义是令人向往的，何况今年的开端就极好。有一位赫赫有名的王室记录者叫安东尼·霍尔登（Anthony Holden），他身兼作家与记者，他也同意这个观点。在1993年1月出版的《名利场》中，他撰写了标题为"戴安娜王宫妙计"的文章，分析了王妃是如何"以牺牲批评者和丈夫为代价"成功捍卫了自己单飞后的未来。文章写道："自去年12月9日宣布离婚以来，威尔士王妃戴安娜获得了重生。她的脚步更加轻盈，脸上的笑容更加灿烂，而那双蓝色的眼睛又焕发了新的神采……"关于离婚他写道："这场伪装终于结束了。这对戴安娜而言是一场十足的胜利，但对查尔斯王子而言是一场巨大的溃败……"王妃读到此文非常兴奋，并且在接下来的几天内随身携带该杂志以便随时翻阅。霍尔登直指要害，指出戴安娜决心要让分居的丈夫见识到她的能力和魅力。

此时，另一件意外事件的发生进一步稳固了戴安娜在公众心中的地位，那就是"卡米拉之门"。1月末，小报登出查尔斯和卡米拉于1989年12月18日非法电话录音的节选，电话内容既亲密又令人作呕。王子在电话里称想做住进卡米拉体内的卫生棉。这种肮脏龌龊的话传出后，无论是在法律上，还是人们的同情心上，戴安娜王妃再次占了上风。

这次事件的后果非常严重，不少效忠于未来国王及国家的王室人员都质疑查尔斯王子今后是否适合登基。采访电话更是令白金汉宫应接不暇。而无论是女王的媒体秘书查尔斯·安森（Charles Anson）还是私人秘书罗伯特·费洛斯先生，在这种处于劣势下，只能不厌其烦地回答"不予置评"。王子的阵营溃不成军，查尔斯本人也十分羞愧。他的密友都称从未见过他如此消沉，他的团队成员更是坦言："王子陷入了人生低谷。"漫画家公开挖苦他，将他画成对着植物说脏话的人，戴安娜一看到这幅画便被逗得咯咯发笑。更重要的是，由于这通电话的曝光，戴安娜的律师们有了足够证据反控王子的通奸行为。毕竟在莫顿的书出版以后，英国王室否认了书中一切关于王子出轨的说法，而这次的录音对话将查尔斯与卡米拉的私情公之于众，证明他们至少从1989年底开始便已是情人。实际上，知情人都知道他们的私情开始于20世纪80年代初。

关于"卡米拉之门"有多种不同的观点。有评论认为，这是陷害王子的政府阴谋。我一直对这种阴谋论心存质疑。"温香软玉门"发生的时候，模拟电话技术使得业余爱好者有机会窃听到电话并进行录音。我经常提醒王妃在电话里使用代号或绰号，并且不要在电话里透露过于详细的信息。现在看来不仅戴安娜没有学会，查尔斯也没有学会。

在这件事中，戴安娜扮演了被害者的角色，但她非常享受这种感觉。"肯，游戏要开始了。"她说。

当我们走进她在肯辛顿宫的起居室时，她顺手抓起一份印有"卡米拉之门"录音副本的《每日镜报》，随后告诉我她被某些对话吓到了，尤其是王子的"卫生棉言论"。"肯，这实在是太恶心了。"她不断地说。

无论如何，"卡米拉之门"确实冒犯了戴安娜，她准备用行动对丈夫展开报复。1993年2月，当王子与数家媒体一起出访墨西哥农场时，戴安娜正作为外交大使准备她的下一段行程。她知道此时与王子相比，她在公关大战中占了上风，并打算将这一优势继续保持下去。

40

光彩照人的外交大使

首相约翰·梅杰证实,海外发展部部长乔克男爵夫人也将加入戴安娜的尼泊尔之行,这无疑博得了更大的关注。这是在告诉整个世界,官方支持她的独立行程。戴安娜非常开心。现在的她被赋予了新的外交使命,成了政府的外交大使。无论她的批评者如何诋毁她,她的地位已无人能取代。

媒体对此表示热烈欢迎,指出这五天的行程不同于戴安娜以往的会面方式。英国女王亲自将此次行程升级为与尼泊尔政府进行的首次实质讨论和交流。即便有了女王的支持,戴安娜也希望行程足够稳妥,以便继续赢得女王的信任。媒体则更为大胆地猜测,即便戴安娜与查尔斯已经分居,女王也决心让戴安娜继续享有未来英国君主之母的特权和地位。

戴安娜相信了这一切,却忽视了其中的陷阱。在王室中,保守党贵族领主阿利斯泰尔·麦卡尔平(Alistair McAlpine)在《周日快报》(Sunday Express)专栏中,将王室此番授权戴安娜之行为称为"极端愚蠢"的行为。他怒称:"这是极端愚蠢的,这么做对王妃、男爵夫人以及难民都没有任何好处。王妃已经和王子分居,不需要再承担公共责任,这浪费了纳税人一大笔钱。"

这位老卫兵的观点立刻得到了不少人的响应,包括查尔斯的盟友们,它同样也引起了戴安娜的关注。当我们驱车前往盖特威克机场时,她陷入了无尽的沉思,其实她外表强硬勇敢,内心却非常脆弱。在这么重要的时刻,她很担心自己会出错。在长达九个小时的飞行中,她不断地一遍又一遍阅读着访问笔记,只在我的建议下小睡了片刻。到达德里后,需要在高级专员官邸休息一夜,第二天继续前往尼泊尔。在正常的寒暄以及一顿简单的晚餐后，王妃终于在卧室安静地睡下了。第二天一早，我们便飞往尼泊尔首都的加德满都机场。整个过程非常令人惊恐：飞机需要穿过一大片云层覆盖的大山。

英国媒体早早地就守候在机场，寻找戴安娜的蛛丝马迹。在机场，戴安娜受到迪彭德拉（Dipendra）王储的接见，并接受了孩子们送上的花环。而媒体关注的却是当戴安娜出现时，现场未奏起英国国歌。这个明显的"过失"直接登上了头条。但当同样的事情发生在埃及、巴基斯坦和匈牙利时，媒体却并不为此大做文章。任何一位称职的王室报道者都十分清楚，迎接的礼仪形式是由英国和尼泊尔双方在几个月前就制定好的，可是却没有任何一家媒体愿意把真相告诉公众，而是小题大做地编造故事。他们只想引起公众的关注，却不愿应戴安娜本人的要求，保持低调。这样做的后果是惹怒了尼泊尔的官方团队，其中最让他们生气的是《每日电讯报》（*Daily Telegraph*）中说尼泊尔铺了一条"破旧的红地毯"来迎接戴安娜。一位官员向我抱怨："警长，这可是我们最好的红色地毯，是全新的。"我告诉这位官员无须过多理会这些所谓的评论，并且向他保证，戴安娜认为这是她走过的最好的红地毯之一。

迪彭德拉王储与戴安娜王妃在前往大使馆官邸的途中进行了交谈，随后戴安娜回到使馆官邸的房间中休息片刻。不一会儿，她叫我来到她的房间。

"肯，我知道你希望我安全，可有必要把我置于铁窗之后吗？"她问道，指着外面的铁窗户。她在与我开玩笑。然后她深呼吸了一下。"这次尼泊尔之行只许成功，不许失败。你觉得送一个雕刻的小酒瓶作为礼物是否合适呢？他看起来很喜欢喝酒。"戴安娜推测道。

而在 8 年后，这位王储在酗酒后，因为父母不同意他和女友的婚事，一怒之下在王宫中大开杀戒，持枪杀害了父母和其他几名亲戚后开枪自尽，造成了震惊世界的尼泊尔王室灭门惨案。幸运的是，他在戴安娜之行当中并未表现出任何杀人倾向，否则恐怕我会拔枪，而射杀王储的行为将很难解释清楚。

在行程早期，王妃兴高采烈地对我说："肯，我希望我们把小玩具带了出来，这样我们不会出错了。"

我不得不告诉她，这件小玩意儿被落在了肯辛顿宫的抽屉里，这让戴安娜惊慌失措。"真不妙，"她说，"我们必须把它带过来。"

我们谈论的是一个上发条的玩具，它经常将大家逗乐。这是我与戴安娜在巴黎偷溜出去的那晚，买来当作恶作剧的振动小玩意儿，如今成了她的吉祥物。此前，我让戴安娜的姐姐莎拉把吉祥物藏在她的手提包里，戴安娜很晚才发现它，也觉得这个玩笑非常有趣。从此以后，这个小玩具便成了她每次出行的秘密吉祥物，一旦秘书没带便会伤心失落。

于是，我们便致电伦敦，告知秘书尼基·科克尔（Nicky Cockell）将该玩具用外交邮包寄到尼泊尔英国大使馆。几天以后，该玩具被装在一个密封袋里，在大使为戴安娜举行媒体招待会前，由一位廓尔喀族助手用银质托盘上交至尼泊尔国王手中。此时，戴安娜正准备步入花园，会见一直跟踪她的媒体记者。士兵接到国王的命令，要求将包裹马上送至戴安娜的侍从，也就是皇家海军陆战队队长艾德·幕斯托（Ed Musto）手中。

幕斯托这位彬彬有礼的军官此时并不知情，当着在场所有人的面打开了包裹，拿出了玩具（还好并不是在媒体面前打开的）。现场突然鸦雀无声，大使馆高级官员投来诧异的目光，直至戴安娜打破了沉默。"那一定是寄给我的。"并笑了起来。幕斯托小心翼翼地把玩具装回口袋，不再多言。吉祥物寄到以后，我们对此行又有了更大的信心。

第二天，戴安娜启程前往尼泊尔乡村。尼泊尔的乡村背靠喜马拉雅山，陡坡环绕，山路崎岖不平，而这个国家大部分的居民便居住在这里。尼泊尔是世界上最穷困的国家之一，而戴安娜此行的目的非常简单——通过向英国公众展示大部分尼泊尔人所面临的困境，呼吁人们捐钱来帮助这个国家缓解饥荒。经过比兰德拉（Birendra）国王的切努克直升机上颇为刺激的飞行后，我们到达了一片巨大的明火上方，周围是一大片破旧的小棚屋——这便是马甲互哇村庄。我们到达的这片区域既是有名的山区，也是凶狠的廓尔喀雇佣兵招聘地区。这支雇佣兵大多来自山地民族，英勇善战，两百多年来为英国军队提供了众多军团，至死不渝地效忠英国君主。戴安娜出访尼泊尔时，恰逢英国政府承诺削减2500名为英国服务的廓尔喀雇佣兵（也有部分廓尔喀雇佣兵为印度政府服务）。在这里，戴安娜遇到了一位当地英雄，也是老廓尔喀雇佣兵。他1935年便入伍，现如今已年过九旬。他身穿破旧的西装，胸前佩戴着依旧锃亮的纪念章。当戴安娜从他身边经过时，他立正，并给她深深鞠躬。这或许是此行特别让人心酸的一个瞬间。想到这份忠心在王宫里并未获得相应的回报时，我倍感心酸。戴安娜一路上也迎难而上，一直仔细倾听建议，以防止任何可能出现的差错。

　　同时，在英国报纸上，媒体与尼泊尔政府的冲突成为戴安娜此行的主题，并且在《太阳报》摄影师亚瑟·爱德华兹被指控对尼泊尔首相散布种族主义言论时，愈演愈烈。亚瑟一向善于对戴安娜阿谀奉承，却没想到因此在尼泊尔皇宫国宴上引发了一场外交冲突。当时，戴安娜走过媒体时，亚瑟朝她微笑并热情地说道："夫人，你今天看起来光彩照人。"这时我的同事彼得·布朗（Peter Brown）警长正在执勤，他冲亚瑟傻笑，亚瑟对他说道："布朗，你看起来也不赖。"不幸的是，正在那时，尼泊尔首相经过，听到了这句话，以为是对他的种族的歧视言论。步入宴会厅后，他指示高级助理向英国大使馆投诉亚瑟的行为，无辜的亚瑟只能被迫道歉。而唯一值得安慰的是，《太阳报》编辑凯尔文·麦肯锡认为这个小插曲具有轰动效应，刊登在了第二天的头版头条上。

41

大获全胜的王妃

戴安娜一步一个脚印，与乔克夫人也一直保持着良好的工作关系。戴安娜作为英国红十字会特使，开始以正当理由登上报刊头条。可一些小报依然只对她的边角新闻感兴趣。她前往喜马拉雅山麓处的乐乐纪念公园参观。那里一片荒凉贫瘠，只能经由一条崎岖破旧的山路前往。这对戴安娜而言是一项极为棘手的任务，她需要前往巴基斯坦国际航空268号班机空难纪念地向亡者表示哀悼。这次空难发生在一年前，飞机由于在加德满都机场降落时撞上山腰而坠毁，机上167人全部遇难，其中34名为英国人。在戴安娜去往该地前一天，我前往考察，发现死难者骸骨被暴露在半圆形石头纪念碑前方，等待重新安葬。该纪念碑位于高原上方，俯瞰空难地点。我告诉活动组织方需要在戴安娜到来之前把这些骸骨安葬好。对方表示理解我的指令。后来我却被告知对方无视了我的要求。晚饭时，我向比兰德拉国王的警长卡德拉·高隆（Khadga Gurung）将军提及此事，他再次向我确认一切都会在戴安娜到来之前解决。听到他这番话后，我便放下了顾虑。

翌日，戴安娜完美地完成了所有出访任务。她行事果断，是代表女王形象的完美外交大使。遗憾的是，由于当日摄影师拍摄到的是她背光时的照片，她的腿部曲线在丝质裙子的映衬下若隐若现。即便戴安娜在活动现场表现得庄严肃穆，某些报纸依然把那张照片，与她在订婚宴前，在英国幼儿园当教师的图片相对比，两张照片中的腿部轮廓都清晰可见。媒体于是配题："未曾忘却的双腿"。报刊的言论让戴安娜极为难堪，认为媒体竭尽全力对她冷嘲热讽。我尽力宽慰她，告诉她她的腿部非常优美，她听后现出了笑容。

当日晚些时候，戴安娜参观了阿南达半麻风病医院。这个只能放下120张病床的小型医院挤满了患者，这些患者手和脚都布满了斑块状的癣。在这里，戴安娜再次展现了人性的崇高和温暖。她不在意媒体是否在场，尽可能地在每个病房里待同样长的时间，离开时她也深受触动，下定决心要帮助他们。

此次行程最令人难忘的，是我们乘坐直升机飞越喜马拉雅山脉，参观为尼泊尔东部山区村庄提供水资源的项目。王妃在一间破旧不堪的棚屋中仔细观察，并与居住者亲密接触。看到触目惊心的景象后，戴安娜极度震惊，她放下了所有的个人问题，用一句简洁的话语概括了尼泊尔之行的价值，她说："我再也不会抱怨了。"这对媒体而言是一句绝好的新闻话语，我相信这确实是她心中真实的想法。当然，我也知道她永远无法做到这一点。

从尼泊尔回来后，戴安娜决心扩大行程范围，随即与首相约翰·梅杰进行了私人会面。有别于他沉闷的公众形象，梅杰首相是个充满魅力的人。戴安娜非常信任他。一开始会面时，她非常紧张，但放松后她便敞开了心扉。梅杰从外交部得到反馈，知道戴安娜的海外行程关注度很高，是能够加以利用的宣传工具。戴安娜也很兴奋——因为她的行为得到了首相的肯定，她不再只是威尔士王子的妻子。此时王宫里的其他人却以一种轻蔑的眼神打量她。这些人荒谬地对戴安娜进行攻击，认为她不再有资格出现在宫廷公报[1]中，想借此提醒戴安娜，她已不再属于王室。戴安娜听闻后依然保持一贯的风度。"真是傻家伙。"在莱斯特广场音乐厅出席完电影《无名英雄》(Accidental Hero)的慈善首映礼回来后，戴安娜不屑一顾地说道。在首映礼上，她与电影明星达斯汀·霍夫曼（Dustin Hoffman）热切地交谈，心理健康慈善机构主席里克斯（Rix）勋爵也主动与她寒暄。这场首映礼被当时的电视转播。

"在他们看来，我的活动还能更加官方吗？"她问道，"在他们眼里，今晚的活动不是官方活动。可是你看到出席的人了吗，肯？难道我们为慈善筹到的钱也不是真的？这简直荒唐。但至少他们还愿意来与我见面。"

[1] 英国王室给新闻界提供的君主及王室家庭成员的官方行程及活动。

她的话很有道理。当她的丈夫使用皇家军费开展官方活动时，仅仅获得了一小批忠诚的支持者，而在戴安娜未编入公报的活动现场却有数千名支持者出现，想要一睹她的风采。现如今王室已成了她前进的阻碍。当她提议前往波斯尼亚探访英军军队，以提高作战士气时，王室以查尔斯王子要进行类似的活动为由拒绝了她。当她要出访爱尔兰时，又被告知爱尔兰之行不合时宜，因为被选作代表女王出席沃灵顿举行的追思仪式的是查尔斯，而不是她。如果是戴安娜替女王前往，她会先出席仪式，随后去慰问孩子的父母。

戴安娜遭到此番不公平待遇的根本原因在于查尔斯王子的私人秘书理查德·爱劳德所发起的公关攻势。爱劳德认为只要降低戴安娜的曝光率，就可以顺势提升王子的公众形象，重新赢得媒体信任和民众喜爱。爱劳德决定让乔纳森·丁布尔比（Jonathan Dimbleby）所在的广播公司为王子拍摄一部"全方位"的电视纪录片（并附带一本授权传记），可是这个策略最终被证实是愚蠢的。该纪录片于1994年6月播出后，王子的形象一落千丈，该片被认为是王子公开承认出轨的罪证，是对父母教养方式的埋怨。因此戴安娜在1993年大获全胜，沉浸在媒体的称赞和公众的追捧中。此时丁布尔比及其电视团队（在王子随从的帮助下）还在想方设法恢复王子的形象，他曾邀请戴安娜参与王子被封为威尔士亲王25周年纪录片的拍摄，两人会面时笑声不断。这让戴安娜差点儿上钩，可包括我在内的周围所有人，都建议她保持清醒的头脑，因为加入纪录片，并不能为她本人带来任何好处。幸好这一次她没有固执下去。

1993年的春天到来之际，戴安娜对肯辛顿宫感到越来越厌倦，一方面是因为宫内到处都是摄像头，另一方面是因为她与丈夫已经形同陌路。她渴望拥有真正属于自己的地方，享受自由自在的气息。因此，当她的弟弟斯宾塞伯爵打电话给她，问她是否愿意去位于奥尔索普的花园洋房居住时，她开心得忘乎所以。我随后被派往北安普敦郡考察该住所是否足够安全，结果令人相当满意。这栋洋房为戴安娜提供了绝对的私密空间，旁边的一栋小屋也视野开阔，可用作警卫考察的好地方。此外，洋房内一共有四个房间，充分满足了戴安娜的需求。戴安娜非常兴奋，甚至还联系了室内设计师，挑选好了内部装饰的颜色图案。可弟弟的另一通电话又让她非常失望，斯宾塞伯爵说对在奥尔索普增加安保人员感到很不安。戴安娜也因此在几个月内都与弟弟关系疏远，同时也意识到摆脱警卫的必要性。"他（查尔斯·斯宾塞）言之有理，谁会喜欢和一堆人围着的我在一起呢？"她闷闷不乐地说道。"一堆人"很明显指的是我以及我的警卫官员。

戴安娜的工作在这段时间很是成功，也赢得了知名度，可她本人却变得越来越自我。她一直特别关注两个群体——家庭暴力以及饮食失调的受害者。1993年3月，她首次参观了一位能力出众的加拿大人桑德拉·霍利（Sandra Horley）开设的奇斯威克家庭避难所。戴安娜为这项慈善事业投入了很多心血，还兴致勃勃地参加那里的小组讨论，某一次她曾说道："姐妹们，我们都知道男人是什么样子的，不是吗？"

当时作为现场唯一的男士，我恨不得找个地洞钻进去。这句话她会反复对女性朋友们重复。因为她是一名受害者，而出轨的丈夫是罪魁祸首。

玫 瑰 自 有 芬 芳

>>> part 07 / 永远追求自由

42

渴望自由的"莱赫之跃"

　　戴安娜凡事都以儿子们为先。当她和查尔斯离婚已成定局时,她开始为两个儿子,尤其是威廉王子谋划未来。嘲笑她的人或许会说,她以长子作为"人质",确保她自己的未来,但那些亲自接触到他们,了解到她与儿子是如何亲密无间的人,便知道这种谣言纯属虚构。戴安娜始终认为,她的首要职责是培养威廉以及哈里担当起公共人物这一角色。她反复向我强调,她的儿子们未来将身负重任,因此应该被培养成年轻有为、乐观向上的男子汉。她给予儿子们无私的爱,关注、倾听、理解和尊重他们。她与儿子们亲密无间,她经常和他们相拥,以至于有时威廉会略感尴尬地将她推开。

　　此时,全世界似乎都站在了戴安娜这边,对查尔斯颇有微词。戴安娜幼稚地做着白日梦,希望查尔斯与卡米拉私奔,离开海格洛夫庄园,消失在意大利或法国某处,然后她就可以辅助威廉继承王位了。当然,这只是她一厢情愿。但此时,两人的斗争中确实是戴安娜更占优势,甚至有议论称,女王一旦去世,查尔斯会放弃王位,直接让威廉登基。

　　1993年3月末,我们再次出发前往莱赫滑雪。戴安娜下定决心,不让他们的离婚影响威廉和哈里享受假期。这次假期与去年一样,只是查尔斯王子没有加入。但没过多久,全球媒体就蜂拥而至,狗仔队们不会在意戴安娜对平静的渴求。对他们而言,戴安娜就是一棵摇钱树,值得他们奋不顾身地追踪。所以不管戴安娜在哪儿,他们都要不择手段地收集一切关于她的新闻。

　　假期刚开始时,一切进展顺利。每天清晨,媒体都有20分钟的拍照时间,戴安娜并不喜欢，却也一直默默忍受着。但让她最为气愤的是，在小型购物广场闲逛时被媒体跟踪。那时我们刚刚步入阿尔贝格酒店，被闪光灯一路追拍。我尽力保护她，但场面却越来越混乱。王妃周围几英尺的范围内有一位摄影师，他毫不理会我们的劝诫，一直跟拍。戴安娜认为这是对她隐私的公然侵犯，她当时的反应也影响到了两位王子，致使现场形势一度失控。这位摄影师告诉我，他想采访威廉王子，我再次命令他离开，但他说这儿并非我的国家，我不享有奥地利当地警察的司法权。我问他来自哪个国家，他回答说意大利。

"这儿也不是你的国家，请马上离开！"我生气地说。

但他完全无视了我的话，随着越来越多的摄影师、记者涌了上来，他离戴安娜越来越近，我不得不采取行动将他撂倒。现场一片混乱，他的同伴们也冲上前试图向我出拳。威廉和哈里则在一旁看热闹。

"肯，再来一次。"威廉兴奋地说道。

我先将他们带入房间，然后回到酒店外，外面的记者们匆忙记着笔记，摄影师忙着打手势示意同伴，还有人拿出架势想要大打一场。我在脑海里飞快地想了一遍事情的来龙去脉。当时戴安娜正心烦，也有些生气。当狗仔队奋不顾身地扑向她时，她开始感到恐慌，我只能采取行动。她尖声着喊道："走开！走开！"这声音惊吓到了两位儿子，在那之前他们觉得整件事十分好玩儿。我希望能让媒体理解我的做法，于是找了两位比较熟悉的摄影师，《每日镜报》的肯特·加文和《太阳报》的亚瑟·爱德华兹，明确告诉他们这些行为都是徒劳的，也请他们转告在场的外国媒体，尤其是狗仔队，如果他们执意如此疯狂的话，我将让他们所有人——所有的记者和摄影师——都无法再找到戴安娜和她的儿子们，同时请他们确保此类事件不再会发生。现在回头想想，这件事似乎预言着戴安娜后来的悲剧。

媒体的跟拍让戴安娜一直很不安，脾气也越来越暴躁，常常与别人发生冲突，连我也很难跟她沟通。以前她总能保持理性，把自己从绝望的边缘拉回来。但现在的她做起事来完全不顾后果。

这天清晨，与我同在一个警卫小组的夜班警员马克·扬科夫斯基（Mark Jawkowski）将我唤醒。马克的职责是对戴安娜进行现场保护，以防紧急情况下有入侵者。当时他重重敲击着我的房门，我被惊醒后立刻跳下床，喊道"进来"，马克神情慌张地走了进来。

"马克，发生什么了？"他紧张地站在我床边，并没有马上答复，我又问了一次，"一切还好吗？"

"王妃现在还好。"他回答道。

我已经完全清醒起来，对他说："马克，这看起来十分严重。我现在穿上衣服，你把事情一五一十地告诉我。"

这位年轻警员深吸了一口气，把事情尽可能全面地告诉了我。在5点30分左右，阿尔贝格酒店前门的警报响了起来，这警报是我们用来防范记者们的工具。马克前去开门，可令他震惊的是，门口站着的竟然是戴安娜王妃，她戴着帽子，围着围巾，看着马克礼貌地说"早上好"，然后径直走进了房间。

"天哪，马克。"我忍不住喊起来，"她是怎么出去的？她现在在哪儿？"

"在房间里。"他怯懦地回答道。

我慢慢冷静下来，至少王妃现在是安全的。我现在最重要的任务是找出戴安娜溜出去的原因，并防止她再次偷偷出去。我给马克倒了杯茶，让他喝完后回房休息。我告诉他这并非他的错，并说我会与戴安娜谈谈。他喝完一杯茶后，做出了一个情绪崩溃的动作。这并不是伪装，我们都知道万一报纸上出现了"戴安娜王妃躲过警卫消失数小时"的新闻，我们的职业生涯将就此终结。

"马克，把事情从头到尾告诉我。深夜一点我下班的时候，所有的门都是锁着的，对吗？"

他点头。

"我休息的时候，你在大厅执勤，前门一直有人把守吗？"

他再次点头，并脱口而出："先生，我向您保证，她绝对不是从前门离开的。我完全没发觉。"然后又焦急地解释说，"先生，她不可能是从前门出去的——唯一一套钥匙在我手上。"

我从他身上无法再获得更多线索了。我让他回去休息，并告诫他："不要对任何人提起此事。"然后赶紧穿上夹克和长裤，走出房间。我知道戴安娜只有一个方法能溜出去——那就是跳窗。我们当时待在酒店一楼，从她的阳台到地面大概有 20 英尺高，当时积雪深厚，实际高度更低。我仔细检查了窗台和地面，发现积雪里有戴安娜留下的脚印，而且一直延伸到了莱赫镇。

戴安娜正在熟睡。在外游玩了一晚回来累了也很正常。我决定等时机成熟时再与她交谈。几个小时后，王妃起床了。我等她吃完早餐，去起居室里找她。

互道早安后，我直接切入了主题。"夫人，"我面无表情地说，"你昨晚到底在想什么呢？"

她的脸瞬间红了，知道自己出走的秘密被发现了。

"夫人，你知道的，我并非不允许你出门，只是需要提前告知我，以做好准备。当你从窗台跳下去时，是否考虑过可能发生的后果？"

她一言不发。她知道自己的行为只会让自己陷入险境，也让我陷入进退两难的境地，一旦有人发现，全部责任在我。我告诉她我承受不起太多次这样的"无故消失"。

"你很清楚我们的关系是建立在相互信任的基础上的，这件事情的发生是对信任的践踏。"

"肯，我只是想呼吸下新鲜空气。"她面露尴尬地说，"是的，我是从窗台跳了下去，但我知道那是安全的，雪很厚，也很柔软。"

我告诉她可能发生的一切意外，比如她很可能会踩到石头而摔倒。"这是十分愚蠢的行为。"我告诉她。至此为止，我的说教已经够多了。对戴安娜进行太多说教是不明智的，即便她知道自己做错了。于是我决定改变策略。"可以告诉我昨晚去了哪里吗？"虽然知道她不会告诉我，我还是问了。

"我知道我在做什么。"她淡淡地说道。

可我被彻底被激怒了，回答道："不，夫人，你不知道自己做了什么。"

戴安娜那天晚上出走的四五个小时之间究竟做了什么，至今依然是个谜，但这"莱赫之跃"很好地表明了她当时的精神状态——她希望可以摆脱束缚。这是渴望自由的表现，也是反抗的表现。两年后，当我因私事再次来到莱赫时，阿尔贝格酒店主人的儿子汉内斯·施奈德确认，当晚戴安娜的确从窗台上跳下去了。汉内斯，这位曾经对王子说过"冰箱没有问题"的年轻人，似乎从来不需要睡眠。他说当晚一名亲戚亲眼看到戴安娜从窗台跃下，并在雪中一步一个

脚印，径直离开了酒店。

莱赫事件的发生标志着我对戴安娜的安保工作即将结束，随之而来的一系列事件最终导致了这一结局。她想摆脱过去的生活是情有可原的，虽然有了多年相互信任的基础，但由于我的工作性质，她还是逐渐将我看作她想摆脱的王室体制的一部分。从"莱赫之跃"开始，我们之间的裂缝开始加深。她开始对我不如以前那般坦诚，可即便如此，我依然认为，在她心底，我仍是她可以永远信任的伙伴。可是婚变以后，她有了新的生活圈。我曾多次尝试与她交谈，希望把问题扼杀在萌芽状态，可她总是找各种理由胡编乱造，逃避现实。

戴安娜完全忽略了我的提问，使我十分尴尬。在莱赫事件发生的几天后，我意识到，戴安娜似乎已经忘记了我作为她警卫官的这一公职。她知道我很失望，并尝试用她独特的魅力来赢回我。这个举动非常具有戴安娜特色，那就是如果她自己知道自己做错了并想弥补，她便会忽略此事，装作什么都没发生过。若此事发生在几年前，或许我也会将其封尘于记忆中，但现在我越来越难以忘怀。

我们从奥地利回来后，戴安娜承诺安排儿子们去伦敦附近的索普游乐园玩儿一天。我们曾经去过这个公园，那里的安保措施会相对简单。当她看到威廉、哈里和我激动地加入各种刺激的水上游乐项目，两位王子在 30 英尺高的水滑道，撑着摇摇晃晃的橡皮艇比赛、发出欢呼声时，她的烦恼似乎随之消散。她身穿黑色牛仔裤、黑色皮夹克，头发被水溅湿的照片出现在第二天的报纸上，看起来神采奕奕。照片中我也出现在她的身旁，我们两人都被水溅湿，正谈笑风生。这是我与戴安娜的合照中，我最喜欢、最珍爱的一张。

43

愉快的巴黎之行

戴安娜的心情轻松、愉快。终于摆脱了婚姻束缚的她,一心一意要告别曾经沮丧悲伤的生活,享受今后的人生。是的,虽然严格来说,她依然是查尔斯王子的妻子,但她已恢复了自由身。戴安娜总是渴望正常人的生活。1992年11月,她曾首赴巴黎开展个人之行,但当时她有公务在身,并有随从跟随,所到之处都引起轰动。1993年她决意再去巴黎,而这一次要掩人耳目。

"我只是想跟三五个朋友一起购物,我只想做个普通人。肯,请为我安排。"她恳求道。

我告诉她我会尽力而为,但很难保证她能自由进出巴黎而不被发现。

"我真的希望能像普通人一样生活。"她再三恳求。

她命令式的恳求最终让我有所动摇,我回应道:"夫人,难道我们不都是吗?"

她目光逼人,却不再作声。我稍微缓了一下,再次保证我会尽力帮助她。随后,她便开始准备行程,与她同行的是哈亚特·帕伦博(Hayat Palumbo)以及露西娅·弗莱夏·德利马(Lucia Flecha de Lima)。在哈亚特的搭线下,戴安娜得到了哈亚特的丈夫,也就是亿万富翁、房地产开发商彼得·帕伦博(Peter Palumbo)的帮助,动用了他的私人飞机。在一个美好的五月下午,我们悄无声息地飞往巴黎。我安排了一辆埃斯佩斯面包车在勒布尔歇机场等候,接到我们后,便直接前往巴黎时尚区。在哈亚特的安排下,戴安娜秘密到访了她最喜爱的香奈儿品牌店。她在香奈儿停留很久,尝试了最新的设计款,随后去往其他品牌店。戴安娜和朋友们很快就在那儿花掉了几千英镑(还为我买了一条爱马仕领带!),接

1980年,戴安娜在一所幼儿园工作,这时她的生活平凡普通,却自由安静。这种普通人的生活,在其成为王妃之后,已是遥不可及的奢望。

着我们便去往哈亚特位于纳伊布洛尼公园附近的私人房屋，在那里休息整顿。

至此为止，我们在巴黎的行踪还未暴露，我决定不通知当地警方，以防泄露行踪。然而，即使我们小心翼翼，第二天的巴黎之行还是被发现了。如果此时告知戴安娜，她必将兴致全无，也无法再像"普通人"一样游览巴黎了。对我而言，我想我们已经足够谨慎了，英国媒体完全没有发现戴安娜在巴黎的蛛丝马迹。戴安娜还一度以为自己成功糊弄了媒体，如挣脱了笼子的小鸟儿一般兴奋。我们去精致的马吕斯珍妮特餐厅用餐时，她高兴得几乎跳了起来。然而当我跟随她进入餐厅时，我的心一下子沉了下来。此时餐厅外正有人拿着摄影机拍摄——这便是当时与臭名昭著的狗仔队摄影师丹尼尔·安杰利（Daniel Angeli）共事的让-保罗·杜塞特（Jean-Paul Dousset）。一年前，正是他们二人通过长焦镜头，拍摄了萨拉与男友约翰·布莱恩那张声名狼藉的吮脚趾照片。幸运的是，戴安娜并没有发现他，对行程即将曝光毫不知情。当他不断地按下快门儿时，我绞尽脑汁地思考我们是如何被发现的。随后我发现了坐在餐厅角落的著名法国演员杰拉尔·德帕迪约（Gérard Depardieu），才意识到曝光的并非我们，杰拉尔才是杜塞特守候在餐厅外的原因，而戴安娜可谓是他意料之外的惊喜发现。

杰拉尔认出了戴安娜，举止绅士地走过来与她同桌，开始亲切地交谈。杰拉尔盛赞戴安娜的美貌，并称她到这里来是巴黎这座城市和他的莫大荣幸。戴安娜对这意料之外的会面显得措手不及，而窗外的狗仔队一定在密谋着如何刊登这一系列照片，关于世界上最出名女性与法国最著名的电影明星的秘密会面。我只能立即采取行动。我编了个借口溜出餐厅找到杜塞特。他见到我十分诧异，但依然彬彬有礼。我了解了一下情况，知道他并不打算对我们的秘密之行造成威胁后，便向他提出了一笔交易：他可以在远处偷偷跟随戴安娜，我不会打扰他的偷拍，但是他必须保证，不在我们安全离开法国前发布这些照片。只有这样，戴安娜才不会被狗仔队团团围住，才能相对安全地享受假期。杜塞特答应了。在接下来的几天里，他一直远远地跟踪我们，这未引起戴安娜的警觉。他遵守了承诺，在我们离开巴黎后才刊登出这组照片（我必须承认他的偷拍非常专业）。我十分满意，我与他的秘密交易——我从未告诉过戴安娜——将狗仔队数量控制到最少——一名，而且戴安娜也因此可以享受一段无忧无虑的假期。

显然，当她发现被偷拍后心情沮丧。但这时我们已经安全到达了肯辛顿宫，她因假期而再次容光焕发，我也完成了我的使命。

这之后不久，1993年5月12日，戴安娜收到一封来自女王私人秘书罗伯特·费洛斯亲自签名的文件，正式授权她开始下一步的单独行程——前往津巴布韦。文件的最后一行简单写道："女王将十分期待此次的行程。"戴安娜看后欣喜若狂。她知道英王室已经对她束手无策，如果王室阻碍她的行动，她将向记者泄密，这会让王室看起来十分不堪，甚至充满恶意。同时女王也要求戴安娜履行相应的义务，那便是与查尔斯王子共同出席纪念二战老兵的活动。戴安娜爽快地答应了。于是，当她和丈夫一同到达利物浦大教堂，出席纪念盟军取得大西洋战役胜利50周年的活动时，戴安娜心情舒畅。查尔斯王子起初心有不安，可看到自己的妻子光彩照人、眉开眼笑后便放松了警惕。不少观众看见王子和王妃在狂风暴雨中谈笑风生，都表示难以相信他们已经分居。一些被表面误导的记者，甚至在报上声称他们这次共同露面或许是双方和解的象征。戴安娜更是不会错过这个在丈夫面前大放光彩的机会。其中一位二战老兵乔治·史坦斯费尔德（George Stansfield），甚至对王子说："你们俩看起来都棒极了！看见你们两个重新在一起，我十分高兴。"

可王子听到此话后心情不佳，只轻口薄舌地回应了一句："这一切都是假象。"此话充分显示出他们关系的本质。王子说此话时并未看着几英尺以外的妻子，而他的回答也完全是事实。夫妻两人的关系充满了仇恨和不信任，当天只是应女王的要求在公众面前做了一场秀。戴安娜在众人面前表现得十分完美，目的只是想告诉女王，如果能让自己如愿以偿，她必会知恩图报。

总体而言，1993年对戴安娜来说是顺利、圆满的一年。可她却因前任警卫官，也就是我的朋友和同事格拉厄姆的离世十分悲伤。当我告诉她这个消息时，她难以抑制地掉下了眼泪。这之前的几天，我们还曾将病入膏肓的格拉厄姆偷运出英国马斯登皇家医院，在圣洛伦佐餐厅共进晚餐。他当时骨瘦如柴、面目全非，但仍然保持一贯的幽默。我们一起畅谈往事，度过了一个愉快的夜晚。我们三个都意识到这将是我们最后一次见面，但都对此默契地缄默不言。在他的葬礼上，戴安娜悲痛欲绝。她与格雷厄姆的遗孀尤妮斯（Eunice）拥抱，并安慰他的两个孩子艾玛（Emma）和亚历山大（Alexander）。格雷厄姆去世时才五十多岁。

44

王室生涯的至高点

数周以后,戴安娜重新开展官方海外行程,并且决心创下她的成绩。我们到达津巴布韦首都哈拉雷进行访问时,正值七月酷暑,我认为这会成为她王室生涯的至高点。在决定出访津巴布韦前,她不仅取得了女王的首肯,还征求了安妮公主的建议。非洲大陆一直以来被王室默认为是安妮公主的领地,这也是戴安娜的官方出行一直未踏足非洲的原因。虽然王室和位于哈拉雷的英国高级专员公署都将戴安娜之行定性为低调出访,可在实际操作上,都按照威尔士夫妇分居前联合出访的规格置办。唯一的区别在于,这次查尔斯王子不在身旁,戴安娜享有充分的话语权。

在被批评出访行程是浪费纳税人的金钱后,戴安娜决定乘坐经济舱。英国航空公司想方设法地为她在波音747飞机的上舱门附近安排了三个连座,让她可以伸展身体,躺下休息。戴安娜此行的随从人员有帕特里克和姐姐莎拉·麦克科考,还有取代了迪基成为新任媒体秘书的杰夫·克劳福德(Geoff Crawford)以及负责安保工作的我。戴安娜亲切地称呼我们为她的"精英部队"。在她所到之地,许多外国国家元首都争先恐后地接见她、陪同她,帮助她完成成为国际大使的愿望。例如津巴布韦总统罗伯特·穆加贝(Robert Mugabe)就被戴安娜迷得神魂颠倒。他已经多年未对西方媒体开过新闻发布会了,但在与戴安娜会面的半小时后破例了。他难掩兴奋之情,迫不及待地要与前来访问的英国媒体分享消息。"她魅力四射、鼓舞人心,为你的生活增光添彩。"他如此告诉聚集在政府大厦外的媒体。戴安娜随后向我坦言,穆加贝是个"让人害怕的小个子男人",在与他会面的过程中一直流汗。她露出标志性的神秘笑容,狡黠地说道:"肯,这儿实在是太热了。"在外交办公室的建议下,戴安娜的此次访问规避了一些政治冲突,尤其是几年后被炒得沸沸扬扬的土地征用问题。她此行的主要工作围绕着她作为资助人的三大慈善机构展开,分别是国际红十字会、帮助长者会和麻风病协会,她甚至规避了备受争议的艾滋病问题。

在行程开始之初,媒体更关注的是戴安娜姐妹对于她们的前继母——雷恩·斯宾塞伯爵夫人嫁给一位法国伯爵的反应。"对我而言,这位女士已经不是我的继母了。"戴安娜回应道,边看着报纸上雷恩结婚的照片,边向她的姐姐莎拉咯咯发笑。后来,这场她和雷恩之间的长期不和,在戴安娜去世前得到缓解,两位女人由于对戴安娜已故父亲约翰尼·斯宾塞共同的爱与敬意又和好如初。除此之外,戴安娜对于即将开展的工作跃跃欲试,她的热情感染了团队的每一位成员,我们亲密无间、士气高涨。她是一位不折不扣的完美大使,默默完成着行程安排上的一切,专注于她的宏图大业。当然,她也有情绪低落的时刻,但非常短暂。

一天晚上,在出席完一场格外拥挤的、似乎全津巴布韦人民都前来与戴安娜握手的接待会后,戴安娜情绪低落、郁郁寡欢。令她生气的是,狗仔队想方设法地买票入场,而她的姐姐莎拉居然还与他们秘密会面。当我把她从鱼龙混杂的人群中解救出来时,她正怒气冲冲,朝着可怜的帕特里克发泄怒气。"我非常生气。"她大声告诉帕特里克,故意让英国高级专员及其夫人也听见。随后她便回房休息了。

帕特里克此时更是心烦意乱,难道是他的安排出错了?为何戴安娜早上心情抑郁?在听他发完一顿牢骚后,我决定带他去喝一杯喘口气儿。第二天对我们而言是非常重要的一天,而他此时需要平静下来。正如帕特里克预料的那样,戴安娜第二天心情低落,似乎看所有人都不顺眼。在她心情阴晴不定的时刻,没人能令她宽心。当晚,我提议,在结束了一天的行程,且王妃就寝后,我们整个王室团队聚集在高级专员公署楼下弹钢琴、唱歌、跳舞。当我伴着琴声引吭高歌一曲后,戴安娜走下楼梯,故意抱怨我们发出噪声,实际上是抱怨我们将她忽略了。随后,她也加入了我们的娱乐大军,之前积聚的压力随之烟消云散。

时隔多年，我对这次行程最深刻的记忆依然是戴安娜那充满关爱、散发着圣母光辉的画面。戴安娜深入非洲丛林，前往马泽热拉红十字会喂养中心。在那里，戴安娜站在一口巨大的铁锅旁，为古老的卡兰加部落的孩子们分发食物。

我亲眼看见一位饥饿中的小男孩端着碗走到戴安娜面前：四岁的霍夫（Hove）在热浪和尘土中步行七英里来到喂养中心。当轮到他时，他捧起空碗走到戴安娜面前，活生生的非洲版雾都孤儿。戴安娜俯身朝他露出了甜美的笑容，他则向戴安娜投以害羞腼腆的微笑。

此情此景令人动容。戴安娜特地为他盛满一大碗饭，并多舀了几勺豆汤。媒体立刻抓住这个拍照良机，某英国报纸翌日配图登出头条"服务员戴安娜为饥饿的孩子们盛上王室佳肴"。

这段经历深深触动了戴安娜。当我们飞回首都哈拉雷时，她几乎涕泗交下。因为她深知自己即将回到繁华富贵的生活中，而这些贫苦、饥饿的孩子们却要长途跋涉数英里，回到大旱云霓的破旧房屋里。那些认为戴安娜的工作仅仅是在世界各地拍几张照片的人们，都需要看看此时坐在直升机后座的这位筋疲力尽的女人，听她诉说她所经历的一个个悲伤难耐、令人心碎的瞬间。

45

迪士尼之行

某天下午，我们步入佛罗里达州的海滩度假酒店五层，映入眼帘的是迪士尼卡通经典形象米奇和米妮。哈里王子眼前一亮，他对与这两个巨大的卡通人物拥抱合影并不太感兴趣，他喜欢的是迪士尼的游乐设施。戴安娜也十分兴奋，因为她的儿子们终于不再像往年那样，与查尔斯一起前往苏格兰的巴尔莫勒尔堡度假，而是可以和其他孩子一样，自由自在、随心所欲地游玩。

事实证明我几周前的调查工作十分必要。正如我在简报中指出的，迪士尼地域广阔，约占 43 平方英里，这对我们来说是规避狗仔队的有利条件。我建议戴安娜使用迪士尼的贵宾服务，这样他们可以走不向公众开放的特定通道前往游乐设施和景点，而不被排队的人群发现。此外，我知道戴安娜担心被谴责滥用王室身份以获得特殊待遇，所以我在 1993 年 8 月 2 日的备忘录中清楚地写道："我推荐贵宾服务是出于安全考虑，每年这个时间，大概有 100 万人会来此游览，不少游乐设施需要等候两三个小时。贵宾服务不是为了可以插队，而是为了确保安全。"我的建议得到了戴安娜的首肯。

然而有件事情一直困扰着我，这次旅行，刚好安排在王妃迫切想要摆脱王室束缚之际。因此，她不可避免地把我们这些警卫人员，看作离婚后依然存在的王室体制的阴影。此时戴安娜与查尔斯王子的媒体之战正处于关键时刻，她不愿做出半点儿妥协。根据以往的经验，她敏锐地感知到，此次她与儿子们享受假期的照片，会给民众带来耳目一新的感觉，同时也将强化查尔斯王子不称职的父亲形象。这可谓是一次绝好的拍照时机。

当迪士尼高级主管锡德·巴斯（Sid Bass）对戴安娜及其两位儿子发出邀请，并向他们确保不会引起轰动时，她并未对我坦诚。正如我所言，王室成员进行官方或私人出行之前，由警卫人员进行提前勘探是正常，也是必要的。在奥兰多迪士尼乐园短暂停留两天后，戴安娜提议去佛罗里达州附近，在她朋友凯特·曼兹（Kate Menzies）位于巴哈马州的家庭别墅中度过剩下的几天。然而，正当我准备提前出发勘探时，戴安娜却突然告诉我不需要去了。我大吃一惊，她明明和我一样熟知王室的规定。

"肯，我觉得没有事先考察的必要，我们必须停止浪费纳税人的钱。"她说。

我疑惑地看着她，然后回答："夫人，恕我直言，你也知道我们的安保程序。为你和你儿子们的每次行程做好安保考察是我的职责。"然后我半开玩笑地说道："你什么时候也开始担心起纳税人的钱了？"

回想起来，我这么问或许有些不敬，我们此刻正经历一个困难时期，我不需要别人告诉我该如何完成工作。

戴安娜并未继续反对，但我心神不宁。我直接问她是否对我有所隐瞒，她却拒绝与我深入交谈，我的直觉告诉我一定有事情发生。虽说她确实想与儿子们共度美好假期，但我怀疑，她此行的真正目的是利用儿子向查尔斯王子回击。随着他们关系的进一步恶化，两人都开始在媒体上发动舆论攻势。这已超出了我的职权范围，我无法阻止这场最终只会导致自我毁灭的媒体大战——我只能像往常一样提醒她小心谨慎。

在提前对奥兰多进行安全考察前，我的主要任务是会见迪士尼的高级安全主管，与他一同确保戴安娜和儿子们的安全。迪士尼的大部分安保人员都是前国家安全官员或前联邦调查局探员。他们非常专业，自信地认为在接待了美国总统和迈克尔·杰克逊（Michael Jackson）之后，接待"戴安娜女士"只是小事一桩，然而我却心有疑虑。

戴安娜对于提前考察的怪异态度困扰着我，我不禁对她的动机产生怀疑。虽然她一再对我强调，除了她的儿子们，我是唯一知道这次私人假期的人，但我总有种不祥的预感，感觉她会将此消息通过某位熟悉的记者泄露给英国媒体。于是我请迪士尼高级安全主管用电脑查询旅客名单，很快，一个名字便出现在

戴安娜和儿子们在迪士尼游玩，他们度过了一段美好的时光。

电脑屏幕上，那就是理查德·凯。这位《每日邮报》记者与戴安娜预订了同一家酒店，预订时间也惊人的一致。更巧的是，这次预订的时间是戴安娜告诉我她即将前往佛罗里达州的当天。我的预感得到了证实，也终于理解了戴安娜的怪异行为。显然，她向理查德·凯私下泄密，让凯向所有的王室狗仔队透露此次行程。而她之所以要阻止我进行事先安全考察是担心被我发现。她的担心是正确的，至少现在我知道了要应对的真实局面。

虽然我对她这种不光彩的行为颇有微词，但该面对的还是要面对。第二天，确保迪士尼乐园一切正常后，我飞往巴哈马岛首府拿索勘探第二阶段的度假场所。到达之后，巴哈马警察局的中士格伦·罗伊（Glen Roy）与我见面，并载我到来佛礁检查"凯珠瑞纳海滩"以及王妃一行即将下榻的孟席斯家，王妃曾在这里入住过。这里私密性良好，设施豪华，配有私人保安。房屋本身还自带豪华泳池，距私人沙滩不到50码，而且当时温度高达35摄氏度，正值旅游淡季，鲜有人迹。

此次与戴安娜同行的还有好友凯特·孟席斯和凯瑟琳·索姆斯。威廉王子带上了同学安德尔·查尔顿（Andrew Charlton），哈里王子与凯瑟琳名字同为哈里的儿子结成玩伴。我的安保团队由雷福特·贝特尔斯（Trevor Bettles）、"杰克"·塔尔（'Jack' Tarr）、戴夫·夏普和夜班警卫奈茨（Knights）组成。

我到达后立刻发现了一个严峻的事实：王妃一行即将下榻的房子不够安顿所有的警卫队，因此我决定租下旁边的一栋别墅。翌日，我联系了一位愿意提供房屋的美国人汤姆·怀曼（Tom Wyman）。他的房屋也附带私人海滩，且大小为戴安娜下榻房屋的两倍。由于是淡季，我以3000英镑（约5300美元）的价格租了一周。

迪士尼乐园为戴安娜做了周密的安排。当我们到达这神奇王国时，王子们都异常兴奋。更令人满意的是，乐园里除了迪士尼的内部摄影师外没有任何狗仔队的身影。我感觉戴安娜对此略微失望。

翌日早晨，我们决定在迪士尼畅游一番，玩儿遍所有的项目。而当我们穿过迪士尼世界地下通道，经过一个个游乐设施时却发现，大批媒体早已在出口等候。不少媒体甚至预订了我们下榻的酒店，多亏迪士尼的安保颇有成效，才将他们驱逐在外。然而，媒体不知从何处得到消息，称两位王子将前往观看美国米高梅公司制作的夺宝奇兵特技表演（两位王子非常沉迷于这部电影），于是便提前在剧院等候。

戴安娜和王子们入座后，表演正式开始了。我听见后排传来骚乱的声音，原来是迪士尼的安保人员正将媒体拒之门外。大部分媒体人员知悉后便悄然离去，但其中一位来自《每日星报》（*Daily Star*）的弗朗克·巴雷特（Frank Barrett）却拒绝离开，并用他浓重的伦敦口音大谈新闻自由。

"先生，在我们的神奇王国里没有这样的东西，我们遵守的是自己的规章制度。"其中一位安保人员一边推巴雷特出门，一边向他说道。随后，这位记者被"逮捕"并带往迪士尼拘留中心，迪士尼官员威胁要将他"驱逐出神奇王国"，当然最后，还是由我亲自调解。

有迪士尼如此强硬的安保措施作为后盾，我们完全没有必要与媒体协商，或召开每日新闻发布会。我们可以在迪士尼乐园内随心所欲，而不被媒体发现。威廉和哈里显然乐在其中，这让戴安娜十分高兴，也缓解了之前的紧张情绪。

我在内心深处，仍对戴安娜泄密给媒体的行为心存芥蒂。让她略感失望的是，迪士尼乐园的贵宾服务非常私密，几乎没有人能发现我们，也未有任何一张照片泄露。不少记者甚至在当地报纸上公开刊登广告，征求戴安娜和儿子们在迪士尼游玩的照片。至今为止，秩序一直保持良好，虽然媒体总能神奇地到达他们出现的地点，但总是晚来一步。无论戴安娜的动机如何（当然她最希望的是儿子们能享受假期），威廉和哈里确实度过了一段美好时光。两位儿子的快乐也让作为母亲的戴安娜更加快乐。当晚，我回到房间，确认一切按部就班，心想再过几天戴安娜便会恢复往日的说说笑笑。

然而，我的希望再一次落空了。第二天早晨，她心情低落地出现在众人面前，即使是儿子们的快乐情绪也未能感染她。她接到一通来自律师的电话，这让她即便是在佛罗里达州的阳光下，也未能走出与王子离婚的阴霾。她显然是想向丈夫回击，但我们的安保措施成了她公关策略发挥作用的阻碍。情绪不佳的她对周围人大发脾气，好友凯特和凯瑟琳也明显感觉到了压力。

46

拿索之旅

当我得知媒体已经获得了我们下一站将前往拿索的消息后,我的心情瞬间跌入谷底。这意味着我要重新思考和制订安保计划。于是我迅速派遣戴夫在我们到达来佛礁之前进行巡逻,后来证实这是行之有效的举动:戴夫在房主雇用的私人安保公司的帮助下,抓住了两个宣称在当地报纸上得知王妃即将到来,前来"打探王室成员消息"的男人。我同时命令巴哈马警方增加夜间巡逻和岸边巡逻的次数,以防非法登陆。

即便有非法闯入者的干扰,我仍然对戴安娜的人身安全十分有信心。我当面告诉她可以安心,同时也告诉她我已租下了附近一栋房屋,并安排当地警方夜间巡逻,以便更好地确保她和朋友们的隐私和安全。最后,我跟她说,虽然这不是最完美的安排,但我已做好准备,随时根据她的需要进行调整,她看起来对我十分感激。可没想到的是,我如此精心的安排却产生了事与愿违的效果。威廉和哈里在来到这里的几个小时后,便向戴安娜表示,他们更喜欢我们后来租下的别墅,更愿意与我们一同待在沙滩上。这是完全可以理解的——毕竟,比起和三个30多岁的女人以及保姆待在一起,年轻的男孩们更想远离父母的庇护,在沙滩上自由玩耍。但他们此举惹怒了戴安娜,我也处于进退两难的境地。此时,内心正寻找一个发泄口的戴安娜,瞬间暴怒。她难以置信我们的住宿环境竟比她的更好。"肯,这不可理喻,谁为这间房子付钱?"她怒言道。

同样十分生气的我毫不客气地反击:"当然是伦敦警察局,不然呢?"

"那我说对了。肯,你在浪费纳税人的钱,这数目也实在太多了。"

"夫人,恕我直言,我们已经付过款了。"我回答道,竭尽全力控制脾气。此时,我已经连续执勤十四天,身心疲惫。此时此刻我只想暂时放下冲突,缓解紧张的形势。于是,气急败坏的我转身离开,防止祸从口出。

我们之间的谈话最终破裂。从此,我与她的交流只是简单说明,再无深谈。导致这一后果的原因在于,闻风而来的媒体并未发现戴安娜的踪迹(而我是造成这一切的主要原因),她错过了一次在媒体前高调亮相的机会,而此时正是她极度渴望得到媒体关注的时候。

某次,当媒体包船在岸边四处寻找戴安娜的身影时,她正在屋外散步,四处寻找海滩。不幸的是,与戴安娜相当接近的媒体还是扑了场空。他们只留意到我们警卫人员居住的大房子,而此时我正好与戴夫坐在门外,他们便因此推定这是戴安娜下榻的房子。更凑巧的是,两位王子正好来到屋前下海游泳,媒体据此更是深信戴安娜必定在屋内。因此,我们"警备房屋"的照片登上了英国国内报刊,并配文宣称这是戴安娜的"天堂度假屋"(当然,这也让我再三向警察局高层解释花销问题)。

狗仔队们在船上拍了两位王子的不少照片。我联系了当地警方,登上了媒体船只,请他们离开,让戴安娜和儿子们享受宁静的假期。我甚至开玩笑地说道,他们已经拍摄到了王子的照片,可以去钓鱼了。他们十分配合地离开了。然而,我却不小心犯了一个错误。当我与《太阳报》王室摄影师亚瑟·爱德华兹交谈时,不小心透露了我们之间的不快。亚瑟多年来追随戴安娜,他从我的话语中敏锐地感觉到有不同寻常的地方。

当时他问道:"王妃怎么样?"我当时对戴安娜的行为依然心存不悦,于是耸了耸肩,无奈地咧嘴而笑,似乎在暗示需要与她进行一番深谈。虽说此举无其他用心,可对我造成了困扰。当戴安娜回到英国听说了我的所作所为后,便暗示我对媒体要慎言慎行。而这也导致了戴安娜与我之间另一次棘手的对话。

假期结束时,戴安娜依然愁云密布。她并未能充分享受假期。即使有朋友们陪伴左右,分居后的新生活仍然带给她很大压力,让她感到无所适从。她的行为越来越怪异,在我们搭乘飞机回英国前,她做出最后努力,想在媒体前露脸。但出于安全考虑，我拒绝了。她因此快快不乐。

"肯，我只想做自己想做的事情，这对我来说太不公平了。我只想做个普通人。天哪！没人能真正理解我。"她大发雷霆。在多年努力尝试无果后，我开始相信，或许确实没有人能真正理解她——包括她自己。

如今，我已开始怀疑她的动机。我对她的目的一无所知，甚至怀疑她自己也不清楚自己的目的。毫无疑问，我们分道扬镳是迟早的事。一想到要离开她我便悲伤不已，可如果戴安娜无法对我保持绝对的坦诚，我便无法向她提供专业的安保服务。我想戴安娜此时也很纠结，如果她想摆脱牵绊已久的王室体系，她便要解除身边的警卫保护，而这无疑是极具风险的行为。

导致我和戴安娜真正分道扬镳的原因是，1993年5月，她在洛杉矶健身中心健身时被隐蔽摄像头偷拍。早在六个多月前，戴安娜就提醒我她在健身房被非法拍摄的可能性，但拒绝告诉我原因。11月初，《周日镜报》（*Sunday Mirror*）和《每日镜报》刊登出戴安娜穿着紧身衣在健身房锻炼的独家照片。她迅速行动，果断地将媒体侵犯隐私的行为告上法庭。这件事迅速登上了报刊的头版头条，因为这是戴安娜第一次采取法律行动对抗媒体。然而，我却对此心存疑虑，一再怀疑是戴安娜与健身房老板布莱斯·泰勒（Bryce Taylor）提前串通好，为媒体精心设计的一个圈套，利用媒体大肆煽动公众的同情心。

戴安娜把他们告上法庭后，我请求出庭做证，但这可能透露出我的疑虑。她拒绝了我的请求，因为我观察到的证据对戴安娜非但没有帮助，反而可能产生事与愿违的后果。

法庭做出裁决，判定报社败诉，并颁布禁令，不允许更多照片外泄。最后，戴安娜决定庭外和解，接受道歉和赔偿，并取回底片。这笔赔偿最终捐至以她命名的慈善机构。

虽然表面上戴安娜在"偷拍照片"事件中取得胜利，事实上健身房老板莱斯·泰勒才是真正的赢家。他私下接受了25万英镑（约37万美元）的和解金。戴安娜因此免于出庭——否则场面将会相当尴尬——真正受益的无非是泰勒以及几个慈善机构。在我看来，戴安娜在这件事情中绝非完全无辜，她也借和解规避了一场耗时耗力的法律诉讼。

玫 瑰 自 有 芬 芳

>>> part 08

别了，英格兰玫瑰

47

离开戴安娜

我对戴安娜这场法律诉讼的质疑态度改写了我的命运。在某个美丽的英格兰秋日,我下定决心离开戴安娜。这天天气晴朗,戴安娜正在观看儿子的足球比赛。遗憾的是,我们在迪士尼及巴哈马之行中产生的隔阂,让我与她之间一直保持礼节性的交流——只是简单的问候以及"是的,夫人"之类的简短答复。她显然对我十分失望,而我也对她在假期前后的行为心存不满。更糟糕的是,她拒绝配合我,也不再坦诚相待,这让我的工作难以顺利展开。我想这或许是霍尔和她身边其他阿谀奉承者对她造成的影响。

在威廉足球比赛的当天早晨,戴安娜告诉我想亲自驾车前往。她当时心绪不宁,准备反驳我的每一句话——我此时处境艰难。以往这种时候,最恰当的处理方法是保持沉默,防止祸从口出。然而在我们去往威廉王子比赛现场的途中,我忍不住提醒她不要超速,这让她对我更加不满。当我们到达的时候,甚至连威廉王子都没能躲开他母亲的坏脾气,被批评了几句,这让他在同学面前略显尴尬。

我实在不能理解她的行为。当在烈日下驶回伦敦时,戴安娜依然在沉浸与我开战的状态中,一直没说话的我实在忍无可忍,做好了还击的准备。

直到接近肯辛顿宫时,我们之间还尴尬地保持着沉默。突然间,戴安娜驶向路边并猛踩刹车,宣称自己要下车购买CD。可问题是她将车停在双黄线内,并关闭引擎,打开车门准备下车。

我终于打破沉默:"夫人,你现在是违规停车。按照法律规定,你不能在这儿停车。"

她转头看着我说："你是个护卫，难道不是吗？你来帮我解决。"

这话是我与她之间最后一根稻草。

我不能忍受她的任性。"夫人，恕我直言，你知道我不可以这样做。如果你在此停车，车被拖走，这便是你的责任，我对此无能为力。"

她听到这话非常生气，深深叹了口气，回到车内，"砰"的一声把门甩上，大踩油门儿把车驶上繁忙的主道，寻找停车位。我提议将车停在肯辛顿宫花园，但她对我的建议置若罔闻。于是我又建议先驶回肯辛顿宫，然后步行几百米前往海儿音乐城购物，而她依然无动于衷。就在这个时候，她流下了眼泪，与其说是难过，不如说是懊丧。最终她把车停在肯辛顿宫，打开车门跳了出去，走回街上，回头告诉我她要去购物。

"一切都结束了。"我大声说道。

我心里非常清楚，这份工作就此终结。结束的导火线居然是违规停车，这不免让人有些唏嘘，可事实却是如此。坐在车上的我在脑海里构思了一封辞职信，并开始为将来做打算。我不在乎离开王室护卫队，回到警察局执行一般公务。王妃过去几周的刁钻表现让我真心觉得，或许我不在她身边会更好。从职业角度而言，我知道必须放下自我，但我无法做到——她让我无法开展工作，而这样的结果又危害了她的人身安全。

我并未下车追赶王妃，因为多年的经验告诉我，她不久便会返回车内。她从不带钱——这一习惯在王室成员中非常普遍。果然她很快就回来问我拿钱买CD，我尽责地陪她到店里付款，然后我们回到了肯辛顿宫。刚开到住处，我便平静地告诉她："夫人，我决定辞职，不再担任您的私人警官。今天下午我会告诉科林，并尽快协调离岗。"我的声音听起来异常冷静，戴安娜一言不发。她下了车，一路走进肯辛顿宫，没有回头。

我不清楚戴安娜是否因我的决定而大吃一惊，又或者是她一直在等待我开口辞职。她或许已经等待这个决定很久了，只是不敢主动辞退我。当我把这个决定告诉科林时，他却说我决定失误，他认为我和戴安娜之间的剑拔弩张只是一个阶段，很快便会和解。但我告诉他我已无法忍受，希望得到他的支持。第二天，我找到上级主管，正式提交了辞职信，申请调离岗位。他劝我再多干几周，但在我与戴安娜关系如此紧张的形势下，我无法满足他的要求。

《每日邮报》《太阳报》和《每日快报》等媒体迅速捕获到了我辞职的消息。某报刊头条为"戴安娜失去了首席护卫官"，但这些记者与我打了多年交道，对我没有差评。他们在报道里称，我不仅仅是戴安娜的护卫官，更是她的朋友，并将我的离开称为是戴安娜人生中的一个重要时刻。报上写道，她失去的不仅仅是一位护卫官，更是一位朋友——现如今，还有谁值得她信任呢？

我辞职的事情曝光后，媒体竞相采访我，我一概拒绝回复。警卫总管让我先休假，再安排新岗位，但遭到了我的拒绝，我想尽快重新上岗。于是我被安排负责来访的外国王室成员和贵宾的安保工作，我立刻答应下来。我如释重负，感觉自己终于做出了正确的决定。

几天后，一切重新步入了正轨，我接到了科林的电话。他告诉我王妃要求见我，并送我一份纪念品，我拒绝了。科林说这是我的自由，他无从干涉，但如果我愿意去见她的话，能帮助其他护卫官收拾我突然离开后留下的烂摊子。我接受了他的建议，但告诉他我不想接受戴安娜的纪念品——私人旅行钟。科林不再勉强，让我自行决定。他不仅是我的同事，更是我的朋友，知道不能强人所难。然而，我对戴安娜怒气未消，甚至已转变为内心的痛苦。

我最终还是去见了戴安娜。几天后我来到王妃的住所，正式从她手中接过印有姓名首字母"D"的旅行钟。虽说拒绝接受礼物是不识大体的行为，可我此刻真心不想与她见面。我们都清楚，曾经患难与共的感情现在已经结束了。

我至今无法忘记我们曾经的亲密无间，或许我应该更加努力地修补我们的关系。可是当时，我感觉她正走上一条自我毁灭的道路，而她却不为所动。我再怎么提醒她都是无用的，于是，我几乎一言不发。戴安娜也目光躲闪，或许是由于尴尬，或许是由于内疚。我知道她的内心极其孤独，担心未来的生活，甚至盼望我能回到她的身边。

"肯，你并不快乐，不是吗？"她抛下送礼及会面的礼仪，直接问我。

"夫人，是的，我当然不快乐。"我回答，"但更重要的是，我非常担心你的安全。"

"肯,我还好。"她说道。她看起来不知道该保持严肃还是该恢复一贯的说笑。

"夫人,或许你自认为安全,可你身旁的人将你放在危险之中,这让我十分担心。这些人并不保护你——他们只保护自己。这是你和我都清楚的事实。"

她听完我的话后一声不吭。我知道,在内心深处,她同意我说的话,但嘴上却不愿意承认。她也清楚我全无回归之意,尤其在我情绪爆发后,她并未挽留我。她不想再谈及错综复杂的感情生活,因而巧妙地转移了话题。我心里暗自发笑。从我认识她后,她学习了很多新技能,其中一项便是如何避免可能发生的尴尬局面。随后她郑重地感谢我的安保工作,并祝我前途似锦。我向她道谢,然后头也不回地离开了肯辛顿宫。

几天后,我们又相遇了。没想到的是,这次相遇竟让戴安娜给我寄来一封气愤的信件,原因是我起诉了《太阳报》。该报为了制造耸人听闻的效果,将我与戴安娜在伦敦街头的偶遇夸张成"戴安娜与护卫官朋友在偏僻角落里秘密会面",甚至还称戴安娜安排了一次与我的私下见面,错误地将我描绘为她的"坚强后盾"。由于担心上级官员认为我滥用职权,在工作时间内与戴安娜见面,我决定诉诸法律。

当时的实情是这样的:我与一位王室成员和外交保护队成员伊恩·格特(Ian Huggett)中士一同乘车,但伊恩不清楚大使馆的位置,我正为他指路。当我们驶进卡多根广场骑士桥时,伊恩看见戴安娜的黑色奥迪正驶向我们。在此情况下,如果我不下车与她寒暄就显得过于无礼了。于是,当我们两辆车互相靠近时,我们都停车并放下车窗交谈,同时请伊恩靠边停车,然后下车走到王妃车旁,侧身透过车窗与她交谈。我问她近况如何,她笑着说一切都好。这时我注意到附近有两位摄影师在偷拍,便下意识地提醒她,没想到她说:"我知道,肯,但我摆脱不了他们。"

"夫人,请你先把车开走吧。"我回答道。她笑了笑,朝我挥挥手,便扬长而去。

这居然是我们最后一次见面。《太阳报》于11月25日把照片和报道刊登出来,我未经过王妃的许可,便联系警察联合会,请律师代表我本人追究此事。

几个月后，我在等待开庭期间，接到了一封来自戴安娜的信，信中她怒气冲冲地谴责我为何不经她的同意便采取法律手段。她说我令她十分失望，并担心法院传召她出庭做证。当然，她反应过度了，最终《太阳报》与我达成庭外和解。

在王室成员的世界中，很多现象都令人难以理解。有时，外面的世界对他们来说非常陌生——王宫里的人与其他人在行为上有很大区别。因此，当我回首在戴安娜身边的这些日子时，我意识到没必要为与王妃分开而感到悲伤，因为这在所难免。实际上，个性如此强烈的两个人能维持坚固的"伙伴关系"那么多年，已经相当不易。戴安娜希望时时刻刻得到关注，这让我的工作进退两难。但不可否认的是，多年来，我毫无保留地信任她。她性格超凡，擅长激励人心，鼓励人们全力以赴。

她擅长鼓励人努力把事情做到更好，知道如何让人们摆脱平庸，感觉自己与众不同，她也给了我这种感觉。但当你与她共同工作并长期共处一室时，脾气便会爆发。我的决定或许是错误的，或许过于任性，但与她分开是迟早的事情。而此时，正是她重获新生的时刻。

1993年12月4日，《每日邮报》的获奖专栏作家琳达·李－波特（Lynda Lee-Potter）发表了一篇赞扬我的文章，并分析了我的离职对戴安娜的影响。我知道戴安娜每天都会看这份报刊，她一定会读到这篇文章。

"肯·沃尔夫的离开恰恰是因为他忠心、敏锐和幽默。正因为他的存在，戴安娜才不会与现实脱节。"

凌晨 4 点的坏消息

这是一个极其闷热的周末夜晚,烈日的余温似乎还未完全消散。

我躺在多塞特郡的别墅中,热得头昏胸闷,难以入眠,不知为何,脑海中浮现出戴安娜的身影。整个夏天我都在关注那件让她颜面尽失的绯闻,心里不由地为她担心。报上到处刊登着她与新男友多迪·法耶兹(Dodi Fayed)在撒丁岛翡翠海岸乘坐游艇"爱之舟"的新闻和照片。

大约凌晨四点,宁静的夜晚被寻呼机的振动打破,半梦半醒的我在黑夜中摸索着。到底发生了什么?白金汉宫被偷袭?还是其他什么事情?呼机信息要求我立刻联系王室保卫部门总管戴·戴维斯(Dai Davies)。出于安全考虑,我并未在别墅内安装电话,只能急忙抓起几件旧衣服套在身上,跑到街边的电话亭。这时天已微微亮,我打通了电话,并迅速转接戴。

"我恐怕要告诉你一个坏消息。"他直入主题,声音由于紧张而发抖。

毫不知情的我打趣道:"戴,你在这种时候打扰我,我也没期待你会告诉我什么好消息。"

当他告诉我威尔士王妃在巴黎死于车祸时,我目瞪口呆。戴接着说:"我希望你可以立刻赶回伦敦,协助安排葬礼事宜。"

还未从惊吓中恢复过来的我答应了,然后挂断了电话,回到了家。

离开戴安娜后,我偶尔会质疑辞职的决定是否正确。这个痛苦的时刻更是让我陷入了前所未有的自我怀疑中。一直忠心耿耿服务于王室的戴安娜,从未放弃与命运抗争，如今却逝世于巴黎的一家医院中。我脑中不断地反复思考，这一切到底是怎么发生的？而此时她的去世，正如她生命中其他重要时刻一样，成了全世界媒体关注的焦点。

我在静谧中不断追忆着与戴安娜共事的每个瞬间。这时天已发白，鸟儿开始唤醒沉寂的清晨，而我的耳边似乎还回响着她的笑声。我突然想到，以前听说人们对于这种新闻，例如肯尼迪总统被刺杀的时候，总能清晰地回忆起当时他们在什么位置，做什么事。我想戴安娜之死也是如此，虽然她并非死于刺杀。我无法抑制自己的思绪，一直在反复思考：怎么做才能挽救她？到底谁是罪魁祸首？

对戴安娜死因的猜测大多基于无知或怨恨，或两者都有。有一个版本我认为值得一提，那便是特雷弗·里斯－琼斯（Trevor Rees-Jones）撰写的《保镖的故事——戴安娜、车祸及幸存者》（The Bodyguard's Story: Diana, the Crash, and the Sole Survivor）。需要指出的是，我在戴安娜身边保护了她整整六年，然而里斯－琼斯这位王妃车祸中的幸存者，只工作了短短几周。并且无论是里斯－琼斯，还是其他在戴安娜逝世数周前保护她的保镖，都不是伦敦警察厅王室保卫部门的成员。里斯－琼斯这位曾经的军人，并未接受过任何关于保护王室成员的必要培训。我非常清楚，如果此时陪伴在戴安娜身旁的是伦敦警察厅的警卫人员，是绝对不会允许她坐上一辆由醉汉开的车的。这不仅仅是经验问题，更是警卫人员的常识。

从戴安娜拒绝女王继续为她提供全天候警卫服务开始，她便无意中触动了死亡的开关。像大多数王室成员一样，戴安娜将警卫人员的存在想象得太过理所当然，忽略了我们为做好本职工作所接受的长达数年的培训和积累的丰富经验。

戴安娜去世以后，我从未间断过研读各种关于她去世的官方报告，也尝试了解了穆罕默德·法耶兹提出的阴谋论。几十年的职业生涯告诉我，戴安娜的死亡完全是一场可以避免的、悲惨的意外事故，她和其他两人的死亡，并非是因为她给王室及英国体制带来了耻辱而招致的杀身之祸，而是过分自信和人为失误共同导致的结果。

关于这场车祸,有不少不可辩驳的事实。从各种版本的警方报告中都能发现司机亨利·保罗(Henri Paul)当时饮酒过度、神志不清,而多迪·法耶兹行为反复无常,狗仔队又穷追猛打,这些都是造成车祸的原因。更让我惊讶的是,车祸发生后,竟没有人质疑戴安娜在巴黎的安保工作是否到位。如果当晚负责戴安娜安全的是伦敦警察厅,而不是穆罕默德·法耶兹雇用的保镖,警方会立刻启动全方位的问责调查,所有涉案警员需要接受详细询问,包括事故发生前后的每个举动。他们任何一个可能犯下的错误都会导致职业生涯的灾难性毁灭,甚至可能被追究刑事责任。

如果要对王妃之死进行深入评估,则难以绕过里斯 – 琼斯的职责。这位前军人受雇于穆罕默德·法耶兹,主要负责保护他的儿子多迪·法耶兹和戴安娜。若这位保镖接受过伦敦警察厅的培训,他便知道,在任何时候都应该以安全为重。如果真如他所言,是多迪命令司机亨利·保罗超速行驶的,那他应当及时制止并命令亨利·保罗减速。

英伦玫瑰凋谢的巴黎阿尔玛隧道。从此,不列颠王冠上失去了一颗耀眼的明珠。

49

魂归阿尔玛隧道

在阿尔玛隧道发生的一切都应该被细细审查,这可以揭开戴安娜死亡的疑点。为了还原整件事情,我们应该从此事发生的背景谈起。

1997年8月30日,多迪和戴安娜在海边度假时,被两位乘坐小艇的摄影记者罗伯特·佛雷扎(Roberto Frezza)以及萨尔沃·拉·法塔(Salvo La Fata)发现,他们不得不临时决定终止撒丁岛游艇之旅。当时两人拒绝了拍照邀请,遭到了摄影师的恶语中伤,王妃也因此闷闷不乐。多迪迅速做出决定,撤离海岛,并下令让保镖安排两人飞往巴黎。数小时后,他与王妃及安保团队在位于撒丁岛北部的奥尔比亚机场登上一架哈洛德湾流航空公司的飞机前往巴黎。临行前,他们就十分清楚,狗仔队必定会在即将到达的布尔热机场追踪他们。90分钟的飞行后,他们在机场见到了前来迎接的巴黎丽兹酒店(法耶兹名下的物业)的保安部副经理——41岁的亨利·保罗。这次撤离便是里斯-琼斯及其搭档凯斯·温菲尔德(Kes Wingfield)犯下的第一个严重错误。他们的工作是负责多迪及戴安娜的人身安全,而不是逃避媒体的追踪。他们犯了致命的错误,毕竟狗仔队发射的只是闪光灯,而不是子弹。

多迪显然准备与戴安娜在巴黎共度良宵。据其父亲称,多迪在巴黎旺多姆广场的雷波西珠宝店定制了一枚价值19.6万英镑(约30万美元)的戒指,准备向戴安娜求婚,并将与她一同游览在巴黎西部的别墅,该别墅为温莎公爵遗产,由他父亲几年前买下。(讽刺的是,退位前的温莎公爵,也就是爱德华八世,正是查尔斯王子的舅爷。)

当他们乘坐的飞机降落在布尔热机场时，戴安娜透过机舱的窗户看见了在此等候多时的狗仔队。里斯-琼斯领着戴安娜和其他人走下舷梯，并乘汽车离开。这项安排是正确的。他们所乘坐的汽车，被安排前往由法国警方摩托车警卫护送的高速公路。然而几分钟后，驾驶着摩托车的各路狗仔队便开始了对戴安娜和多迪的舍命追逐。

即便如此，负责驾车护送戴安娜和多迪前往巴黎的司机菲利普·杜尔诺（Philippe Dourneau）仍保持镇定。他明智地选择不去与开摩托车的狗仔队飙车，而是保持稳定的车速。因此狗仔队在迅速拍到戴安娜和多迪的照片后，几分钟内便停止了追逐，立刻下车整理并发送照片。毕竟他们拍照的任务完成后，根本没必要继续不顾危险地玩儿命追逐。

大约4点的时候，汽车驶进了温莎公爵曾经的别墅。这对情侣在花园漫步、歇息、密谈，随后却做出了些足以致命的错误决定。他们传召保镖，决定前往丽兹酒店，而不是留在较为安全的别墅。戴安娜此时想为哈里王子挑选生日礼物。当她到达酒店时，一位摄影师突然闪出并拍摄了她的照片，这让她既警觉又沮丧。在酒店皇室套房休息片刻后，戴安娜前往理发店，而多迪则在房内打电话。

王妃随后先是给与父亲和祖父母同在巴尔莫勒尔堡的儿子们打电话，然后致电《每日邮报》的记者理查德·凯。她在电话里说道，她非常期待能在儿子们九月份重返校园前与他们共度欢乐时光，同时称她要退出公众生活，而现在则是最佳时机。理查德·凯后来写道，戴安娜听起来比以往任何时候都要快乐，他那时真心相信多迪和戴安娜会终成眷属。

此时，狗仔队正在酒店外面守候着这对情侣。保镖外出就餐后在指定时间内到岗。然而，为安全局势再添变数的是，多迪此刻决定回到他位于香榭丽舍大街的公寓，以便更衣赴宴。他们9点从后门离开，多迪和戴安娜在一辆车上，而里斯-琼斯与搭档温菲尔德乘坐路虎跟在后面。如果严格按照安保的程序，此刻应有一位保镖跟随戴安娜和多迪在同一辆车上。

戴安娜离开酒店，立刻在等候在外的狗仔队中引起一片骚动。双方都情绪高涨——狗仔队们不顾一切地要拍摄更有价值的照片，而戴安娜和多迪恨不得赶紧抽身——但以我所见，多迪在明知有狗仔队穷追猛打的前提下，依然要在巴黎东奔西走实在是不必要。如果此刻我在戴安娜身边,我会制止他的行为,并严肃质问他此举的目的。然而似乎没有人意识到此时最简单、最明智的做法就是留在丽兹酒店,等待狗仔队的疯狂追逐行为稍微平息。

平心而论,里斯-琼斯与搭档温菲尔德此时其实束手无策。他们与我们这些伦敦警察厅派遣的警卫最大的区别在于,他们受雇于他们所要保护的对象,而我们只听命于警察厅内高级主管,而非我们的主人。这点非常重要,因为如果情况紧急,我们可以忽略甚至否决主人们的决定。也就是说,在当时的情形下,我们可以直接绕过戴安娜和多迪,通知当地宪兵队请求支援。

戴安娜此时精神状态高度紧张。从大部分回忆录可以看出,她当晚行为怪异,甚至歇斯底里,心情既兴奋又恐慌。这种情形我曾遇到多次,每次都必须使出浑身解数,用各种伎俩劝服她。这个过程非常不容易,需要有足够的耐心让她逐渐冷静。多迪这位温柔体贴的情人,此刻既要想方设法让戴安娜开心,又要替她担忧。

按照多迪父亲所言,多迪此刻行为怪异的原因在于,他有其他要事在身,难以抽身。此时,他已明显失去理智,为了打动戴安娜,而做出一些草率、拙劣的决定。

对里斯-琼斯和温菲尔德而言,戴安娜此时的情绪波动和多迪的临时决定,让他们的工作难上加难。而越是这个时候,越需要冷静的头脑和英明的决策。

这正是保镖应该发挥作用的时候,可他们二位既缺乏经验,又缺乏权威,只能继续听命于多迪。不知出于什么原因,多迪带着戴安娜在巴黎东奔西跑,目的地是圣马丁大道的伯努瓦小酒馆,据称这是多迪将要求婚的地方。在他们前往此地的过程中,却遭遇了提前收到线报,并早早潜伏在途中的一群狗仔队。根据我的经验,狗仔队一般是不会将戴安娜吓跑的,但此刻他们决定放弃小酒馆而回到丽兹酒店。在酒店,他们再次遭遇狗仔队,于是决定在酒店内的米其林二星艾斯伯顿餐厅就餐。但由于过于担心酒店内部有人偷拍,他们随即放弃在此用餐,回到套间享用晚餐。

在用餐途中,他们做出了一个致命的错误决定,那便是多迪决定带戴安娜回他的公寓。他让他平日的司机,也就是刚才冷静驾驶的菲利普·杜尔诺驾驶路虎从前门离开酒店,迷惑记者,分散他们的注意,而多迪和戴安娜则乘坐由亨利·保罗驾驶的租赁奔驰离开。已经下班的保罗被传召回来担任司机。毫无疑问，里斯－琼斯和温菲尔德都认为这绝非万全之策，并告诫多迪，离开自己的汽车并不明智。这些做法都与他们曾接受的安全训练以及安全原则相悖。

然而这些劝告都被多迪否决了。里斯－琼斯和温菲尔德的主要职责成了逃避狗仔队，而不是确保两人安全。

在此书中，我曾多次提到我与狗仔队们协商拍照时机。通过我的斡旋，戴安娜的安全得以确保。我相信，当时保镖和守候在丽兹酒店外的媒体之间也有类似的交流，但可惜他们无法达成共识。最终他们因小失大，因为躲避狗仔队的追踪而丧失了生命。

多迪是铸成大错的主要原因。他带着戴安娜在巴黎东游西逛，这让急于得到指引，知道他们下一步计划的媒体躁动不安。无论是王室还是政府的公开活动，媒体都会得到一份行程指引，这份指引对双方都十分重要。倘若当晚媒体能得到一份声明，向外解释多迪和戴安娜都十分疲惫，决定在丽兹酒店留宿，大部分媒体或许会就此放弃追逐，并离开酒店，哪怕只是短短的几个小时。

里斯－琼斯对狗仔队缺乏足够的认识也是酿成大祸的原因之一。他似乎摆脱不了在部队当兵时的思维定式，把媒体称为"敌人"，摄影师称为"狙击手"，并把他们的长焦镜头比作"机关枪"。正是这样的思维定式，使他无法正视所处形势。

当然，还有造成此次灾难的其他原因。里斯－琼斯说亨利·保罗接到多迪召唤时"喝醉了酒"。事实上，以保罗当时酩酊大醉的状态，任何一位保镖都应该立即意识到他不可能驾驶，并且果断地做出决定。尸检结果也表明保罗血液内的酒精含量，超过法国交通部门所规定的酒精浓度测试标准的两倍还多，同时还发现了其他影响其驾驶能力的药物的痕迹。

里斯－琼斯在他的书中指出，任职于法耶兹的温莎别墅的安保人员本·默雷尔（Ben Murrell）当天与亨利·保罗闲聊时就发现，他"闻起来像是在午餐时喝了一杯"。而里斯－琼斯和温菲尔德正是在当天上午10点左右，陪保罗坐在丽兹酒店的酒吧，目睹他喝酒的人。但据称，保罗告诉两位保镖他喝的是菠萝汁。实际上他点的是法国茴香酒，一种烈性甜酒，带有强烈且容易识别的茴香味道。这种酒通常与水混在一起，闻起来像是菠萝汁。然而我相信，如果此时坐在保罗身边的是伦敦警察厅的警卫，一定会很容易嗅出保罗的饮品中有酒精。

事已至此，为何两位保镖不制止保罗的驾驶，或者制止多迪和戴安娜与他同行呢？我想原因是在于他们与多迪之间是雇用与被雇用的关系，没有斡旋的机会，也没有提出建议的可能。与之相反的是，亨利·保罗是法耶兹集团在巴黎公司的高管之一。在此情形中，即便知道这些安排极为不妥，两位保镖也只能束手无策，听从命令，而不是向多迪和戴安娜提出保罗不适合驾驶的建议。

亨利·保罗或许拥有既喝酒又保持足够清醒的超能力。然而，在驾驶奔驰离开酒店时，据说保罗曾探出车窗，向等候的媒体发出"有本事你就来"的挑战，这一夸张的行为应当足以让里斯－琼斯警醒，并质疑保罗当时是否有能力驾驶。任何一位冷静理智的司机都不会发出这样的挑战，正是这个挑战惹怒了正在等候的大批媒体。

据称亨利·保罗曾受训于奔驰公司，并参加过反劫持驾驶演习。可是他在驶回多迪公寓途中，并未展现出与之相配的超高驾驶技术，和在复杂路况中保持冷静的能力，甚至还不如此前搭送二人回到巴黎的司机菲利普·杜尔诺。

据里斯－琼斯回忆称，在这个最需要保罗发挥出精湛驾驶技术的重要时刻，保罗似乎忘记了他此刻驾驶的是大马力的奔驰轿车。里斯－琼斯称，保罗此时误认为该车是手动挡，并"挂到了空挡"，致使奔驰轿车依靠惯性，以每小时70英里的速度向前快速行驶，最终撞上了阿尔玛隧道的混凝土柱子。

在此之前，里斯－琼斯也感觉保罗不适合驾驶，因为当时他试图拉上安全带，可最终没能系上（救了他一命的是安全气囊）。然而，里斯－琼斯做法不当的地方在于，作为保镖，他应当提醒所有乘客——包括司机——一上车就要系好安全带。当我在戴安娜身边时，她无论是驾车还是乘车，一上车便会自觉扣上安全带。可恰好在车祸发生时她没有系安全带。因此我只能推断，里斯－琼斯或许不敢向多迪提出异议，与其正面对抗。

里斯－琼斯在书里无意中暴露了专业技能的欠缺，这也使我们能够从中分析他行为失误的原因。他将自己称为"打架的一把好手"，这更让人怀疑他是否真的适合担任保镖。擅长打架绝对不能保卫戴安娜这种公众人物。事实上，一个保镖，不到万不得已，都不应该出手打架。保镖要做的是充分发挥聪明才智，想方设法使主人避免卷入各种危险，避免可能发生的各种冲突。倘若真的发生了冲突，攻击行为应该是最后的选择，而且应该是在尝试了所有方式无果后再使用。在我个人的警卫生涯中，仅有少数几次在不得已的情况下才使用了武力。

安保工作的重中之重在于防患于未然。当里斯－琼斯接到任务，要为戴安娜巴黎之行担任保镖时，他所做的并非联系伦敦警察局寻求建议，而是简单将其误认为是"一次有趣的行程"。再者，在他的书中，无论是里斯－琼斯还是温菲尔德，都未对多迪和戴安娜所到之地进行提前考察。只要一经考察，就能避免出现在伯努瓦小酒馆的类似问题。

我也怀疑这位保镖被戴安娜的气场所震慑，就像很多普通民众一样。他在书中写道，戴安娜是多么魅力四射，他想做些事取悦她。我说过，要想保护好一个人，就必须坦诚相对，而不是惧怕。一名保镖最重要的技能并非身强力壮，而是与人交流，是要有反驳主人的信心和勇气。作为保镖，里斯－琼斯和温菲尔德都应该质疑多迪做出的离开酒店回公寓的决定。并且，正如里斯－琼斯反复强调的，他最大的担忧是狗仔队的追逐，他应该告诉王妃和多迪，在当地警力缺乏的情况下，他们应该待在酒店，趁黎明人少时再离开。若多迪执意要回到公寓，里斯－琼斯应当联系当地警方以获得援助，而且我深信，如果巴黎警方的当值警官接到请求，必定会积极响应。以我曾与戴安娜在一同出行时，对巴黎警方的了解，他们会认真对待每次警情，尽力提供一切帮助。法国宪兵将想方设法地控制等待的媒体，护送多迪与戴安娜从酒店回到公寓。他们还会安排既定道路、确保车速安全、限制媒体靠近，避免意外的发生。

有读者会觉得我对里斯－琼斯的评价过于苛刻。事实上，我并非针对他，并且对他在车祸中所受的身体和心灵的伤害表示十分遗憾和痛心。我对他在车祸发生时所做的，甚至是没能做到的行为的评价，完全基于我多年来的专业经验，以及我与戴安娜共事多年对她的深入了解。戴安娜早已习惯身边周密而轻便的安保服务，她甚至认为这一切轻而易举，对此满不在乎。她并不知道，像里斯－琼斯这类的私人保镖，无法给予她曾在伦敦警察厅享受过的周密的整套保护。法耶兹也不知情，他虽然雇用了里斯－琼斯，却不知道他没有能力处理戴安娜所面临的众多狗仔队的包围。以我所见，这都是他们的力所不能及之处。

50

关于死亡的阴谋论

更让人沮丧的，是关于戴安娜之死众说纷纭的阴谋论，大多数人认为她是被某机构出于某种邪恶的目的所害。然而她的死亡并不能与约翰·F.肯尼迪（John F. Kennedy）总统的刺杀相提并论。在戴安娜的死亡现场，并未发现子弹，造成她死亡的是一位酩酊烂醉的司机、一位缺乏经验的保镖和一位热情过度却适得其反的男友。威尔士王妃死于一场每年都会发生的、次数以千计的普通车祸。

穆罕默德·法耶兹和他的新闻发言人——前英国广播电台记者迈克尔·科尔（Michael Cole）以及他的首席安全官——前伦敦警察厅总警官约翰·麦克纳马拉（John McNamara）都相信，多迪和戴安娜死于一场牵涉了美国和英国安全部门的蓄意谋杀。

法耶兹的阴谋论成立的前提是英王室对戴安娜不满，不满其作为英国王位继承者的母亲，即将下嫁给拥有穆斯林血统的阿拉伯人多迪。（也有传言称戴安娜当时已经怀孕。）

法耶兹同时宣称，美国中央情报局一直在监听戴安娜和多迪的手机，当晚美国中央情报局以及英国军情六处（英国秘密情报局）都有特工在巴黎，并且在为刺杀这对情侣做周密安排。他甚至认为，当时奔驰轿车的司机，也就是他自己酒店的保安部副经理亨利·保罗为军情六处特工，而他是这次蓄意谋杀中的一颗棋子，被命令"舍近求远"，选择河边道路，通过阿尔玛隧道去往香榭丽舍大街。

其他提出阴谋论的理由还包括一台下落不明的白色菲亚特牌"乌诺"轿车，这台轿车曾开在奔驰前方迫使其减速，因此骑摩托车的狗仔队追上了戴安娜（这些骑手和乘客都是特工），并向亨利·保罗发出致盲亮光，使其瞬间晕眩，无法控制汽车，最终导致车毁人亡。

其他由法耶兹新闻发言人迈克尔·科尔提出的质疑包括亨利·保罗的尸检结果系伪造，从他身上采集的酒精含量严重超标的血样，并不属于保罗本人。同时，尽管在法国属违法行为，戴安娜的遗体从巴黎运回伦敦前3个小时，仍旧受到防腐处理，以掩盖她当时有孕在身的情况。法耶兹坚称，他的儿子多迪在车祸前数小时，刚刚告知父亲戴安娜已经怀孕。

从我的专业角度出发，我认为这些阴谋论都是纯属猜测的谬论。即便如法耶兹所言，戴安娜已经有孕在身，并且准备与他儿子结成连理，也毫无证据显示，女王及其丈夫菲利普亲王以及英国王室要一次性谋杀四位无辜人士，以除掉这位王室家族中最受欢迎和瞩目的成员。同时，我们需要对这一切做全盘分析。当时王室已经经历了一系列变革，不再如以往一样封建保守。女王在位50年间，早已意识到日新月异的变化，并学会通时达变。即便是在她的家中，她也学会了顺天应人。她的亲妹妹——玛格丽特公主便曾下嫁平民，并成为20世纪英国王室首位离婚的高级成员。而在女王的四个孩子中，三个已经离婚，这三位都是与平民结婚，而且威尔士王子当时正在与另一位平民卡米拉保持亲密关系。以我过去十六年间为王室工作的经验来看，如果女王或者王室其他成员得知戴安娜与多迪相爱，并打算结婚生子，他们会接受此桩婚姻并送上祝福。

所谓的蓄意谋杀是指牵涉多位人员的、构成犯罪或伤害的秘密任务。关于法耶兹提出的这次秘密谋杀牵涉英、美情报机构的说法，我们只需要稍微分析一下当晚的情况，便知道该说法立不住脚。要在隧道内实现一场一举谋杀四人的车祸是不现实的，而且最后不仅里斯-琼斯幸存，戴安娜也是车祸几小时后才身亡。甚至如果戴安娜和多迪当时系上了安全带，两位都可幸存。因此这种阴谋论是毫无根据的，而且即便是美国国家情报局或英国军情六处（如果他们当时确实在监视监听），也难以预测多迪心血来潮做出的各种决定，更无法有时间布置刺杀等各种预谋行为。此外，我们还没有将各种各样的变量考虑在内——

例如交通、天气、路况以及目击者的出现——这些因素都让所谓的秘密谋杀难以实现。世界上更是没有任何情报机构愿意参与这样的计划。

警方在经历两轮耗费纳税人数百万英镑的详尽调查取证后，排除了戴安娜死于阴谋之说。然而民间依然流传着各种戴安娜之死的阴谋论。如果有任何一丝证据能够证实戴安娜死于谋杀——我作为她的前护卫官，定会竭尽全力让真相水落石出。然而这类证据并不存在，戴安娜死于单纯的意外。我把这个结论发表在推特上后，竟出乎意料地引来我也是阴谋论一部分的言论。阴谋论无疑掩盖了戴安娜生平的成就。甚至是她的儿子们——威廉王子和哈里王子，都表示接受母亲之死的调查结果。我想我们都应该接受。

威尔士王妃戴安娜之死不是一场阴谋，而是一次应该被避免的、悲惨的意外事故。

然而戴安娜之死已成定局，所有本该做的都没有做，也无法挽回戴安娜的生命。戴安娜之死引起的反响一浪高过一浪，正如同她生前的所作所为影响了数百万人一样。我衷心希望人们可以记住她风华绝代的样子——记住她是一位侠义心肠、风趣幽默的伟大女性，记住她想通过自己的努力让世界趋于完美。

这个愿望可能会落空，但这是我亏欠她的。

后　　记

我自始至终都相信戴安娜死于一场意外事故，但多迪的父亲法耶兹一直无法释怀，他投入数百万要证实他们的车祸为一场秘密谋杀。在各类小报的推波助澜下，这似乎成了一个热门产业。任何一条关于她死亡的"内幕"都足以调动公众的好奇心，使得报纸脱销。2008年，经过长达6个月的审理后，法院最终证实戴安娜死于车祸，相信这次的结果可被公众视作这起悲剧事故的终结，让逝者安息。

鉴于本书出版后引起的巨大反响，以及我在媒体上坦率的言论，2008年1月，我被传唤至伦敦高级法庭73号审判室，著名律师迈克·曼斯菲尔德（Michael Mansfield）代表法耶兹先生不断就威尔士王妃与情人吉尔贝通话的"温香软玉门"事件要求我做证。在电话录音中，吉尔贝称王妃为"亲爱的""甜心""温香软玉"等，并不断表白"我爱你"。这本是私密的绵绵情话，却不料录音被公之于众。这件事情公然侵犯了戴安娜的隐私，让她因婚外情而背负骂名。我之前曾多次提醒她打电话时要小心谨慎，她却没听进去。

在出庭时，我如实地讲述了当时的情况：女王得知磁带的存在后非常沮丧，其他王室成员也对此加以嘲笑。这证实了戴安娜与查尔斯的婚姻已经濒临破裂。早前戴安娜还透露说，这件事发生后，女王曾亲自下令彻查所有的安全漏洞。我还指出，王室的每一位成员都常常遭到安全部门的窃听，王妃与吉尔贝的通话很可能是被英国政府通信总部窃听的，并借此质问是否应该对军情五处展开调查。这条证言引起了媒体的关注，迅速成为翌日报纸的头版头条。

关于无线电波是不是被做了手脚，是不是故意让媒体获取，是不是一心想破坏戴安娜名声等对于情报机构的质疑是法耶兹阴谋论的核心所在，也是目前调查无法取得确切答案的地方。我一直坚信录音是英国政府通信总部所录制的。因为这些电话录音曾被有规律地发送出去，以确保某时某刻能被人接听到。很显然，将这些录音带内容通过媒体公之于众，是非法发送信号者的最终目的。

毫无疑问，这段录音旨在摧毁戴安娜的声誉。审讯团了解的情况是这样的：在1989年新年前夜，戴安娜正与女王待在桑德林汉姆庄园。35岁的莲花车队市场销售经理吉尔贝打电话给戴安娜，却被两个无线电爱好者简·诺格罗夫和西里尔·瑞南监听，其中银行的退休经理瑞南还碰巧用无线电扫描仪录下了他们的对话。

瑞南称用最基本的无线电扫描仪偶然截获了此信号，录下来的目的是为了向妻子证实听到的确实是戴安娜的声音。录音带随后被卖给《太阳报》，于1992年被刊登。《太阳报》甚至把录音进行剪辑，让观众打付费电话收听。戴安娜与情人的通话至少持续了20分钟，吉尔贝亲昵地将戴安娜称为"亲爱的"53次，称为"温香软玉"14次，最后双方吻别并安排下一次会面。

戴安娜在电话中说："天哪，我希望肯会允许我出去。"而吉尔贝则怀疑肯不准许戴安娜出去与他会面。

"你知道吗，我一直在想象今晚12点时你会在我怀里，然后时间永远停止在这一刻。"吉尔贝说道。

而戴安娜也透露说，她与查尔斯的生活"简直是种折磨"，言语中还夹杂着一些咒骂。她坦言自己吃午餐的时候差点儿哭出来："你不知道我有多空虚难过，我为这个家庭做了那么多，却沦落到这般境地。"

我在工作中不得不了解所有与戴安娜关系亲密的男士，因此对吉尔贝也有所了解，电话内容也并未让我吃惊。在庭上被迈克·曼斯菲尔德询问时，我回答："我个人认为，由于当时爱尔兰共和军的猖獗活动，英国政府通信总部出于安全考虑，会监听某些王室成员的电话，所以这并非偶然。"

我还表示戴安娜曾自己打入《太阳报》的付费电话去收听录音。"她非常担心在公众面前出丑。"据我所知，女王对录音非常不满，并下令彻查此事。然而我对调查结果毫不知情。

曼斯菲尔德先生请了法医进行验尸。他对大法官斯科特·贝克（Scott Baker）陈述："女王曾下令对军情五处展开内部调查，调查是否展开了？如果有，那结果是什么？"虽然至今不知是否对英国政府通信总部的窃听传闻展开过调查，却不断有报告披露并谴责这些行为。通信拦截专员托马斯·宾汉姆（Thomas Bingham）

在1993年4月的年度报告中写道："时不时会有传闻称军情五处、军情六处或英国政府通信总部拦截各类通话。但这些传闻都是毫无根据的。"在另外一份报告中，身为大法官的安全服务专员斯图尔特－史密斯（Stuart-Smith）也认为对军情五处非法截获电话的猜测是莫须有的。"我认为军情五处从未进行过此类操作。"

我出庭做证的内容被指与阴谋论相关。法耶兹先生早在他儿子多迪追求戴安娜之前，就试图取悦她——这只是他的糖衣炮弹。戴安娜常常不打招呼就前往法耶兹先生名下的哈洛德百货公司购物——因为如果他知道的话一定会冲出门去迎接她。

我在听证会上还讲到，有一次我和戴安娜刚走进百货公司的大门，戴安娜便打趣地让我猜法耶兹先生多久会出现。我当时回答说，如果法耶兹先生在的话，一定会立刻赶到。当他拖着沉重的脚步穿过商店时，我们很快就能感受到那阵随之而来的疾风。

"我想法耶兹先生希望陪伴在戴安娜身边，他甚至不惜公开表现出对王妃的欣赏。"

我同时表示，如果在巴黎时能采取更为灵活的安保措施，让戴安娜能从丽兹酒店前门体面地离开，并允许狗仔队拍照，或许她现在还尚在人世。"她完全可以停下拍照，让狗仔队满意，也能缓解双方的紧张情绪。"可遗憾的是，他们却安排戴安娜从酒店后门离开，迫使狗仔队对其发起追逐，最终导致戴安娜乘坐的奔驰轿车在隧道发生车祸。

戴安娜的保镖特雷弗·里斯－琼斯在车祸中严重受伤。可我并不赞同他对媒体的态度。在听证会上，我坦言："他与媒体玩起了猫抓老鼠的游戏，而这种策略从一开始便注定是失败的。媒体并不想给戴安娜与多迪造成伤害。"我告诉他们，当我担任戴安娜护卫官时，我会安排媒体拍照时间，并使其承诺拍照后不打扰戴安娜的自由时间。我再次补充强调说，如果在巴黎负责戴安娜安全的是伦敦警察厅，这种灾难完全可以避免。

另一番引起轰动的言论是我提到戴安娜经常预言自己将死于车祸，她有时候会在周五下午前往海格洛夫庄园欢度周末时提起这个话题。"她会说'又该出发了，我怀疑我们可能会死于车祸。'"这番话可能源于塔罗牌或"水晶球"的占卜师帮她算卦得出的结论，但戴安娜本人对此结果从来都是一笑置之，甚至还开起了玩笑。"我在她身边的六年间,她从未提及有人要故意加害于她,也从未提出要额外加强安全保护。"

以上是我所有的证词,此后我也会持续关注这桩审判。接下来,报纸和电视似乎每一天都会曝光某项"耸人听闻"的证据,我渐渐地习以为常。

其中最令我不安的是戴安娜前管家保罗·伯勒尔（Paul Burrell）的证词,听起来毫无真实性可言。曼斯菲尔德先生对他进行了交叉盘问,这为媒体提供了很多娱乐性的新闻,直到伯勒尔将矛头转向王妃的母亲弗朗西斯。他居然宣称备受尊敬的弗朗西斯·尚德·基德夫人在知道戴安娜与多迪·法耶兹的关系后,称女儿为"婊子"。戴安娜与母亲的关系确实经常紧张,但用伯勒尔的话说,戴安娜的母亲对她新恋情进行"含糊不清的辱骂和反对"早已不是新鲜事。这其实是伯勒尔自己捏造出来的言论。

伯勒尔同时称,戴安娜曾询问他是否能安排她和巴基斯坦裔心脏外科医生哈斯纳特·汗（Hasnat Khan）的私人婚礼,她非常想嫁给这位"一生挚爱"。伯勒尔说,为筹备婚事,他还在伦敦联系到一名天主教神父。而哈斯纳特的证词则被存放在警察局局长史蒂文斯（Stevens）的"佩吉特任务报告"中,直到2006年年底才被公开。

电子监控专家格雷厄姆·哈丁（Grahame Harding）也出庭做证——而他的证词被某些媒体认为"耸人听闻"——那便是当他在戴安娜房间扫描信号时,发现一个疑似监听设备的电子信号。当然,该信号也有可能由普通电子设备,甚至是手提电话传出。然而这一点早已经在警方的"佩吉特任务报告"中有所提及,远非什么"耸人听闻"的消息。

在我看来,随着调查的进行,所谓的新证据都是一些乏味的炒冷饭。车祸很明显是一场意外,依法调查此案理所当然,但如果由于阴谋论而令该案调查沦为一场闹剧,便实属多余了。听着伯勒尔陈述的戴安娜与母亲之间的矛盾让我颇为恼火,我想我该为弗朗西斯做些辩解,最终决定通过《伦敦标准晚报》（London Evening Standard）公开一些我和弗朗西斯的信件以证实她们之间牢固的感情。在这些信件中,戴安娜将母亲弗朗西斯称为"最好的密友"。两人互相信任,关系亲密,这足以反驳伯勒尔的爆料。

保护戴安娜期间，我变成了她和弗朗西斯的知己和朋友。弗朗西斯于2004年逝世，享年68岁。此前在她写给我的信件中，我们常常分享家庭的秘密，也谈论戴安娜离婚后经历的各种痛苦。现在弗朗西斯已不在人世，不能亲自出庭为自己辩护，因此只能由我替其揭示事情的真相。否则，伯勒尔的伪证也将破坏我们之间美好的回忆。其实她们和其他母女的关系一样——虽然偶尔会出现不愉快——但戴安娜在需要时，总会向母亲寻找帮助和心灵上的安慰。

我至今仍记得，戴安娜与威廉和哈里一起在理查德·布朗森爵士的内克岛度假时，曾救过她母亲的生命。当时，他们划的香蕉艇被浪花打转了方向，甚至有翻船的危险。大家都赶紧游泳回到船上，只有弗朗西斯在水中行动缓慢。戴安娜和我发现后，立刻跳入水中将她拉回船上。

1991年底，戴安娜苦恼于自己的婚姻。弗朗西斯从苏格兰西海岸的一个小岛上发给我一封信，她写道："亲爱的肯，我不得不对你致以诚挚的感谢，感谢你对安吉拉（戴安娜的暗号）的帮助，让她得以对生活恢复信心，重新相信我是她最好的朋友——这也是我的责任所在。我一直努力帮她减少对生活的恐惧，而你在这个过程中帮了我不少忙。虽然我不知道怎样帮她彻底摆脱焦虑，但我依然认为她是受到了惊吓才会如此。"她还提到"安吉拉"非常感谢我和王室安保团队对她的保护和支持。信最后弗朗西斯署名"超级祖母"，这是她与戴安娜和两位王子共度美好时光时的绰号。她还提到了戴安娜被称为"妓女"的事件——但这是出自戴安娜外祖母弗莫伊夫人之口，而不是弗朗西斯。戴安娜曾告诉她的妈妈，外祖母弗莫伊夫人——也是王太后的侍寝女侍，曾因她身穿皮裤而称她为"妓女"，王太后似乎对此也颇有微词。可弗朗西斯并不赞同这样的谴责，她透露说："我的母亲是一个妒忌心强、爱管闲事的老家伙，至于另一位，我就不予置评了。"

后来我离开戴安娜，从事其他警务，弗朗西斯再次给我发来一封温暖的信："我对你为戴安娜提供的慷慨无私的帮助和细致入微的照顾，表示最真诚的谢意。你甚至比我更了解她！"

她认为我是戴安娜身边"一名睿智的顾问和称职的护花使者"，这些话对我非常重要，同时也表明了我的心迹。正如弗朗西斯所言，我曾竭尽全力地保护戴安娜。